ARNE BLUM
Rampensau

ARNE BLUM

Rampensau

Ein Schweinekrimi

LIMES

Sämtliche Handlungen, Tiere und Personen in diesem Roman sind frei erfunden. Ähnlichkeiten mit real existierenden Schweinereien wären rein zufällig.

Verlagsgruppe Random House FSC-DEU-0100
Das FSC®-zertifizierte Papier *EOS* für dieses Buch
liefert Salzer Papier, St. Pölten, Austria.

Erste Auflage
© der Originalausgabe 2010 by Limes Verlag,
in der Verlagsgruppe Random House GmbH, München.
Dieses Werk wurde vermittelt durch die Literarische Agentur
Thomas Schlück, Garbsen.
Satz: Uhl + Massopust, Aalen
Druck und Bindung: Friedrich Pustet KG, Regensburg
Printed in Germany
ISBN 978-3-8090-2596-2
www.limes-verlag.de

Eine Sau riecht den Dreck über neun Zäune hinweg.

ALTES SPRICHWORT

Männer sind Schweine.

DIE ÄRZTE

Die Schweine

Kim – Deutsche Landrasse, hat die Neigung, Schwierigkeiten zu wittern, tummelt sich gerne im Wald bei den wilden Schwarzen, verabscheut Fleischfresser, erstaunt über sich selbst, dass sie mit Toten spricht.

Che – Husumer Protestschwein, träumt von der großen Schweinerevolution, hat insgeheim Angst vor starken Sauen, verabscheut die wilden Schwarzen.

Brunst – Deutsches Sattelschwein, träumt unaufhörlich vom Fressen, verabscheut es, nachzudenken und sich zu bewegen.

Doktor Pik – Deutsche Landrasse, der Methusalem unter den Schweinen, hat schon alles gesehen und ist im Zirkus aufgetreten, berühmt für seinen Kartentrick, liebt es, den Wolken nachzublicken, verabscheut Schwierigkeiten jeder Art.

Cecile – Minischwein, wurde aus dem Fenster einer Zoohandlung gerettet, liebt es, zu reden und den anderen nachzulaufen, überaus neugierig und ohne jedes Gespür für Gefahren, hasst es, nicht ernst genommen zu werden.

Hans-Hubert – auch Bertie genannt, Neuankömmling auf der Wiese, ein Schwein mit ein paar Besonderheiten, dazu gehört seine penetrant gute Laune und sein Verständnis und seine Liebe für jedermann.

Lunke – eigentlich Halunke, gehört zu den wilden Schwarzen, liebt es, große Reden zu schwingen und allein durch den Wald zu streifen, behauptet, vor nichts und niemandem Angst zu haben, hält sich auch für sexuell attraktiv. Ist in Kim verliebt.

Eine Rotte wilder Schwarzer

Die Menschen

Dörthe – Lebenskünstlerin, Schauspielerin, eingefleischte Vegetarierin, verliebt sich gerne, ist schwanger, ohne genau zu wissen, von wem.

Carlo May – Schriftsteller und Stückeschreiber, zeigt gerne mit dem Finger auf andere, plant den großen Coup: ein Stück, mit dem er seinen Verleger Bornstein vernichten will.

Bornstein – Verleger und Geschäftsmann, hässlich, benutzt ekelhaftes Parfüm, mag es nicht, wenn ihm jemand Schwierigkeiten macht.

Edy – Träumer und Schweinehirt, kümmert sich um die Schweine, hat aber eigentlich nur Musik im Kopf.

Marcia Pölk – Hauptkommissarin, Katzenliebhaberin, mag Schweine und ihren Kollegen David Bauer.

Swara – ein blondes Mädchen, das sich angeblich für Kunst interessiert, hat mehr als ein Geheimnis.

Doktor Michelfelder – Rechtsanwalt, Möchtegern-Politiker, verheiratet, hatte eine Affäre mit Dörthe, vielleicht ist ihr Kind von ihm, das Wort »Saukerl« steht ihm in Großbuchstaben auf die Stirn geschrieben.

Sven – weißhaarig, wortkarg, ein Mann fürs Grobe.

Mats – bewundert Sven, führt sich oft großspurig auf, dabei voller Angst.

Finn Larsen – fällt buchstäblich vom Himmel, ein Dauerlächler, macht sich an Dörthe heran.

David Bauer – Polizist mit langen Haaren und dunkler Haut, hat mit Finn noch eine Rechnung offen.

Ein Priester – für den Schweine Teufel sind.

1

»Ich habe einen genialen Plan«, sagte Che. Mit ernster Miene schaute er sie einen nach dem anderen an, als könnte er so seine Worte unterstreichen.

Kim hatte sich zur Seite gerollt. Sie hatte den Tag mit Fressen und Schlafen verbracht und hatte überhaupt keine Lust, sich jetzt eine von Ches weitschweifigen Reden anzuhören, die sie im Übrigen alle zu kennen glaubte. Draußen ging die Sonne unter – ein letztes rotes Glühen lag in der Luft, und ein paar Vögel sangen ein Abendlied.

»Was hast du für einen Plan?«, quiekte Cecile.

Klar, die Kleine fiel immer auf solche Manöver herein – so eine Behauptung war wie eine Mohrrübe, die man ihr vor den Rüssel hielt und der sie, neugierig, wie sie war, einfach nicht widerstehen konnte.

Che straffte sich – Kim konnte es hören, ohne hinzusehen. Seine Klauen kratzten über den Boden. Che hatte einen breiten weißen Streifen quer über den Rücken, er war ein Husumer Protestschwein, deshalb würde er glcich wieder über die unvermeidliche Revolution sprechen, vom Aufstand der Schweine gegen ihre Unterdrücker, die Menschen. Kim gähnte so laut, dass es die anderen hören mussten.

»Wir müssen die Menschen davon abbringen, Schweine zu essen. Vielleicht müssen wir sie dazu anregen, uns besser kennenzulernen, zu begreifen, wer wir wirklich sind«, erklärte Che feierlich.

Kim war versucht, sich aufzurichten. Da hatte Che sich endlich einmal etwas Neues einfallen lassen.

»Und wie willst du das anstellen?«, knurrte der fette Brunst. Wie immer kaute er an einem harten Stück Brot oder einem Kohlkopf. Fressen war sein großes Thema. Seine Kiefer waren ständig in Bewegung.

»Ja, wie?«, quiekte Cecile, das Minischwein.

Wieder scharrte Che mit den Klauen. »Wir müssen es ihnen mitteilen«, sagte er und fuhr nach einem tiefen und irgendwie gewichtig klingenden Atemzug fort. »Wir müssen ihnen unsere Botschaft verkünden: ›Menschen, esst mehr Brot!‹«

»Mehr Brot?« Cecile klang enttäuscht. »Wieso mehr Brot?«

»Und wie willst du ihnen das verkünden?«, fragte Brunst.

Kim konnte hören, dass er Cecile einen Knuff verpasste, weil das Minischwein ihm zu vorlaut gewesen war.

»Zeichen«, sagte Che. »Es gibt diese Zeichen, mit denen die Menschen sich verständigen.«

Gegen ihren Willen drehte Kim sich um. »Du meinst Buchstaben?«, rief sie überrascht und war plötzlich hell-

12

wach. »Du willst es ihnen aufschreiben?« Sie wusste, dass Dörte manchmal mit einem Buch in den Stall gekommen war, aus dem sie laut vorgelesen hatte.

Che nickte mit seinem schweren, unförmigen Kopf. »Ganz recht – aufschreiben«, erklärte er. »»Menschen, esst mehr Brot!‹«

»Aber wer soll denn diese Zeichen lernen?«, fragte Kim entgeistert. »Kein Schwein kann so etwas!« Sie erinnerte sich, dass sie einmal einen Blick in ein Buch geworfen hatte, als Dörte sich zu Beginn des Sommers, zu ihnen auf die Wiese gelegt hatte, aber es war unmöglich gewesen, diesen Strichen und Punkten einen Sinn zu entnehmen.

»Wir Schweine können viel mehr, als wir denken!«, deklamierte Che und kratzte wieder mit den Klauen über den Boden. »Wir könnten es alle versuchen – sogar Cecile, obwohl sie den kleinsten Kopf von uns allen hat.«

Cecile quiekte kurz auf, sie war nicht so dumm, um nicht zu bemerken, dass Che sie soeben beleidigt hatte.

»»Menschen, esst mehr Brot!‹ – das ist die Botschaft«, wiederholte Che und schickte seinen Worten einen tiefen Grunzer hinterher.

»Selbst wenn die Menschen es kapieren würden – wie soll uns das helfen?« Brunst klang gegen seine Natur recht nachdenklich.

Plötzlich regte sich auch Doktor Pik in seiner Ecke. Er war der Älteste und Schweigsamste von ihnen. »Es muss heißen: ›Esst mehr Fisch!‹ So lautet der Satz.

Jedenfalls war das bei Petro Ronnelli so. Ich musste drei Klappen mit Buchstaben umlegen – ein großes E, ein kleines m und ein großes F, und dann kam der Satz: ›Esst mehr Fisch!‹ Das war der Abschluss unserer Show, und die Menschen haben erst gelacht und dann applaudiert.«

Kim blickte Doktor Pik erstaunt an. Er war eine Zeitlang mit einem Wanderzirkus durch das Land gezogen, bevor Dörthe ihn gerettet und auf den Hof gebracht hatte, aber bisher hatte sie nur gewusst, dass er vor allem Kartentricks in einer Manege vorgeführt hatte.

»Du kannst lesen?«, fragte sie atemlos.

Doktor Pik schüttelte den Kopf. »Natürlich nicht. Die Zeichen auf den Klappen habe ich nie verstanden – ich habe mir nur die Reihenfolge gemerkt, nach der ich sie umwerfen musste. Das war schwer genug.«

»Trotzdem«, erklärte Che, dem es stets wichtig war, im Mittelpunkt zu stehen. »Kim ist klug, und ich bin klug, und ihr anderen …« Er brach ab. »Nun ja, wir sollten es jedenfalls versuchen.«

Brunst hatte sich schmatzend umgewandt. Sein Interesse war bereits erloschen. Auch Doktor Pik hatte die Augen geschlossen und war zurück ins Stroh gesunken. Nur Cecile scharrte in ihrem kleinen Lager. Sie brachte ein Stück Papier zum Vorschein, das sie in die Schnauze nahm und Che wie ein Geschenk präsentierte.

»Das ist so ein Papier mit Zeichen«, piepste sie. »Edy hat es weggeworfen, und ich hab's mitgenommen. Ist schön bequem zum Liegen.«

14

Edy war ihr Stallbursche, ein Junge aus dem Dorf, den Dörthe vor kurzem als Gehilfe angestellt hatte. Er brachte ihnen Futter und sorgte für Wasser und dafür, dass sie immer sauberes Stroh hatten.

Kim richtete sich auf und trabte zu Che hinüber. Gegen eine gewisse Neugier war auch sie nicht gefeit, wie sie sich eingestehen musste. Cecile hatte einen Fetzen Zeitungspapier herangebracht. Da standen in der Tat ganz viele Zeichen – manche waren dick und rot, andere klein und schwarz. Einen Sinn konnte Kim in ihnen allerdings nicht erkennen – allein, wie die Zeichen über das Papier verteilt waren, verwirrte sie.

»Interessant«, grunzte Che vor sich hin, während er sich das Papier besah, aber seinem wandernden Blick war anzumerken, dass auch er mit den Zeichen nichts anfangen konnte.

Plötzlich jedoch erregte etwas anderes Kims Aufmerksamkeit. Da waren nicht nur Zeichen, sondern auch ein Foto. Zwei Männer standen sich gegenüber – der eine hatte eine Glatze und einen Bart, der sein ganzes Gesicht umgab. Er lachte breit, so dass man seine Zähne sehen konnte, und er hatte einen Finger erhoben; der andere war jünger, er hatte kurze schwarze Haare und grinste überheblich.

Den ersten Mann hatte Kim noch nie gesehen, aber den zweiten kannte sie. Seit ein paar Tagen hockte er bei Dörthe im Haus und ging nur abends vor die Tür, um in der Dunkelheit eine Zigarette zu rauchen. Fast wirkte es, als würde er sich verstecken.

»Diesen Mann«, sagte sie und deutete mit dem Kopf auf das Bild, »kennt ihr ihn?«

Che kniff die Augen zusammen und schüttelte dann den Kopf. »Wieso sollten wir ihn kennen?«

Kim antwortete nicht – es war vergebliche Mühe, aber sie wusste genau, dass sie sich nicht irrte. Oben im Haus gab es ein Zimmer, wo den ganzen Tag die Vorhänge zugezogen waren. Genau dort hatte dieser Mann die letzten Tage zugebracht.

Aber wieso gab es dieses Foto von ihm und dem anderen Mann? Und warum hatte Edy ausgerechnet diese Seite weggeworfen?

»Habe ich etwas falsch gemacht?«, piepste Cecile in ihre Gedanken hinein. »Du guckst so ernst.«

»Nein, das war eine gute Idee, die Zeitung herzubringen«, erwiderte Kim. Nun hätte sie doch zu gern gewusst, was die Striche und Kreise und Punkte um das Foto herum zu sagen hatten.

2

Als Kim aus dem Schlaf schreckte, hatte sie für einen Moment das Gefühl, neben ihrer Mutter gelegen zu haben. Die fette, meistens gutmütige Paula hatte nach Milch und Wärme gerochen, und irgendwie schien dieser Geruch noch in der Luft zu hängen, aber warum war sie aufgewacht? Brunst lag ein Stück von ihr entfernt und schnaubte vor sich hin. Selbst im Schlaf mahlten seine Kiefer und verursachten ein leises schnarrendes Geräusch.

Dann, nachdem sie sich aufgerichtet hatte, hörte sie es – ein fernes, unangenehmes Geräusch, das die Nacht zerriss. *Töt-Töt-Töt...* Was war das? Die Alarmanlage, die Dörthes Haus und ihre kostbaren Bilder schützte, klang anders, schriller und gefährlicher, aber irgendwie war dieses Geräusch genauso nervtötend.

Kim warf den anderen einen Blick zu – sie schienen noch selig zu schlafen, nur bei Doktor Pik wusste man nie, ob er nur so tat.

Die Tür zur Wiese stand offen. Edy schloss sie lediglich bei schlechtem Wetter, offenbar weil er fürchtete, dass es sonst in dem kleinen Stall zu stickig werden könnte.

Draußen, vor der Tür war das schreckliche Geräusch noch deutlicher zu hören. Das *Töt-Töt* kam eindeutig nicht vom Haus, in dem Dörthe und dieser Mann aus der Zeitung schliefen, sondern aus dem Wald jenseits des Zauns.

Sollte sie nachschauen – über die Wiese laufen und sich durch den kleinen Durchschlupf zwängen, den Dörthe übersehen hatte?

Nein, irgendwie hatte Kim das Gefühl, dass dieses Geräusch Ärger bedeuten könnte, und nichts war ihr in den letzten Wochen wichtiger gewesen, als in Ruhe auf der Wiese ihre Runden zu drehen.

Doch der Mond schwebte hoch oben am Himmel, und es roch nach feuchtem Gras, und das Geräusch hörte gar nicht auf…

Plötzlich stand Kim vor dem schmalen Durchlass und zwängte sich hindurch. Sie würde nur kurz nach dem Rechten sehen und sofort wieder verschwinden – sich gleich in den Stall zurückzuziehen, dazu war ihre Neugier einfach zu groß.

Kaum hatte sie den schmalen Pfad betreten, der in den Wald führte, sprang schon ein mächtiger Schatten aus dem Gebüsch. Kim gelang es, einen Schreckensschrei zu unterdrücken.

»Dachte schon, du kommst gar nicht mehr, kleine Kim«, sagte Lunke. Er schaffte es, spöttisch und vorwurfsvoll zugleich zu klingen.

Lunke gehörte zu den wilden Schwarzen, die im Wald lebten – und, nun ja, sie waren befreundet ... irgendwie. Kim war sich über ihre genaue Beziehung nicht ganz im Klaren. Lunke war ein Großmaul, ein Lügner, ein Muttersöhnchen, aber er war auch groß und stattlich und ging keinem Abenteuer aus dem Weg. Kurz, er spielte in einer anderen Liga als die Schwachköpfe Che und Brunst. So viel ließ sich immerhin zu seinen Gunsten sagen.

»Was ist das für ein merkwürdiges Geräusch?«, fragte Kim, weil es klüger war, über Lunkes Tonfall einfach hinwegzugehen.

»Bist neugierig, was?« Er lächelte. »Ja, wir haben Besuch bekommen. Eine Überraschung – sollten wir uns ansehen.« Mit einem fetten Grinsen stieß er ihr seine Schnauze in die Flanke und trabte los. Immerhin hatte er aufgepasst, dass er sie nicht mit seinen scharfen Eckzähnen erwischte – am linken fehlte nach einer Keilerei ein Stück.

Kim folgte ihm und hatte Mühe, Schritt zu halten. Vielleicht hätte sie doch nicht so viel fressen sollen, überlegte sie, während sie immer kurzatmiger wurde. Lunke war eindeutig in besserer Form.

Das nervige *Töt-Töt* wurde immer lauter, und beim Näherkommen konnten sie noch ein anderes Geräusch ausmachen – ein leises, weniger aufdringliches, rhythmisches Rattern.

Was war das? Kim wusste es und kam doch nicht darauf.

19

Lunke wurde immer schneller, nicht weil er besonders neugierig war, sondern weil er seine Kraft und Überlegenheit vorführen wollte. O, wie hasste sie sein eitles Getue!

Kim blieb stehen. Ja, wollte sie schreien, du bist wirklich der Schönste und Stärkste im Wald – kommst gleich hinter deiner fetten Mutter. Emma, die Bache, führte bei den wilden Schwarzen ein strenges Regiment – da kniff selbst Lunke den Schwanz ein. Leider war Kim so außer Atem, dass sie nicht den leisesten Laut hervorbringen konnte. In ihrem Kopf dröhnte es. Für solche Läufe durch die Nacht war ein einfaches Hausschwein nicht gebaut.

Dann, inmitten des Lärms, fiel es ihr ein. Es war ein Motor. Irgendwo im Wald stand ein Auto mit laufendem Motor – das war das Geräusch, das unter dem *Töt-Töt* zu hören war.

Lunke war gnädigerweise auch stehen geblieben.

»Wir müssen noch ein Stück weiter«, raunte er ihr zu. »Dahin, wo der Feldweg endet.«

Kim nickte. Das Geräusch war nun so laut, dass man sich hätte anschreien können, ohne fürchten zu müssen, entdeckt zu werden.

Ein Mensch war mit seinem Auto in den Wald gefahren und machte dieses furchtbare Geräusch – aber warum?

Langsam ging Kim weiter. Ihr Herz klopfte, allerdings nun nicht mehr wegen der Anstrengung, sondern weil sie aufgeregt war. Irgendetwas stimmte hier ganz und gar nicht. Kein einziges Tier war ihnen über den Weg gelaufen, und von der Rotte der wilden Schwarzen schien auch keiner in der Nähe zu sein.

Umkehren, sagte eine Stimme in ihrem Kopf, die sich ganz nach ihrer Mutter Paula anhörte. Umkehren – zu Cecile, Doktor Pik, Brunst und Che. Umkehren – oder du gerätst ernsthaft in Schwierigkeiten, Kim.

»Was ist?«, raunte Lunke vor ihr und entblößte sein Gebiss. »Willst du nun wissen, was los ist? Oder willst du hier stehen bleiben und Bäume anstarren?«

Bäume anstarren ist jedenfalls nicht gefährlich, sagte die Stimme, und dann flüsterte sie: Fordere das Schicksal nicht heraus, Kim!

Kim schüttelte den Kopf. Nun war es besser, wenn die Stimme ihrer Mutter sie für eine Weile in Ruhe ließ.

Nach drei, vier zaghaften Schritten sah Kim ein grelles, weißes Licht, das durch die Bäume blitzte. Nein, es waren zwei Lichter – Scheinwerfer genauer gesagt. Ein paar Schweinslängen vor ihnen stand ein Auto mit laufendem Motor, und von diesem Blechding kam auch das nervtötende Geräusch. *Töt-Töt-Töt* – ohne jedes Erbarmen, als gälte es, alle Lebewesen aus dem Wald zu vertreiben.

»Wir müssen uns von hinten nähern«, zischte Lunke. Er lief nachts oft ins Dorf zu den Menschen, buddelte dort in den Vorgärten Blumenzwiebeln aus und glaubte daher, nun den Oberschlauen spielen zu müssen.

Kim schob sich an ihm vorbei, endlich einmal wollte sie die Führung übernehmen, doch gleich war er wieder neben ihr.

»Bist heute so schweigsam, Babe«, raunte er ihr zu und grinste.

»Sei einfach still – Fritz«, raunte Kim zurück.

Lunke verzog das Gesicht. Dass sie herausgefunden hatte, dass er eigentlich Fritz hieß und nicht Lunke – die Kurzform für Halunke – ärgerte ihn zutiefst.

Das *Töt-Töt* war nun so laut, dass es in ihrem Kopf widerhallte. Lange war ein solcher Lärm nicht auszuhalten. Obwohl nur wenig Mondlicht in den Wald fiel, konnte man sehen, dass der Wagen sehr kantig und groß war – viel größer als das Kabriolett, das Dörthe besaß und in dem Kim schon einmal mitgefahren war, als man sie in eine Tierklinik verfrachtet hatte.

Kim strich mit der Nase an einer langen Chromleiste entlang. Es roch merkwürdig nach … War das Blut? Ja, als sie einmal in dem Schlachthaus von Kaltmann, dem Dorfmetzger, gewesen war, hatte es ähnlich gerochen. Hinten leuchteten zwei rote runde Lichter, und aus einem Rohr wurde Dreck geblasen.

Kim musste husten.

»Still!«, zischte Lunke ihr zu, obwohl das *Töt-Töt* nicht aufgehört hatte. Nun wirkte auch er angespannt.

Sie waren inzwischen einmal halb um den Wagen herum geschritten. Der Geruch von Blut wurde immer intensiver. Die beiden Scheinwerfer warfen zwei lange Lichtstreifen in den Wald, der in den kalten weißen Strahlen irgendwie bleich und krank aussah.

Lunke stieß sie an. »Da ist es!«, flüsterte er.

Kim hielt inne. Die eine Tür des Wagens stand offen –

nun war zu erkennen, dass der Wagen eine Farbe wie Eigelb hatte. Außerdem fiel auf, dass die Glasscheibe in der Tür fehlte – nein, sie war kaputt, ein paar Glasscherben steckten noch in dem Rahmen.

Das grauenhafte *Töt-Töt* überdeckte alles. Morgen würde sie furchtbare Kopfschmerzen haben. Migräne nannte Dörthe so etwas.

»Lass uns wieder gehen!«, sagte Kim laut zu Lunke. »Ich halte diesen Krach nicht mehr aus.«

»Das ist die Hupe«, flüsterte er und zog die Brauen in die Höhe, als wolle er auf eine Gefahr hinweisen. »Er liegt auf dem Lenkrad und rührt sich nicht mehr.«

Er? Kim kniff die Augen zusammen. Sie hatte nicht aufmerksam genug hingeschaut. Lunke hatte recht – da war ein zusammengesunkener Schatten in dem Wagen.

Kim machte vorsichtig zwei Schritte nach vorn. Sie konnte die Gefahr förmlich riechen, die aus dem Wagen stieg – Gefahr, Angst und … der Geruch von Blut kamen von dem Menschen, der hinter dem Lenkrad hockte.

Noch zwei Schritte, dann konnte sie in das Innere blicken.

Lunke war ganz nah neben ihr, er atmete in kleinen, kurzen Stößen. So angespannt hatte sie ihn noch nie erlebt.

Kim sah zuerst schwarze Stiefel, dann eine blaue Jeans, wie Edy sie bei der Arbeit trug, danach ein schwarzes Hemd, das voller Blut war. Den Menschen hatte es an der Flanke übel erwischt. Sie hob ihren Rüssel und kniff die Augen zusammen. Ein Gesicht, noch nicht sehr alt, mit schwarzen Haaren und schwarzen Bartstoppeln lag auf dem Lenkrad. Die Augen des Mannes waren geschlossen, sein Mund war leicht geöffnet. Atmete er noch? Sosehr Kim sich anstrengte – sie konnte es nicht erkennen. Sie spürte, wie ihr übel wurde. So viel Blut hatte sie noch nie gerochen. Ihr drehte sich der Magen um.

»Tot«, sagte Lunke tonlos und ohne jedes Mitleid. »Der kriegt nichts mehr hoch.« Er wollte wohl locker wirken, aber die Anspannung ließ seine Stimme ganz rau klingen.

Im nächsten Moment öffnete der Tote die Augen. Kim wich zurück. Der Mann sah sie an, ohne sich zu rühren, kein Muskel in seinem Gesicht verzog sich. Ein winziges Licht blinkte in seinen Augen auf. Verdammt, kleines Schwein, die Welt ist böse – pass auf dich auf!, sagte dieses winzige, flackernde Licht. Dann erlosch es, und dem Mann fielen die Augen wieder zu.

Lunke stieß sie an. »Was ist?«, fragte er heiser. »Kapierst du, was hier passiert ist?«

Kim starrte den Mann an. Hatte sie sich getäuscht? Hatte er die Lider tatsächlich geöffnet, und war da ein winziges Lebenslicht in seinen Augen gewesen? Sie wandte den Kopf und begegnete Lunkes Blick. Nein, sie kapierte nicht, was hier passiert war. Ein Mann, der aus seiner Flanke blutete, war mit einem unförmigen gelben Auto, an dem ein Fenster kaputt war, in den Wald gefahren, um zu sterben.

Mehr kapierte sie nicht – aber auf klügere Gedanken konnte man bei diesem Gedröhne auch nicht kommen.

Langsam zog sie sich von der offenen Tür zurück, und sofort nahm der widerwärtige Blutgeruch ab, und sie konnte wieder atmen.

»Dachte, du würdest wissen, was passiert ist, kluge Kim«, sagte Lunke und wirkte tatsächlich ein wenig beleidigt. »Aber wenn wir schon mal hier sind, können wir ja ein Bad nehmen, der See ist gleich da drüben.« Seinen Worten schickte er ein dreistes Grinsen hinterher.

Wovon träumst du eigentlich nachts, wollte Kim sagen, dann fiel ihr ein, dass es ja Nacht war, und außerdem wollte sie gar nicht so genau wissen, wovon er träumte. Ihre Vermutung reichte ihr.

Im nächsten Moment, gerade noch rechtzeitig, um Lunke einen Stoß zu versetzen, damit er die Schnauze hielt, bemerkte sie die Gestalt, die auf den Waldpfad stapfte und geradewegs auf den Wagen zuhielt.

Hab's dir ja gesagt, meldete sich die Stimme in ihrem Kopf. Nun gibt es richtig Ärger.

3

Konnte das sein? Wo sollte mitten in der Nacht ein
Mensch herkommen? Vielleicht konnte sie nicht mehr
klar denken und klar sehen, da sich das dröhnende *Töt-
Töt* immer weiter in ihren Kopf fraß.

Nein, sie irrte sich nicht. Ein Mensch hielt auf den
Wagen zu, er bewegte sich ohne jede Angst und schien
es eilig zu haben, oder vielleicht war es die Neugier, die
ihn antrieb. Vermutlich hatte er die Hupe auch gehört.

Kim und Lunke schafften es gerade noch, sich ins
nächste Gebüsch zu schlagen, bevor der Mann an dem
Wagen angelangt war. Nebeneinander kauerten sie hinter einem ausladenden Farn und spähten zu der Gestalt
hinüber, wobei Lunke die Gelegenheit nutzte und sich
ein wenig an ihr rieb.

»Lass das!«, raunte sie ihm ärgerlich zu.

»Ich habe Angst, da gehe ich immer auf Tuchfühlung«, flüsterte er und lachte leise.

»Fritz – das Muttersöhnchen«, zischte sie, und er verstummte sofort und rückte ein wenig von ihr ab.

Vorsichtig schritt der Mann um den Wagen herum,

genau wie sie vor ein paar Momenten. Das laute *Töt-Töt* störte ihn offenbar nicht, jedenfalls stachelte es ihn nicht zur Eile an.

Kim konnte nicht erkennen, ob der Mann eine Waffe in der Hand hielt. Hatte er den anderen Mann im Auto verletzt? Nein, so wie er sich näherte, wusste er offenbar nicht, was ihn erwartete.

Kurz darauf erreichte der Mann die offene Wagentür. Trotz des Gehupes meinte Kim zu verstehen, wie er »Alles klar, Kumpel?« sagte und abwartete, ob der andere ihm antwortete.

Als keine Reaktion kam, tippte er den Verletzten leicht an und wartete wieder. Dann drehte er sich abrupt um und starrte genau zu der Stelle hinüber, wo sie und Lunke sich versteckt hielten. Hatte er sie bemerkt? Aber das war bei diesem Gedröhne völlig ausgeschlossen, und die menschliche Nase funktionierte im Allgemeinen so schlecht, dass er sie auch nicht gerochen haben konnte.

Der Mann schaute sich nach allen Seiten um, dann streckte er beide Hände vor und berührte den Verletzten an den Schultern. Einen Moment später hörte das Hupen auf. Der letzte Nachhall des Dröhnens zog durch den Wald und erstarb.

Eine seltsame, tödliche Stille trat ein, die auch das leise Rattern des Motors nicht durchdringen konnte.

Der Mann im Wagen war tot, begriff Kim. Lunke hatte recht. Vielleicht hatte er noch einmal die Augen geöffnet, um sie anzuschauen, vielleicht hatte sie es sich auch nur eingebildet.

»O Mann, das Gehupe hat mich ganz schwindlig gemacht«, sagte Lunke neben ihr und seufzte.

Kim bedeutete ihm mit einem strengen Blick zu schweigen. Nun mussten sie erst recht leise sein.

Der Mann am Wagen zögerte. Überlegte er, was zu tun war? Wollte er Hilfe holen und wusste nicht, wie? Er kehrte zur Rückseite des Wagens zurück und öffnete langsam den Kofferraum. Ein winziges Licht flammte auf, das den Mann geradezu unförmig groß wirken ließ. Nachdem er einen Blick hineingeworfen hatte, klappte er den Kofferraum wieder zu und wischte anschließend mit dem Hemd über das Blech.

Was hatte er vor? Er sah nicht aus, als würde er Hilfe holen wollen.

»Der Kerl macht es ganz schön spannend«, flüsterte Lunke neben ihr. Er war wieder ein Stück an sie herangerückt. Sie glaubte, sein Herz schlagen zu hören.

»Er sucht was«, erwiderte Kim leise.

Einen Augenblick später öffnete der Mann die Beifahrertür. Er beugte sich vor, verharrte über dem Sitz und hatte, als er wieder hervorkam, etwas in der Hand – einen Sack oder einen Beutel. Aufmerksam blickte er hinein, und dann entwich ihm ein leiser Pfiff – vor Überraschung.

»Großer Gott!« Diese Worte waren selbst bis zu ihrem Versteck hinter dem Farn zu hören.

Leise, als hätte er Angst, er könnte den Toten aufwecken, schlug er die Tür wieder zu und wischte erneut mit seinem Hemd über das Blech.

28

Dann konnte Kim hören, wie der Mann tief einatmete. Er wandte sich zum Gehen. Mit dem Beutel unter dem Arm strebte er auf das dunkelste Dickicht zu.

Er hat wirklich nicht vor, Hilfe zu holen, begriff Kim. Der Mann machte sich davon.

Für einen winzigen Moment geriet der Mann in das Licht der Scheinwerfer, bevor er im Wald verschwand.

Kim stockte der Atem. Sie kannte ihn – am Abend noch hatte sie ihn in der Zeitung gesehen, die Cecile angeschleppt hatte. Es war der Kerl, der seit ein paar Tagen bei Dörthe im Haus wohnte.

»Er ist weg.« Lunke seufzte erleichtert. »Wollen wir jetzt suhlen gehen? Im Mondlicht – nur du und ich. Wenn du willst, kann ich auch ein Lied dazu singen.«

Kim bemerkte, dass er sie wieder dreist anlächelte. »Du musst dich leider allein vergnügen«, sagte sie und lächelte honigsüß zurück. »Ich muss dem Mann nach – auch wenn ich schon weiß, wo er hingeht.«

Klar, dass Lunke sich nicht abschütteln ließ. Missmutig trabte er neben ihr her.

»Wieso nutzen wir die Gelegenheit nicht?«, nörgelte er. »Der Wald ist leer – jeder ist abgehauen. Der See gehört uns, niemand würde uns stören. Ich singe und du …«

»Ich habe was Besseres vor«, grunzte Kim ihm im spöttischen Tonfall zu.

»Was Besseres als Suhlen gibt es nicht«, erwiderte Lunke noch mürrischer.

Kim achtete gar nicht mehr auf ihn. Der Mann vor ihnen schien richtig gute Laune bekommen zu haben – er summte leise vor sich hin, als würde er mitten im Sonnenschein einen Spaziergang machen.

»Kannst du riechen, was er da in dem Beutel trägt?«, fragte Kim ernst und blickte Lunke an.

Er hob seinen Rüssel in den leichten Wind. »Nichts zu fressen jedenfalls«, sagte er nach einem kurzen Schnuppern.

»Vielen Dank – du bist eine echte Spürnase.« Darauf war Kim schon von allein gekommen.

Zu ihrer Überraschung schlug der Mann nicht den Weg zum Haus ein, sondern zu ihrem Durchlass, als wollte er sich da hindurchzwängen. Dann aber kletterte er über den Zaun und schaffte es sogar, nicht an den Metallstacheln hängen zu bleiben. Er überquerte die Wiese – ein riesiger Schatten im Mondlicht – und steuerte geradewegs auf ihren Stall zu.

»Was macht der Kerl da?« Lunke klang noch überraschter als vorhin im Wald, als der Mann aufgetaucht war. »Er rennt zu euch – zu den Schlappschwänzen.« So nannte er Che, Brunst und Doktor Pik, die in seinen Augen keine richtigen Schweine waren.

Kim blieb vor dem Durchschlupf stehen und wartete. Der Mann nahm den Hintereingang. Einen Moment später flammte im Stall das helle Deckenlicht auf, wie in dem kaputten Fenster gut zu erkennen war.

Was sollte das? Darauf konnte es nur eine Antwort geben.

Ein paar gespannte Atemzüge später erlosch das Licht wieder. Der Mann kehrte auf die Wiese zurück, blickte sich um und lief zum Haus.

»Wo ist der Beutel?«, fragte Lunke ehrlich überrascht. »Er hat keinen Beutel mehr dabei.«

Kim bedachte ihn mit einem anerkennenden Blick. War es ihm also auch aufgefallen!

»Er hat den Beutel im Stall versteckt«, sagte sie tonlos. »Wahrscheinlich auf dem kleinen Heuboden. Auf die Schnelle ist ihm nichts Besseres eingefallen. Kommt mir nicht besonders schlau vor.«

Der Mann öffnete das Gatter zum Hof, schloss es, ohne ein Geräusch zu verursachen, und schlich durch den Vordereingang ins Haus. Er hatte also einen Schlüssel, und er wollte nicht, dass Dörthe etwas von seinem nächtlichen Ausflug mitbekam, folgerte Kim.

»Warum tut er das?«, fragte Lunke.

»Weil er etwas Wertvolles bei …« Bei dem Toten gefunden hat, wollte Kim sagen, doch dann fuhr sie fort: »…in dem Beutel entdeckt hat.«

»Hör zu, Kim«, sagte Lunke und stieß sie so zart mit der Schnauze an, dass seine Eckzähne sie nicht berührten. In seinen braunen Augen spiegelte sich Mondlicht. »Das sieht gefährlich aus! Ich komme mit in euren Stall und passe auf dich auf.«

Na, großartig – was sollte dieser Quatsch! Lunke zwischen Che und Brunst – das würde man ihr zeit ihres Lebens nicht verzeihen.

»Lunke«, sagte sie, »ich weiß dein Angebot zu schät-

31

zen, aber das kommt nicht in Frage. Es würde dir auch nicht gefallen ... eingesperrt zu sein und auf hartem Beton mit nur wenig Stroh zu liegen.«

Lunke verzog das Gesicht und grunzte leise vor sich hin. Kim konnte sehen, dass er nachdachte.

»Also gut«, sagte er, »aber ich bringe dich zum Stall, und dann suche ich mir auf der Wiese ein ruhiges Plätzchen. Ich würde mir ewig Vorwürfe machen, wenn...« Er wollte zu einer längeren Erklärung anheben, doch Kim unterbrach ihn barsch. »In Ordnung – gehen wir.« Damit zwängte sie sich durch das Loch im Zaun und trabte über die Wiese, ohne auf Lunke zu achten.

Im Haus war kurz ein Licht angegangen, aber gleich darauf erlosch es wieder. Der Mann war zurück in sein Bett gekrochen – in sein eigenes, wie Kim feststellte, denn Dörthe schlief in einem anderen Zimmer, das nicht direkt zur Wiese, sondern zum Hof und zur Zufahrt hinausging.

»Träum was Schönes, Babe«, raunte Lunke ihr hinterher, als sie den Stall fast erreicht hatte.

»Ja, vielleicht kommst du auch drin vor«, erwiderte Kim, bevor sie durch die Tür schritt.

Aus dem Stall antwortete ihr lautes Schnarchen, das von Che stammte. Brunst schnaubte, als müsse er im Schlaf Schwerstarbeit erledigen, und Cecile quiekte ängstlich. Sie hatte oft Alpträume, wahrscheinlich weil sie die Kleinste von ihnen war.

Kaum hatte Kim ihre Ecke erreicht und ein wenig Stroh zusammengescharrt, um sich darauf niederzulassen, sagte Doktor Pik laut in die Dunkelheit: »Der Mann, der bei Dörthe wohnt, war da, er ist auf den Heuboden geklettert und hat etwas versteckt. Kommt mir nicht geheuer vor – die Sache.«

»Gibt wahrscheinlich eine einfache Erklärung dafür«, erwiderte Kim, weil sie den alten Eber nicht beunruhigen wollte. Dann gähnte sie laut und übertrieben.

»Du riechst nach einem bestimmten wilden Schwarzen«, erklärte Doktor Pik mit strenger Stimme. »Und nach Ärger – nach mächtig viel Ärger.«

4

Wenn Edy mit der Stallarbeit anfing, war Kim meistens schon auf und hatte eine erste Runde über die Wiese gedreht. Sie liebte es, über die noch vom Tau feuchte Wiese zu traben und den Rüssel in den warmen Morgenwind zu halten.

Doch nach dem nächtlichen Ausflug mit Lunke war alles anders – sie hatte ganz gegen ihre Gewohnheit verschlafen.

Laut pochte Edy mit der Faust gegen das hölzerne Gatter.

»Aufstehen, Kim!«, rief er. »Was ist los mit dir, du Schlafmütze?«

Edy war groß, viel größer als Dörthe, er trug sein langes schwarzes Haar zu einem Zopf zusammengebunden und erzählte gelegentlich, dass er einmal ein richtig berühmter Musiker sein würde, aber bis die Menschen begriffen hatten, dass er der beste Gitarrist aller Zeiten war, musste er morgens ihren Stall saubermachen. Wenn Edy seine Wasserpfeife dabeihatte, ein merkwürdiges Gefäß mit einem langen Schlauch, konnte er sogar lachen, was er sonst niemals tat. Meistens trug er zwei silberfarbene Knöpfe im Ohr und war für nichts und niemanden empfänglich.

Mühsam rappelte Kim sich auf. Die anderen waren schon auf der Wiese – sogar Doktor Pik, dem das Aufstehen von Tag zu Tag schwerer fiel, hatte sich bereits aufgerafft.

Nach einem kurzen, freundlichen Begrüßungsgrunzer in Edys Richtung trabte Kim hinaus und erstarrte in der Tür. Lunke? War er etwa noch da? Sein Geruch lag jedenfalls in der Luft, und die anderen vier standen wie festgefroren auf einem Fleck und starrten geradeaus.

Lunke brachte das fertig – ihnen dreist einen guten Morgen zu wünschen und zu erzählen, dass Kim und er sich in der Nacht vergnügt und dann einen toten Menschen gefunden hatten.

Kim blinzelte in die Sonne, die schon ein gutes Stück über den Horizont gekrochen war, und lief zu den anderen. Hört nicht auf ihn!, wollte sie ihnen zurufen, er redet nur Unsinn, um sich wichtigzutun, aber da stand gar kein wilder Schwarzer, der eine Rede hielt. Etwas anderes hatte die Aufmerksamkeit von Che und Co. gefesselt.

Vorsichtig trabte Kim in Richtung Hof über die Wiese. Keiner der anderen wandte sich zu ihr um, nicht einmal Cecile. War etwas mit dem Haus nicht in Ordnung? War Dörthe vielleicht krank? Plötzlich bekam Kim einen Riesenschreck. Hatte der Kerl, der sich bei ihr versteckt hielt, ihr etwas angetan?

Rüde zwängte sie sich an Cecile und Doktor Pik vorbei, um endlich sehen zu können, was die Schweine so in Bann hielt. Der alte Eber nickte ihr wortlos zu, während sie sich neben ihn schob, und deutete mit dem Kopf zum Tor hin.

Jemand hatte ein Bündel Federn auf einen der Holzpfosten gelegt. Nein, Irrtum, ein Vogel lag da, ein mächtiger Schwan mit einer grau-weißen Brust, dessen Flügel in schwarzen Federn ausliefen.

Unwillkürlich musste Kim an den toten Mann in dem Auto denken. Nun war es ein toter Schwan, der vor ihr lag, aber er sah nicht weniger furchterregend aus. Sein Hals hing verdreht herab, und seine winzigen schwarzen Augen starrten vor sich hin. Ein schrecklicher Schmerz war in ihnen festgefroren.

»Ein Schwan«, piepste Cecile, die sich als Erste gefangen hatte, »hat wohl das Fliegen verlernt und ist vom Himmel gestürzt.«

Brunst schnaubte verächtlich, anscheinend war er anderer Meinung als das Minischwein. Dann nahmen seine Kiefer ihre mahlenden Bewegungen wieder auf, und er wandte sich ab. »Muss auf den Schreck was fressen«, murmelte er vor sich hin und trabte davon.

»Menschen«, sagte Che mit bitterer Stimme. »Menschen haben das getan – Menschen sind allesamt Mörder, sie haben es nicht nur auf uns abgesehen.«

Kim nickte. »Abgestürzt ist der Schwan bestimmt nicht. Jemand hat ihn hier hingelegt, genau auf diesen Pfosten, damit man ihn vom Haus aus sehen kann.« Eine Warnung, wollte sie hinzufügen, tat es allerdings

36

nicht – sonst hätte sie womöglich von dem Toten sprechen müssen, den sie in der Nacht gefunden hatte.

Sie reckte ihren Rüssel vor und schnüffelte. Das Gefieder roch lediglich nach Wasser und Wind, jedoch nicht nach Blut. Der Vogel wirkte unverletzt in seinem schwarzen Gewand – wenn man von dem grausam verrenkten Hals absah. War ein Mensch stark genug, so einem stattlichen Tier den Hals umzudrehen? Unwillkürlich musste Kim schlucken.

Che und Cecile scharrten mit den Klauen und drehten bei, um auf die Wiese zurückzulaufen.

»Fliegen ist doch sehr gefährlich«, plapperte Cecile, die anscheinend immer noch nicht begriffen hatte, wie der Schwan gestorben war.

»Der Kampf muss weitergehen«, rief Che vor sich hin, ohne auf das Minischwein zu achten.

Kim spürte, dass Doktor Pik sie argwöhnisch musterte, während ihre Augen das Gefieder absuchten, ob sie nicht doch etwas Besonderes entdecken konnte. »Ich habe heute Morgen Sirenen gehört«, sagte er leise. »Aus dem Wald – ist im Wald etwas vorgefallen?«

Gerade als Kim mit einem leisen »Nein« antworten wollte, wurde die Eingangstür geöffnet, und Dörthe trat hinaus. Sie hatte ihr langes rotes Haar hochgebunden und trug eine weite blaue Hose und ein weißes T-Shirt. Kim musste zugeben, dass sie nach menschlichen Maßstäben wirklich gut aussah.

Dörthe machte Anstalten, zu ihrem gelben Kabrio hinüberzulaufen, doch unvermittelt verharrte sie und

37

blickte Kim und Doktor Pik an. Ihre linke Hand vollführte eine langsame Bewegung zum vor Schreck aufgerissenen Mund. Dann lief sie so schnell zum Holzzaun herüber, dass sich ihr Haar löste und ihr über die schmalen Schultern fiel.

»O Gott – wie furchtbar!«, stieß sie hervor. »Was soll das? Wer tut so etwas?«

Ein Muskel an ihrem Hals zuckte, und dann rollten Tränen über ihre Wangen.

»Carlo!«, rief sie und wandte sich panisch um. »Carlo, komm her, und sieh dir das an!«

Es dauerte ein paar Momente, bis der Mann in der offenen Eingangstür erschien. Er trug ein knappes weißes Hemd und eine kurze schwarze Hose. Seine Füße waren nackt, und er wirkte mürrisch und verschlafen. Klar, dachte Kim, er hat heute Nacht ja einen längeren Spaziergang unternommen.

Wortlos schlurfte er heran und strich sich dabei durch sein zerzaustes, schwarzes Haar.

Kim konnte ihn zum ersten Mal aus der Nähe betrachten. Er war ungefähr so alt wie Dörthe, seine Augen waren braun, und Bartstoppeln glänzten auf seinen Wangen. Sein Mund verzog sich zu einem Grinsen, während er den Schwan betrachtete.

»Na, das ist ja eine hübsche Überraschung!«, sagte er und strich dem Vogel über das Gefieder.

»Wieso liegt ein toter Schwan hier?«, fragte Dörthe mit schriller Stimme und zudem ein wenig vorwurfsvoll. »Kannst du mir das sagen?«

»Keine Ahnung«, erwiderte er und grinste wieder. Dabei verzog sich sein Mund, dass auf der einen Seite eine tiefe Falte entstand.

Kim beschloss, dass sie ihn nicht mochte – er kam sich toll und stark und klug vor, genau so ein Mann war dieser Carlo.

»Hast du Stress mit einem deiner Nachbarn?«, fuhr er fort. Sein Grinsen wollte gar nicht aufhören. »Am besten vergessen wir das Ganze und vergraben den Schwan irgendwo. Oder wollen wir ihn deinen Schweinen zum Fraß vorwerfen?«

»Meine Schweine bekommen kein Fleisch zu fressen«, gab Dörthe wütend zurück. Sie versuchte ihr rotes Haar zu bändigen und wieder hochzustecken, aber irgendwie zitterten ihre Hände zu sehr. »Glaubst du, es ist eine Warnung?«, fragte sie. »Meinst du, sie wissen, dass du hier bist – und was du vorhast?«

»Ist mir egal«, antwortete Carlo. »Wir begraben den Vogel – und damit Schluss.« Er legte seine Stirn wütend in Falten, als wollte er gleich losschreien.

Dörthe sah ihm nach, wie er zum Stall hinüberging. Carlo kannte sich besser aus, als Kim gedacht hatte.

»Na, kluge Kim, na, Doktor Pik«, begrüßte Dörthe sie endlich. Sie hatte noch immer Tränen in den Augen. »Hat euch der tote Schwan auch einen solchen Mordsschrecken eingejagt?«

Kim grunzte zur Antwort, doch Dörthe hatte sich schon wieder Carlo zugewandt, der mit einer Schaufel zurückkehrte.

»So ein Schwan hat doch eine Bedeutung«, sagte sie unsicher. »Noch dazu, wenn er schwarze Federn hat. Der sterbende Schwan – Schwanengesang; das sagt man doch, nicht wahr?«

Carlo packte den Schwan, ohne mit der Wimper zu zucken, und legte ihn auf die Schaufel. »Schwanengesang ist so eine Art Abschiedslied – das letzte Werk eines großen Künstlers«, sagte er.

Wie der Schwan auf der Schaufel lag, sah er plötzlich wieder gesund aus, fand Kim, als könnte er sich jeden Moment in die Luft erheben und davonfliegen.

»Glaubst du, Bornstein weiß von deinem Stück? Deshalb diese Warnung?«, fragte Dörthe. Sie fingerte in ihrer Tasche herum und holte eine zerdrückte Packung Zigaretten hervor.

Carlo zuckte mit den Schultern. »Wir haben doch gewusst, dass das Stück einen Skandal auslösen kann«, sagte er. »Wir trinken einen Kaffee, und dann beginnen wir mit der Probe. Wie wir es abgemacht haben. Alles klar?« Er zwinkerte Dörthe zu, als wäre sie ein kleines Kind, das sich unnötig Sorgen machte. »Vielleicht kann ich den Schwan sogar mit einbauen. Am Ende erschießt sich Bornstein, der gescheiterte Geschäftsmann und Verleger, und stirbt mit einem ausgestopften Schwan in den Armen, den er im Fallen von einer Glasvitrine reißt. Geniale Idee – sollte ich gleich aufschreiben.«

Mit dem Schwan auf der Schaufel lief er zu den Bäumen neben der Zufahrt. Offenbar wollte er ihn dort vergraben.

Dörthe rauchte eine Zigarette und blickte sinnend über die Wiese.

Kim versuchte ihren Blick einzufangen. Sieh dich vor Carlo vor, wollte sie Dörthe sagen, er ist ein Lügner, er war heute Nacht bei einem toten Mann und hat ihn bestohlen. Doch Dörthe war ganz in sich versunken. Sie schreckte erst auf, als ein dunkelblauer Wagen über die Zufahrt heranrauschte und drei Schweinslängen vor ihr stehen blieb.

Als der Motor erstarb, war einen Moment lang alles still. Die Tür wurde nicht sofort geöffnet, wie es für gewöhnlich der Fall war, wenn ein Wagen hielt.

Dörthe warf ihre Zigarette achtlos hinter sich. Fast hätte sie Doktor Pik getroffen, der ärgerlich schnaubte, aber keine Anstalten machte zu gehen – genauso wenig wie Kim.

Dann endlich stieg eine Frau aus, sie war von schmaler Statur, hatte rotes Haar, aber nicht so wie Dörthe, es sah dunkler und matter aus und irgendwie unecht. Obwohl sie sehr zierlich wirkte, kam sie energisch auf Dörthe zu. Sie lächelte, ihre Lippen glänzten, und ihre Zähne waren schneeweiß. Sie hielt eine kleine Plastikkarte vor sich.

»Marcia Pölk, Kriminalpolizei«, sagte sie und lächelte wieder. »Sind Sie die Besitzerin dieses Hofs?«

»Kriminalpolizei?« Kim bemerkte, wie Dörthe einen unsicheren Blick in Richtung Carlo warf, der zwischen den Bäumen verschwunden war. »Ja, ich bin Dörthe Miller. Ich wohne hier.«

Die Polizistin schaute Doktor Pik und Kim freundlich an. »O, Sie züchten Schweine?«, erklärte sie, ehrlich erfreut. »Wie ungewöhnlich!« Langsam streckte sie eine Hand vor, an der Kim sofort zu schnüffeln begann. Nach Metall und Seife roch ihre Haut.

Dörthe schüttelte den Kopf. Ihre Anspannung war ihr deutlich anzumerken. »Ich bin bei meinem Großvater groß geworden – er war Metzger, da hat es immer furchtbar nach totem Schwein gerochen, und nun rette ich ein paar Tiere vor dem Schlachthaus und bilde mir ein, ich könnte damit etwas gutmachen.«

»Dann essen Sie wohl auch kein Schweinefleisch?«, fragte die Polizistin.

Noch etwas fiel Kim an ihrer Hand auf, ganz versteckt war da ein anderer Geruch. Sie hatte eine Katze, die sie gerne kraulte.

»Nein, natürlich nicht, keinen Bissen«, erwiderte Dörthe, »aber Sie sind vermutlich nicht gekommen, um sich nach meinen Schweinen zu erkundigen. Oder haben die Tiere etwas ausgefressen?« Das Lachen, das sie versuchte, misslang, und auch die Polizistin wurde ernst. Sie zog ihre Hand zurück und wandte ihren Blick wieder Dörthe zu.

»Ist Ihnen heute Nacht etwas aufgefallen?«, fragte sie und holte aus der Tasche an ihrem beigefarbenen Jackett einen kleinen Block hervor.

»Was sollte uns denn aufgefallen sein?«, fragte Carlo, der zwischen den Bäumen auf dem gepflasterten Hof zurückgekehrt war. Die Schaufel hatte er wohlweislich nicht mitgenommen.

Die Polizistin sah ihn argwöhnisch an. »Und wer sind Sie? Wohnen Sie auch hier?«

Carlo nickte und gab der Polizistin die Hand. »Ich bin Schriftsteller – Dramatiker. Momentan bin ich bei Frau Miller in Klausur, wenn ich es einmal so ausdrücken darf. Wir schreiben gemeinsam ein Theaterstück, das wir in ein paar Wochen aufführen wollen. Wird Aufsehen erregen die ganze Sache.« Er lachte laut und irgendwie unmotiviert.

»Ja«, sagte die Polizistin und runzelte die Stirn. »Ich erinnere mich. Ich habe etwas in der Zeitung gelesen. Sie sind Carlo May, der Schauspieler, nicht wahr? Und Sie hatten irgendwie Ärger? Hat es nicht eine Schlägerei gegeben?«

Carlo warf Dörthe einen kurzen, strengen Blick zu und hob dann den Kopf, als sei er stolz, dass die Polizistin ihn erkannt hatte. »Ganz recht. Mein Verleger hat mich tätlich angegriffen, weil ich ihn des schnöden Betrugs überführt habe. Wir haben zusammen eine kleine Literaturzeitung herausgegeben – den *Herbstfelder* –, und die ist nun pleite, und nicht er, sondern ich habe die Schulden am Hals, weil alles über meine Konten lief.«

Die Polizistin sah auf ihren Block. So richtig schien sie nicht zu interessieren, was Carlo da sagte.

»Sie haben also in der Nacht nichts Verdächtiges bemerkt?«, richtete sie ihre Frage wieder an Dörthe.

»Ich glaube nicht«, erwiderte Dörthe. »Oder meinen Sie vielleicht…« Sie geriet ins Stocken und wischte sich über die Stirn.

»Nein«, warf Carlo mit lauter Stimme ein. »Wir haben den ganzen Tag über hart an meinem Stück gearbeitet und tief und fest geschlafen – jeder in seinem eigenen Bettchen, versteht sich.« Er lächelte vielsagend. »Was sollten wir denn bemerkt haben?«

Kim grunzte einmal protestierend auf, aber wie zu erwarten war, registrierten das weder Dörthe noch die Polizistin.

»Was könnte ich denn gemeint haben?«, fragte Marcia Pölk, als hätte Carlo nichts von Bedeutung von sich gegeben. Ihre Augen richteten sich funkelnd auf Dörthe.

»Nun…« Dörthe blickte zu Boden.

»Es ist nichts«, erklärte Carlo mit einschmeichelnder Stimme. »Heute Morgen haben wir auf der Schweinewiese einen toten Schwan gefunden. Das hat Dörthe als wahre Tierfreundin ein wenig aufgeregt. Dabei hat der Vogel wahrscheinlich nur etwas Falsches gefressen. Die Bauern hier legen vergiftetes Fleisch aus, um Füchse zu fangen.«

Dörthe nickte zu Carlos Worten, und auch die Polizistin entspannte sich wieder.

»Also haben Sie in der Nacht nichts gehört – keinen Motor, keinen Schuss?«

»Einen Schuss – wieso einen Schuss?«, fragte Dörthe. Ihr war anzusehen, dass sie wirklich nichts mitbekommen hatte.

»Ganz in der Nähe ist augenscheinlich etwas… vorgefallen«, entgegnete die Polizistin. Sie sprach deutlich langsamer, wog jedes ihrer Worte ab. »Ach, Sie werden es ohnehin aus der Zeitung erfahren. Waldarbeiter haben einen Mann mit einer tödlichen Schusswunde hinter dem Lenkrad eines Lincolns gefunden – das ist ein amerikanischer Wagen. Die Scheibe an der Fahrerseite ist zerschossen, zwei Projektile haben die Tür durchschlagen. Könnte sein, dass ein Rauschgiftgeschäft schiefgegangen ist. Jedenfalls müssen sich in dem Kofferraum Drogen befunden haben. Zwei Hunde haben eindeutig angeschlagen.«

»Drogen und eine Schießerei hier bei uns im Wald!« Dörthe erbleichte, und auch Carlo gab sich alle Mühe, erstaunt zu wirken, doch die Polizistin achtete kaum auf ihn.

»Wir wissen bisher nicht, ob die Schießerei im Wald stattgefunden hat – oder ob der Mann noch ein paar Kilometer fahren konnte, bevor er wegen des Blutverlustes das Bewusstsein verlor.« Die Polizistin steckte ihren Block zurück und hielt stattdessen ein Kärtchen in der Hand. »Sollte Ihnen noch etwas einfallen – hier meine Telefonnummer. Rufen Sie an, egal zu welcher Zeit.«

Dörthe wollte nach der Karte greifen, Carlo kam ihr jedoch zuvor. »Wenn wir etwas für die Polizei, unseren Freund und Helfer, tun können, machen wir das gerne«, sagte er und lächelte wieder so, dass die tiefe Falte auf seiner Wange entstand.

Die Polizistin maß ihn mit einem spöttischen Blick. Sie machte kein Geheimnis daraus, dass sie ihn nicht ausstehen konnte. Darin war sie eindeutig klüger als

Dörthe. »Viel Erfolg mit Ihrem Stück«, sagte sie, »und schreiben Sie nichts Falsches – sonst müssen Sie sich womöglich wieder prügeln.« Sie wandte sich ab, machte ein paar Schritte, drehte sich dann noch einmal um. »Ach ja – wäre schön, wenn Sie sich für weitere Auskünfte zur Verfügung halten«, setzte sie hinzu. »Kann sein, dass ich bald noch einmal vorbeikommen muss.«

Dörthe atmete tief durch, als die Polizistin mit ihrem dunkelblauen Wagen umständlich gewendet hatte und vom Hof gefahren war.

»Hast du heute Nacht etwas mitgekriegt?«, fragte sie Carlo.

»Ich habe geschlafen wie ein Bär«, erwiderte er und lachte hohl auf. »Oder heißt es wie ein Schwein? Ist es nicht so, dass Schweine faul sind und die meiste Zeit tief und fest schlafen?« Plötzlich ruckte sein Kopf herum, und er starrte Kim feindselig an. Sie spürte, wie sein Blick ihr durch Mark und Bein fuhr. Hatte er bemerkt, dass Lunke und sie ihn in der Nacht beobachtet hatten? Nein, das war ausgeschlossen – nahezu ausgeschlossen, sagte sie sich.

Hastig machte sie, dass sie aus seinem Blickfeld geriet, und trabte über die Wiese, Doktor Pik hinterher, der nun auch abgedreht hatte und auf die Wannen zusteuerte, die Edy soeben mit frischem Wasser gefüllt hatte. Er schien von der Aufregung um den Schwan nichts mitbekommen zu haben, oder er interessierte sich nicht dafür. Wie immer bei der Arbeit hatte er zwei Knöpfe im Ohr, aus denen ein Dröhnen drang.

»Ich muss jetzt unbedingt einen starken Kaffee trinken«, hörte Kim Dörthe noch sagen.

Im nächsten Moment jedoch rauschte schon wieder ein Wagen auf den Hof.

Kehrte die Polizistin zurück? War ihr im Nachhinein aufgefallen, dass Carlo sie angelogen hatte? Für einen Moment hegte Kim diese Hoffnung. Dann sah sie, dass es ein ganz anderer Wagen war – weiß und breiter, mit einem Aufbau aus Brettern rechts und links und einer Plane als Dach. In einem solchen Gefährt wurden Schweine transportiert, erinnerte sie sich mit Schrecken.

5

In ihren Alpträumen spürte Kim es oft: das Rumpeln und Ruckeln in dem Transporter, in den man sie mit zwanzig Artgenossen gesperrt hatte. Nach Angst hatte es gerochen, nach Hoffnungslosigkeit und letzten Wünschen. Doch dann war der Transporter plötzlich ins Schlingern geraten und mit einem metallischen Kreischen umgekippt, und der leere blaue Himmel war ihr entgegengestürzt. Einen Moment später, als alle noch durcheinander dalagen, hatte sie fliehen können. In einem Gebüsch hatte sie sich versteckt, bis Dörthe sie gefunden und mit auf ihren kleinen Hof genommen hatte, den sie damals noch mit dem berühmten Maler Robert Munk bewohnt hatte. Munk war mittlerweile gestorben – jemand hatte ihn umgebracht, genauer gesagt, aber das war nun schon eine kleine Weile her.

In ihren Träumen indes war ihre Flucht von dem Transporter nie zu Ende – genauso wie Doktor Pik im Schlaf immer noch mit seinem Wanderzirkus durch die Gegend zog und müde und erschöpft seinen Kartentrick vorführte.

Weglaufen wollte Kim, als sie den Transporter sah –
zu Lunke in den Wald und am liebsten noch weiter.

Trotzdem blieb sie wie gebannt stehen – diese verdammte Neugier war wie eine Krankheit, die sie nicht
abschütteln konnte. Andere Schweine hatten Würmer,
die sie nicht loswurden, die ihnen schmerzhaft durch das
Gedärm krochen, bei ihr war es das Gefühl, nichts verpassen zu dürfen.

Dörthe lief zu dem Führerhaus und begrüßte den
Fahrer, der ächzend ausstieg – einen alten Mann mit einem grauen Haarkranz, der sich erst seine Hand an seiner blauen Joppe abwischte, bevor er sie Dörthe reichte.
Er neigte sogar höflich den Kopf, als hätte er eine besondere Achtung vor ihr. Hätte der Mann nicht hinter
dem Steuer eines solchen Wagens gesessen, hätte Kim
sich spätestens jetzt keine Sorgen mehr gemacht. Wie
ein Tierarzt oder wie ein Schlächter wirkte der Alte
allerdings nicht.

Leider war sie schon zu weit entfernt, um zu hören,
was Dörthe zu ihm sagte. Die beiden schienen sich aber
zu verstehen. Dörthe lächelte wieder, während Carlo
sich, mäßig interessiert, am Tor postiert hatte.

Der Alte in der blauen Joppe machte sich an der
Ladeklappe des Transporters zu schaffen.

»Na, gibt's was zu fressen?«, fragte Brunst, der unvermittelt neben Kim aufgetaucht war. Frische Nahrung
roch er zehn Meilen gegen den Wind.

Duftete es nach Obst, nach Essensresten oder Trockenfutter? Kim schnüffelte. Das wäre eine Erklärung

gewesen, aber nein, mit einem solchen Wagen war noch nie Futter angeliefert worden.

Brunst schmatzte laut, Speichel troff ihm aus dem Maul.

»Einmal so richtig satt fressen – das wäre was«, brummte er träumerisch vor sich hin.

He, wollte Kim sagen, du tust doch den ganzen Tag nichts anderes als fressen! Sie schwieg jedoch lieber, denn nun fiel die Klappe herunter und gab den Blick ins Innere des Transporters frei.

Ein Geruch von Stroh und Dung wehte herüber, aber bewegte sich da nicht etwas?

Kim hörte, wie Dörthe in die Hände klatschte und dann über die Klappe in den Transporter hineinstieg.

»Wunderbar«, rief sie. »Noch viel schöner, als ich es mir vorgestellt habe.« Mit einem Lächeln über ihrem ganzen sommersprossigen Gesicht wandte sie sich zu dem Alten um.

»Ja, ein Prachtstück, nicht wahr?«, erwiderte der Alte stolz.

Auch Carlo wurde nun herangelockt und verdeckte Kim die Sicht. Sie schnaubte ärgerlich. Ihre Neugier begann wie eine heiße Flamme in ihr zu lodern. Sogar die anderen waren neugierig herangetrabt.

»Was hat Dörthe vor?«, schnarrte Che missmutig. »Hat sie genug von uns? Will sie uns an irgendeinen dummen Schlächter verscherbeln?« Auf Sprüche und Schwarzmalerei verstand er sich bestens.

Als Dörthe sich ihm näherte, sprang Carlo hastig beiseite, und endlich konnte Kim erkennen, was sich in dem Transporter befand: ein mittelgroßes, helles Tier – ein Schaf, genauer gesagt. Ja, wenn sie sich richtig erinnerte, musste dieses Wesen mit dem flauschigen Fell ein Schaf sein. Auf der Wiese neben ihrem Pferch, wo sie mit ihrer Mutter aufgewachsen war, hatten solche Tiere gegrast und den ganzen Tag schrecklich blöde Töne von sich gegeben.

Che neben ihr stieß entrüstet die Luft aus. »Was ist das denn für eine Missgeburt!«, rief er aus. »Eine Beleidigung für meine Augen! Womit wollen die Menschen uns jetzt quälen?«

Ausnahmsweise musste Kim ihm einmal recht geben.

»Das ist aber ein komischer Hund«, quiekte Cecile ein Stück neben ihr. »Kann der beißen, oder bellt er nur? Müssen wir nun aufpassen?«

»Halt's Maul!«, zischte Brunst ihr wütend zu.

Allein Doktor Pik war still geblieben. Ihn konnte einfach nichts erschüttern, doch zu einem beruhigenden Wort vermochte er sich auch nicht aufzuraffen.

Kim konnte es nicht fassen. Was, verdammt, war in Dörthe gefahren? Warum brachte sie ihnen ein ausgewachsenes Schaf auf die Wiese? Genügten sie ihr nicht mehr? Wollte sie nun Schafe züchten, statt sich weiter um sie zu kümmern? Eines war schon klar, bevor dieses Wesen ein Bein auf die Wiese gesetzt hatte: Es würde Ärger geben.

Behutsam führte Dörthe das Fellwesen zu dem Holztor, das Carlo geöffnet hatte, und ließ es hinein. Dabei lächelte sie die ganze Zeit, als hätte man ihr ein tolles Geschenk gemacht. Voller Unverständnis verfolgte Carlo ihre Bewegungen. Er konnte ihre Begeisterung eindeutig nicht teilen – was ihn Kim allerdings auch nicht sympathischer machte.

»Was für ein schönes Tier!«, rief Dörthe aus. »So ein netter Kerl hat uns gerade noch gefehlt, nicht wahr?« Beifallheischend schaute sie sich um.

Kim grunzte ihren Widerspruch hinaus, und die anderen fielen in seltener Eintracht mit ein – ein fünfstimmiger Chor der Entrüstung erhob sich, der allerdings gründlich missverstanden wurde.

»Sieh nur, wie die Schweine sich freuen!«, rief Dörthe und postierte sich neben Carlo. »Schweine sind überaus gesellig. Sie begrüßen jeden Neuankömmling direkt freundlich, ganz anders als wir Menschen.«

»Ich bin sicher, Sie werden viel Spaß mit dem Tier haben«, erklärte der alte Mann und reichte Dörthe die Hand zum Abschied.

Er wollte wegfahren und das Schaf tatsächlich bei ihnen lassen, begriff Kim voller Panik.

Derweil stakste das Wesen mit dem Flauschfell näher heran und blickte sich ohne Scheu um. Dann gähnte es, beugte sich vor und schnupperte an einem Grashalm.

Genau so waren Schafe, dachte Kim, dumm, hochnäsig und nur aufs Fressen aus, statt sich anständig bei ihnen vorzustellen oder um Erlaubnis zu fragen, ob es sich überhaupt nähern durfte.

Che schaute sie fragend an: »Sollen wir ihm sofort

eine Abreibung verpassen?«, fragte er. »Oder glaubst du, dieser komische Kerl ist nur die Vorhut, und es kommen noch mehr?«

»Keine Ahnung«, erwiderte Kim. Sie wusste nicht, was sie tun sollten. Das Schaf einfach ignorieren oder ihm am besten gleich zeigen, wer auf dieser Wiese das Sagen hatte? Zum ersten Mal bedauerte sie, dass Lunke nicht zu ihnen gehörte; er wäre dem Fremdling ohne jedes Zögern entgegengelaufen und hätte ihm erst einmal die Regeln – seine Regeln – erklärt.

Das Flauschwesen schüttelte sich, blickte in die Sonne und nieste laut. Dann sah es zum ersten Mal zu ihnen herüber.

»Grüß Gott, Freunde!«, rief es mit leicht schriller Stimme und lächelte heiter. »Ich war von der Fahrt noch ein wenig benommen. Wie geht es euch? Freut mich außerordentlich, euch zu sehen.« Ohne eine Antwort abzuwarten, hoppelte es auf sie zu.

Kims erste Regung bestand darin, zurückzuweichen, doch sie bohrte standhaft ihre Klauen in die Erde.

»Oh!«, rief das Flauschwesen. »Ihr seid ein wenig schüchtern, was? Fremdelt ein bisschen? Dann mache ich gerne den Anfang. Ist mir ein ausgesprochenes Vergnügen. Ich heiße Hans-Hubert, und nun ja … wie es aussieht, gehöre ich jetzt zu eurer kleinen Gemeinschaft.«

Das Wesen neigte den Kopf und vollführte eine Art Verbeugung, wobei es geziert mit einem Bein einknickte.

Gehöre jetzt zu eurer kleinen Gemeinschaft? Was für ein Tier redete so ein geschwollenes Zeug?, fragte Kim sich. Ein gewöhnliches Schaf blökte eigentlich nur, wenn sie sich recht erinnerte.

»Also«, erklärte Hans-Hubert weiter, »wäre es schön, wenn ihr mir auch eure Namen verraten würdet, damit wir uns gleich besser kennenlernen. Bin recht neugierig auf euch. Wer tut mir als Erster diesen Gefallen?«

Herausfordernd blickte er die kleine Cecile an, die bereitwillig ihren Namen piepste. Dann waren Brunst und Doktor Pik an der Reihe, die sich ebenfalls grummelnd vorstellten.

Che jedoch schwieg voller Feindseligkeit, als das Flauschtier ihn freundlich auffordernd anblickte.

»Oh«, rief es und kniff besorgt die Augenbrauen zusammen. »Hier scheinen wir ein Problem zu haben, dem wir uns später widmen müssen. Aber wenn du dich so besser fühlst, will ich einstweilen gerne auf die Kenntnis deines Namens verzichten, werter Freund.«

Mit einem fragenden Lächeln wandte sich das Wesen Kim zu, doch statt ihm ihren Namen zu verraten, rief sie aus: »Was bist du? Ein Schaf, das wie ein Schwein spricht?«

Hans-Hubert verneigte sich abermals. »Hurra«, sagte er. »Es gilt eine kleine Wissenslücke zu füllen. Angenehm, meine Großeltern und Eltern waren Wollschweine – und darum bin auch ich, bingo, ein Wollschwein.« Wieder verbeugte er sich, als wäre er auch schon einmal im Zirkus aufgetreten. »Und nun wäre es schön, wenn du mir zeigen würdest, wo es eine Kleinigkeit zu fressen für mich gibt. Meine Reise war lang und beschwerlich. Und ich möchte hinzufügen, dass ich frische, gesunde Kost bevorzuge.«

Ein Spinner, dachte Kim. Dörthe hat uns einen ausgewachsenen Schwätzer und Spinner auf die Wiese gesetzt.

6

Ein Wollschwein! Erstaunt blickten sie Hans-Hubert
nach, wie er über die Wiese stakste, genau auf Edy zu,
der sich mit einer Forke bewaffnet an der Tür aufgestellt
hatte. Auch wenn Neugier nicht zu seinen Eigenheiten
zählte, so wollte er sich dieses neue Schwein offenbar
auch aus der Nähe ansehen. So groß war sein Interesse
allerdings nicht, dass er die silbernen Knöpfe, in denen
die furchtbarsten Geräusche hin und her wogten, aus
seinen Ohren genommen hätte.

Das Wollschwein bewegte sich anders als sie, registrierte Kim, aber es schien über einen gesegneten Hunger zu verfügen. Ohne Zögern machte es sich über den
Berg von Kohl und Kartoffelschalen her, den Edy auf
die Wiese geschaufelt hatte. Auch den Bottich mit dem
Trockenfutter ließ es nicht außer Acht.

»Der Kerl gefällt mir nicht«, brummte Brunst missmutig vor sich hin. »Ganz und gar nicht.«

Che blickte Kim an. »Wir müssen ihn loswerden – am
besten sofort. Kannst du ihn nicht mitnehmen, wenn du
mal wieder die wilden Schwarzen besuchst? Es würde

schon reichen, wenn er sich draußen im Wald verirren
würde.«

»Ich werde darüber nachdenken«, erwiderte Kim,
aber eigentlich wollte sie sich von dem Wollschwein
gar nicht ablenken lassen. Der Beutel, den Carlo in der
Nacht aus dem Wagen mitgenommen hatte, befand sich
immer noch auf dem Heuboden im Stall. Und was war
mit dem toten Schwan? Wer hatte ihnen das Tier auf
den Pfosten gelegt? Vielleicht hatte Lunke in der Nacht
etwas beobachtet.

»Ich könnte ihn mir aber auch sofort vorknöpfen«,
rief Brunst und beobachtete argwöhnisch, wie Hans-
Hubert sich abermals an dem Kohl gütlich tat. »Wir
werden alle verhungern, wenn diese Missgeburt bei uns
bleibt.«

»Wollschweine sollen ein sehr freundliches Wesen
haben«, warf Doktor Pik ein. »Habe ich mal gehört«,
fügte er beinahe entschuldigend hinzu.

»Wer's glaubt!«, grunzte Brunst.

Mit einem breiten Lächeln hoppelte Hans-Hubert
wieder auf sie zu. »Köstlich, euer Willkommensmahl!«,
erklärte er. »Aber später sollten wir alle zusammen fressen. In Gesellschaft macht Fressen viel mehr Spaß. Und
was machen wir jetzt? Habt ihr eine Idee? Wie wäre es,
wenn jeder reihum eine Geschichte erzählt?« Auffordernd blickte er in die Runde.

»Au ja!«, rief Cecile, sofort begeistert. »Geschichten-
erzählen – das wäre toll!«

Che wandte sich ab. »Solidarität«, grummelte er vor

sich hin. »Muss man mit so einer Missgeburt solidarisch sein?« Dann trabte er zu dem letzten der fünf Apfelbäume auf der Wiese und legte sich in den Schatten.

»Hier ist meine Geschichte«, knurrte Brunst. »Kam ein falsches Schwein zu einem richtigen Schwein auf die Wiese, sagte das richtige Schwein: ›Diese Wiese ist zu klein für uns beide.‹« Abrupt verstummte er, und ein hartes, unfreundliches Schweigen breitete sich aus.

»Und dann?«, fragte Hans-Hubert in die Stille hinein und schüttelte sein fusseliges Fell. »War das schon die ganze Geschichte?«

»Ja, klar«, grunzte Brunst und trabte ebenfalls davon.

»Hab ich nicht verstanden«, bemerkte das Wollschwein und schaute Kim fragend an, dann drehte es sich um. »Aber danke«, rief es Brunst nach, »danke für die erste Geschichte, werde nachher mal darüber nachdenken, was sie zu bedeuten hat.« Er lächelte. »Fühle mich gleich schon besser. Hab erst geglaubt, ihr könntet was gegen mich haben.«

Kim verdrehte unwillkürlich die Augen. Konnte man wirklich so dumm und arglos sein?

»Vielleicht solltest du dich erst mal mit der Wiese vertraut machen«, sagte sie, um einen neutralen Tonfall bemüht. »Cecile, würdest du Hans-Hubert ein wenig herumführen? Zeige ihm die einzelnen Apfelbäume, und erläutere ihm, wer am liebsten unter welchem liegt, damit er niemandem in die Quere kommt, und dann gehst du mit ihm zum Stall und erklärst ihm dort alles.«

Cecile richtete sich zu ihrer vollen Minigröße auf.

»Mache ich gerne«, entgegnete sie stolz, und während die beiden sich langsam entfernten, hörte Kim, wie das Wollschwein sagte: »Kannst mich gerne Bertie nennen – so hat mich meine liebe Mutter früher immer gerufen.«

Doktor Pik nickte Kim zu, als wolle er sagen: Gut gemacht. Dann trottete er hinter Cecile her, um sie nicht aus den Augen zu lassen.

Kim schaute sich um. Edy stieg auf sein Fahrrad. Er hatte seine Arbeit erledigt und würde ins Dorf zurückzufahren. Er hatte immer noch seine Knöpfe im Ohr und bewegte sich zum Takt der hässlichen Geräusche. Dörthe und Carlo waren ins Atelier hinübergegangen. Carlo lief hinter den großen Fenstern hin und her. Er hatte eine Menge weißer Papiere in der Hand und gestikulierte heftig.

»Bornstein ist ein Schwein«, rief er und schaute Dörthe an. »Wir werden ihn entlarven – als schmierigen Hochstapler, als zwielichtigen Gauner, als einen liebesunfähigen hirnschwindsüchtigen Onanisten, der die Leute betrügt, benutzt, übers Ohr haut …«

Kim grunzte unwillig. Beleidigungen dieser Art gefielen ihr ganz und gar nicht – und außerdem, was hatten Schweine mit Hochstaplern und Gaunern zu tun?

»In der ersten Szene sitzt Bornstein auf einem riesigen Lederstuhl hinter seinem Schreibtisch, er raucht eine Zigarre, mimt den großen Verleger, vor sich das Telefon, der Schreibtisch vollkommen leer. Er wartet auf Pape – Pape ist der Maler, der ihn auf ein Ölgemälde bannen soll, für die Nachwelt sozusagen. Und dann kommst du, Dörthe. Du spielst sein Gewissen und erscheinst ihm wie in einem Traum.«

Während Carlo die ganze Zeit hin und her gelaufen war, hatte Dörthe mit verschränkten Armen am ersten Fenster gestanden. »Sein Gewissen? Ich dachte, ich spiele seine Geliebte. Hast du mir das nicht so erklärt? Er ist krank und pleite, tut aber noch so, als wäre er Multimillionär und ein gewiefter Geschäftsmann, der allerdings …«

Carlo lief zu ihr hinüber und packte sie an den Schultern. Für einen Moment sah es so aus, als würde er sie angreifen. Kim wappnete sich, einen Warnruf auszustoßen, doch mit einem Ruck ließ Carlo wieder von ihr ab.

»Ich habe die erste Fassung komplett umgeschrieben. Ich musste eine Figur einführen, die von all den Schweinereien weiß, die Bornstein begangen hat – sein Aufstieg vom kleinen Wäschereibesitzer zum Hauseigentümer, der Mieter auf die Straße setzt, dann die Erpressung des Bürgermeisters mit den Pornobildern, um ein bestimmtes Grundstück zu bekommen. Seine Machenschaften als Verleger, wie er seine Autoren betrügt … Niemand weiß all das, nur sein Gewissen.«

»Aber hast du nicht gesagt, er habe gar kein Gewissen? Geht es nicht darum, den Prototyp eines gewissenlosen Menschen auf die Bühne zu bringen?« Dörthe war nicht überzeugt. Sie legte ihre schöne Stirn in Falten.

»Ja, genau!« Carlo klatschte in die Hände, woraufhin seine Papiere zu Boden fielen und sich um ihn ausbreiteten. »Er und sein Gewissen haben sich entzweit – sie gehören nicht mehr zusammen. Genau das stelle ich dar. Außerdem kannst du sehen, dass ich Feminist bin. Bornstein ist ein Mann und böse – sein Gewissen hingegen ist weiblich und gut.« Er lächelte Dörthe gewinnend an, und sie fiel darauf herein. Zumindest sagte sie: »Verstehe, auch wenn es noch etwas verwirrend klingt.«

Cecile hatte Berti mittlerweile einmal über die Wiese geführt. Che hatte sie keines Blickes gewürdigt, und Brunst hatte in neuer Rekordzeit alles Fressen vertilgt, das das Wollschwein übrig gelassen hatte.

Edy blickte vom Zaun zu ihnen herüber. Auch er musterte das Wollschwein interessiert, aber nein, bemerkte Kim, Edy war ja schon mit dem Fahrrad weg. Die Gestalt am Zaun konnte gar nicht Edy sein. Sie hatte kurze weiße Haare.

Der Mann hielt sich ein Gerät vor die Augen. Sein Kopf glitt hin und her, einmal verharrte er kurz. Dann wanderte sein Blick weiter.

Neugierig lief Kim auf ihn zu. Was suchte der Mann? Ja, er hielt offenkundig nach etwas Ausschau.

Kaum war Kim an Che vorbeigelaufen, drehte der Mann sich um und verschwand im Wald.

Kim beschloss, bis zum Nachmittag zu warten, bevor sie sich auf die Suche nach Lunke machte. Der Himmel war so blau und wolkenlos wie schon in den Wochen zuvor. Kim spürte ihre Müdigkeit. Sie hatte ein paar Reste Kohl und Trockenfutter gefressen und sich unter ihren Apfelbaum am Stall gelegt. Schlafen konnte sie jedoch nicht. Im Hintergrund hörte sie Bertie unaufhörlich reden.

»Für mich ist es wesentlich, alles positiv zu sehen«, erklärte er Cecile, die jedes Wort, das er aussprach, förmlich aufsaugte. »Ich gehe auf jedes Wesen mit einem Lächeln zu. Lächeln ist ganz wichtig, und ich sage zu jedem: ›Ich will dir nur Gutes tun – wie kann ich dir helfen?‹ Und deswegen bekomme ich auch nur freundliche Rückmeldungen. – Na, bis auf ein, zwei Ausnahmen. Auf dem letzten Hof, wo ich war, sollte ich schnöde ein paar Damen begatten. Das nahm keinen besonders glücklichen Ausgang. War mir irgendwie alles ein wenig zu ... grob.« Er seufzte. »Manchmal wird meine Freundlichkeit auch ausgenutzt oder ... missverstanden.«

»Könnt ihr nicht endlich mal das Maul halten?«, knurrte Brunst irgendwann herüber.

Cecile antwortete daraufhin wütend: »Lass Bertie doch! Er erzählt tolle Geschichten, und ich lerne so viel von ihm – über Freundlichkeit und solche Sachen.«

Kim konnte sehen, dass Brunst am liebsten zu den beiden herübergekommen wäre, um sich erst auf die winzige Cecile und dann auf Bertie zu stürzen. Mühsam rappelte sie sich auf und zwängte sich durch das Loch im Zaun, das Dörthe, wie sie vermutete, ihr zuliebe gelassen hatte.

Nachmittags war es anders im Wald. Licht fiel durch die hohen Bäume und malte weiße Flecken auf den Boden, die mit jedem Windstoß ihre Form veränderten. Es roch auch anders, Insekten flogen umher, Vögel sangen träge, und die wilden Schwarzen ließen sich nicht blicken.

Schon von Weitem erkannte Kim, dass sich an der Stelle, wo der Tote in dem Auto gesessen hatte, noch Menschen aufhielten. Sie trugen weiße Kleidung, bückten sich, richteten sich wieder auf und schritten weiter. Kaum einer sagte einmal ein Wort. Die dunkelrothaarige Polizistin, die Dörthe besucht hatte, lehnte in einiger Entfernung an einem Baum und sprach in einen kleinen silberfarbenen Apparat hinein, von dem Kim mittlerweile wusste, dass jeder Mensch einen besaß, um sich mit anderen Menschen, die gar nicht da waren, zu unterhalten. Was die Frau sagte, konnte sie von ihrem Platz hinter einem ausladenden Farn leider nicht verstehen.

Der kantige, gelbe Wagen mit dem kaputten Fenster stand immer noch da – er wirkte nun noch größer als in der Nacht. Den Toten hatte man jedoch entfernt, es lag auch kein Geruch von Blut mehr in der Luft, und Hunde waren zum Glück auch keine mehr da. Sie konnte aber noch genau erkennen, wo sie ihr widerwärtiges Geschäft verrichtet hatten.

»Hi, Babe«, raunte Lunke ihr unvermittelt ins Ohr.

Sie erschrak, obwohl sie damit gerechnet hatte, dass er auftauchen würde.

»Siehst zum Anbeißen aus, Kleine«, fuhr Lunke lächelnd fort.

Kim funkelte ihn finster an. »Noch so eine Bemerkung, und ich schreie am helllichten Tag jedem zu, der mir begegnet, dass du eigentlich Fritz heißt. Che wäre begeistert, das zu wissen.«

»Überleg dir mal eine andere Drohung – wird allmählich langweilig«, erwiderte Lunke, doch das Lachen war ihm augenscheinlich vergangen. Er blickte zu den weißgekleideten Menschen hinüber. »Die Leute tun schon die ganze Zeit nichts anderes als hin und her zu laufen. Nur der Tote ist weg, wurde mit einem großen schwarzen Auto abgeholt.«

Ein Lastwagen mit einem Kran rumpelte über den Feldweg. Die Polizistin baute sich vor ihm auf und dirigierte den Fahrer zu dem gelben Auto, in dem der Tote gesessen hatte.

Aufmerksam beobachtete Kim, wie der Kran ausschwenkte und das gelbe Blechmonstrum verladen wurde.

»Menschen sind so«, bemerkte Lunke, »halten sich mit allem viel zu lange auf. Wir Schweine hingegen denken mehr an unser Vergnügen. Jetzt zum Beispiel wäre eine wunderbare Zeit, um im See …«

»Sie suchen Spuren«, unterbrach Kim ihn, ohne den Blick zu wenden. »Sie wollen immer wissen, wer einen von ihnen umgebracht hat.« Plötzlich fiel ihr der schwarze Schwan ein. »Heute Nacht«, sagte sie und fixierte Lunke, »hat jemand einen toten Schwan auf einem Holzpfosten an unserer Wiese abgelegt. Hast du irgendetwas davon mitbekommen?«

Lunke klang plötzlich mittelschwer beleidigt. »Dachte schon, du fragst mich gar nicht. Ich habe doch auf der Wiese auf dich aufgepasst.«

»Ja und?«, fragte Kim ungeduldig. »Hast du etwas gesehen?«

Lunke runzelte die Stirn und wandte den Blick, als
würde ihn plötzlich interessieren, warum die weißen
Menschen sich ständig bückten und den Boden absuchten, aber Kim wusste, dass es nur ein Trick war, um ihre
Anspannung zu steigern. »So einfach ist das nicht«,
sagte er. »Ich habe vielleicht etwas gesehen – nein, ganz
sicher habe ich etwas gesehen, aber ich kann es dir nicht
so ohne weiteres anvertrauen.«

»Und warum nicht?« Kim wurde immer ungeduldi-
ger.

»Du solltest freundlicher zu mit sein. Stattdessen
drohst du mir … Unter diesen unerfreulichen Umständen kann ich dir beim besten Willen nichts verraten,
nicht einmal die kleinste Beobachtung, die ich ohne jeden Zweifel gemacht habe.« Er drehte den Kopf und
begann mit seinem Rüssel lustlos die Erde zu durchstö-
bern.

Kim atmete tief ein. Lunke spielte mit ihr – das wusste
sie genau, aber im Moment blieb ihr nichts anderes übrig, als auf dieses Spiel einzugehen, wollte sie etwas von
ihm erfahren. »Also gut«, sagte sie. »Ich werde ein wenig freundlicher zu dir sein. Allerdings werde ich nicht
mit dir schwimmen gehen, falls du das meinst.«

»Es reicht mir schon, wenn du versprichst, mich nicht
mehr Fritz zu nennen – unter keinen Umständen.« Er
hob seinen Rüssel und rückte wieder ein Stück näher.
Seine braunen Augen schauten sie forschend an.

Kim zögerte. »In Ordnung«, erwiderte sie leise. »Fritz ist vorerst gestorben. – Und was war nun heute Nacht?«

Lunke lachte leise und schleckte ihr über das Ohr. »Das«, grunzte er, »verrate ich dir mitten im See.« Dann preschte er so laut davon, dass sogar zwei der weißgekleideten Menschen auf dem Weg den Kopf hoben und in ihre Richtung schauten.

7

Als Kim aus dem Wald zurückkehrte, hörte sie bereits von Weitem die erregten Stimmen von der Wiese. Nein, erregt traf es nicht ganz – erregt, wütend und überaus schlecht gelaunt war eigentlich nur Che. Bertie war die Freundlichkeit in Person, seine Stimme klang so nervtötend süß, dass Kim einen Augenblick lang beinahe Mitleid mit Che hatte.

»Du hilfst weder dir noch mir, wenn du so unfreundlich zu mir bist«, beklagte sich das Wollschwein in einem melodiösen, ganz und gar unpassenden Tonfall. »Mit Freundlichkeit kommt man viel weiter – und wenn du ein Problem damit hast, dass ich nun zu euch gehöre, obwohl ich vielleicht ein wenig anders bin als ihr, dann sollten wir offen darüber sprechen.«

»Ich will nicht mit dir sprechen«, keifte Che. »Ich bin ein Protestschwein, ich bin dazu da, den Schweinen zu sagen, wie sie sich gegen die Willkür der Menschen wehren können. Schweine wie du machen mit ihrem freundlichen, konterrevolutionären Getue alles kaputt.«

»Aber Aggressionen sind niemals gut«, erwiderte Bertie noch freundlicher. »Hat meine liebe Mutter schon gesagt. Und…« Er zögerte und räusperte sich. »Ich wäre gerne dein Freund… Ich mag starke kräftige Eber, die wissen, was sie wollen… ich mag sie viel mehr als so blasse, schwächliche Wesen wie etwa Kim.«

Blasse, schwächliche Wesen wie etwa Kim! Dieses Wollknäuel hatte echt nur Flausen im Kopf. Am liebsten hätte sie Bertie auf der Stelle gesagt, was sie von so einem dümmlichen Gerede hielt, doch dann hätte wahrscheinlich sie und nicht mehr Che ihn am Hals gehabt.

Kim blieb stehen und überlegte, in den Wald zurückzukehren. Eine Nacht mit einem Schwätzer wie Bertie in einem Stall würde eine Tortur werden, aber im Wald wartete Lunke auf sie. Er hatte sie ausgetrickst. Am helllichten Tag hatte er sie mitten in den See gelockt, wo jeder sie hätte sehen können, ohne dass er wirklich etwas Bedeutsames mitzuteilen hatte. Ein Mann mit einem schwarzen Augengestell und kurzen weißen Haaren war irgendwann, als der Mond schon hoch am Himmel stand, aus dem Wald neben der Einfahrt gekommen und hatte den toten Schwan auf dem Pfosten drapiert. Dann war er wieder verschwunden. Großartige Beobachtung! Und dafür hatte sie sich in Lebensgefahr begeben – gar nicht auszudenken, was passiert wäre, wenn einer der Polizisten vorbeigekommen wäre oder der Mann, der da irgendwo herumschlich, oder ein Jäger mit einem Gewehr, ein Schlächter mit einem Messer…

»Wollen wir nicht ein Spiel spielen?«, rief Brunst nun mit schriller Stimme auf der Wiese.

»O ja!«, quiekte Cecile sofort. Klar, dass sie auch in der Nähe war. Anscheinend wich sie Bertie nicht mehr von der Seite.

»Wir spielen Prügelei – jeder darf auf jeden einprügeln«, erklärte Brunst ohne jeden Hauch von Spott in der Stimme.

»Gewalt unter Schweinen ist eigentlich verboten«, wandte Che unschlüssig ein, »aber wenn ich so darüber nachdenke: Für jede Regel gibt es bekanntlich eine Ausnahme.«

»Prügeln finde ich ehrlich gesagt nicht so gut«, meldete sich Bertie wieder zu Wort. Seine Stimme troff vor Freundlichkeit. »Ich kenne ein anderes Spiel, das ich viel lieber mag: Ich sehe was, was du nicht siehst. Darf ich anfangen?«

Kim beschloss kehrtzumachen. Nichts konnte sie sich weniger vorstellen, als jetzt mit den anderen Schweinen zu streiten oder blödsinnige Spiele zu spielen. Plötzlich überfiel sie ein Gefühl von Einsamkeit. Sie war nur ein Schwein, sie konnte von Glück sagen, dass Dörthe sie gerettet hatte und sie nicht in einem Schlachthaus gelandet war – so wie ihre Mutter, die fette Paula, die ein hässlicher Transporter an einem nebligen Morgen abgeholt hatte –, und trotzdem musste ihr Leben doch einen tieferen Sinn haben. Waren eine Wiese, auf der kaum noch etwas wuchs, und ein Stall mit ein paar Strohhalmen alles, was sie sich vom Leben erhoffen durfte? Sollte sie einfach davonlaufen, in die Welt hinein? Lunke hatte ihr immerhin einiges beigebracht – etwa, wie man nachts durch das Dorf streifte, wie man sich vor Hunden in Acht nahm und Menschen aus dem Weg ging.

Kim schob sich tiefer ins Dickicht hinein. Hinter ihr waren die Stimmen der anderen nur noch entfernt zu hören. Brunst grunzte: »Nun habe ich aber genug«, und Bertie antwortete heiter: »Wahre Freunde können sich alles verzeihen.«

Nachdem Kim eine Tannenschonung durchquert hatte, war nichts mehr zu vernehmen. Würden die anderen sie suchen, falls sie nicht zurückkehrte? Oder würde Dörthe kommen? Wie es aussah, hatte Dörthe genug mit diesem undurchsichtigen Carlo zu tun, der sich bei ihr einquartiert hatte. Bestenfalls würde sie Edy losschicken.

Kim fand eine Mulde, die versteckt inmitten von üppigen Farnen lag. Deutlich war zu riechen, dass hier vor kurzem noch einer der wilden Schwarzen gelegen hatte. Ihre Stimmung sank immer mehr. Lunke hatte sie betrogen, die anderen machten sich nichts aus ihr ... Plötzlich begann sie sich sogar nach Munk, dem berühmten Maler, zu sehnen – mit ihm hatte Dörthe bis vor einiger Zeit in dem Haus zusammengelebt, doch dann war er ermordet worden. Ein paar der Bilder, die Munk gemalt hatte, hingen noch in dem alten Atelier, in dem Carlo nun sein Stück probte.

Ach, nein, sie irrte sich, auch Munk hatte sich nicht wirklich um sie gekümmert. Er hatte lediglich seine bunten Bilder im Kopf gehabt.

Als Kim die Augen schloss, sah sie den Schwan mit den schwarzen Federn vor sich – tot und traurig hing er über dem Pfosten, und dann dachte sie an den verletzten Mann in dem Auto und wie er auf einmal die Augen geöffnet und sie angeschaut hatte. Er hatte gewusst, dass er starb, dass er irgendetwas vollkommen falsch angepackt hatte.

Im Halbschlaf spürte Kim, dass sich jemand neben sie legte und sich an sie schmiegte, doch sie war zu müde, um die Augen zu öffnen. War die kleine Cecile gekommen? Oder Doktor Pik? Aber der alte Eber ging eigentlich nie auf Tuchfühlung.

Ein lautes Knacken ließ sie aufschrecken. Es war dunkel – allein ein Hauch Mondlicht schwebte um sie herum. Sie brauchte einen Moment, um sich zu orientieren. Richtig, sie hatte nicht auf die Wiese zurücklaufen wollen. Wieder war ein Knacken zu hören, dann noch eins. Es war, als würde der Wald zum Leben erwachen. Jemand – ein Mensch – rief etwas.

»Was ist denn?«, murmelte Lunke schläfrig hinter ihr. »Es war doch gerade so gemütlich.«

Kim erhob sich. Hätte sie sich denken können, dass er es war, der ihre Müdigkeit ausgenutzt und sich an sie geschmiegt hatte.

»Da läuft jemand durch den Wald«, raunte sie ihm zu.

Ein grelles Licht glitt ein Stück von ihr entfernt durch die Bäume. Ein Scheinwerfer – genau wie in der letzten Nacht.

»Ist doch egal«, meinte Lunke und schob sich noch näher. »Kümmert uns nicht.«

Kim kniff die Augen zusammen und versetzte ihm einen Stoß. Das Licht wanderte auf sie zu. Dann tauchte an einer anderen Stelle eine weitere Lampe auf. Hatte sie also recht gehabt. Es waren zwei Menschen, die durch den Wald liefen.

Langsam bewegten sich die Lichter aufeinander zu.

Lunke war nun ebenfalls aufgestanden und stellte sich neben sie. »Hast du nicht versprochen, freundlicher zu mir zu sein?«

»Hast du nicht gesagt, du hättest letzte Nacht etwas Wichtiges beobachtet?«, entgegnete sie, ohne die Lichter aus den Augen zu lassen.

»Du bist undankbar«, schnaufte er beleidigt.

Die beiden Lichter hatten sich mittlerweile beinahe zu einem vereinigt. »Glaubst du wirklich, das Geld ist hier irgendwo?«, fragte eine dumpfe Stimme.

Eine zweite, genauso dumpfe Stimme erwiderte: »Keine Ahnung. Im Wagen war es jedenfalls nicht mehr. Hat unser Informant bei den Bullen gemeldet. Das Heroin war auch weg.«

Wieder knackten Äste. Die beiden Gestalten bewegten sich achtlos durch den Wald. »Aber wie hätte der Idiot das Geld und die Drogen beiseiteschaffen sollen? Der Scheißkerl hat sich mindestens zwei Kugeln von mir eingefangen«, erklärte die erste Stimme. »Vielleicht hat er beides auch irgendwo einfach aus dem Fenster geworfen. Oder er hatte einen Komplizen und hat uns nur auf eine falsche Spur gelockt.«

Was die zweite Stimme antwortete, war nicht mehr zu

verstehen. Die beiden Gestalten bogen in die Richtung ab, in der das Auto mit dem Toten gestanden hatte.

»Begreife gar nicht, dass du dich so für die Angelegenheiten der Menschen interessierst«, meinte Lunke. Er riss ein Büschel Farn aus und schmatzte. »Wir Schwarzen kommen prima ohne Menschen zurecht.«

»Ich will wissen, wer den Schwan umgebracht hat und warum«, erwiderte Kim. Vorsichtig, ohne ein Geräusch zu verursachen, begann sie den beiden Menschen zu folgen.

Es waren zwei Männer. Wortkarg stapften sie nebeneinander her, ließen ihr Licht mal in diese Richtung, mal in jene gleiten.

»Wenn sie so weitermachen, haben sie gleich Emma und ihre Rotte am Hals«, raunte Lunke ihr zu. Die Vorstellung, wie ein paar wilde Schwarze zwei Menschen durch den Wald jagten, ließ ihn leise auflachen. Doch als die Männer zu der Stelle gelangt waren, wo das gelbe Blechmonstrum mit dem Toten gestanden hatte, stiegen sie in ihren Wagen. Mit dröhnendem Motor setzten sie zurück und verschwanden.

»Da haben sie noch einmal Glück gehabt!«, grunzte Lunke und lachte wieder.

Kim sah dem Wagen nach. Die beiden Männer hatten nicht gefunden, was sie gesucht hatten, also würden sie wiederkommen. Es würde keine Ruhe im Wald einkehren. Sie hob ihren Rüssel in den Wind. Gleich würde es hell werden, die ersten Vögel regten sich in den Bäumen, und irgendwo waren auch die wilden Schwarzen.

Emmas Rotte machte sich bereit, auf ihre Morgentour zu gehen.

»Ich muss zurück«, sagte sie. »Die anderen werden mich schon vermissen.« Sie hatte keine Lust, Emma über den Weg zu laufen.

Lunke schob sich so dicht an sie heran, dass sie seinen Atem riechen konnte. »Du denkst zu viel«, erklärte er voller Ernst. »Ich mag dich – wir sollten mehr Spaß miteinander haben.«

Kim wandte den Kopf und wich ein wenig zurück. Vielleicht hatte er recht, vielleicht sollte sie wirklich... Ein neues Licht flammte hinter ihnen auf, noch sehr weit entfernt, so dass nichts zu hören und zu riechen war. Für einen Moment verschwand es, kehrte jedoch einen Atemzug später sofort zurück.

»He, Babe«, sagte Lunke und stieß sie mit dem Rüssel an. »Soll ich mich vor dir in den schönsten, dreckigsten Dreck werfen, damit du mich endlich erhörst?«

Aus den Augenwinkeln sah sie, dass er tatsächlich in die Knie ging, doch nun hatte das Licht ihre ganze Aufmerksamkeit gefesselt. Waren die Männer zurückgekehrt, um an einer anderen Stelle ihre Suche fortzusetzen?

»Still!«, flüsterte sie. »Da kommt wieder jemand!«

Sie lief ein Stück vor und ging dann hinter einem Baum in Deckung.

Carlo kam heran, in der Hand hielt er eine Taschenlampe, in der anderen einen glänzenden Metallkoffer, wie Kim ihn vom Tierarzt kannte, und den alten,

74

schmutzigen Spaten, der sonst in ihrem Stall hinter der Tür zum Haupthaus lehnte.

Sich immer wieder umschauend bewegte er sich vorwärts. Anders als gestern, als er Dörthe große Reden gehalten hatten, roch er nun nach Schweiß und Anspannung. An einer Eiche, die allein inmitten winziger Tannen hervorragte, verharrte er und lauschte. Kim glaubte hören zu können, wie schwer er atmete. Einen Moment später stellte er den Koffer ab und begann zu graben.

»Was tut er da?«, fragte Lunke und schnüffelte. Manchmal offenbarte er ungewollt, dass er nicht zu den klügsten wilden Schwarzen gehörte.

»Er vergräbt das, was er gestern aus dem Wagen gestohlen hat«, erwiderte Kim, während sie sich die Stelle genau einprägte. Sie erinnerte sich, was die Männer eben gesagt hatten. »Es ist Geld, wahrscheinlich sehr viel Geld.«

»Geld!«, stieß Lunke hervor. »Geld ist doch dieses bunte, merkwürdig riechende Papier, nicht wahr? Was soll man mit buntem Papier anfangen?«

Diese Frage konnte Kim nicht beantworten, aber eines wusste sie genau: Das Geld, das Carlo nun versteckte, war so wichtig, dass ein Mensch und ein Schwan hatten sterben müssen.

8

Das Wollschwein schien ein Frühaufsteher zu sein. Breitbeinig stand es mitten auf der Wiese, den zotteligen Kopf erhoben, die Augen geschlossen und in Richtung aufgehende Sonne gewandt.

Als Kim sich ihm näherte, legte Bertie seinen Rüssel in Falten, schnupperte und öffnete die Augen. »Oh!«, rief er und lächelte. »Du bist zurück – wie schön! Aber du riechst merkwürdig – wie nasse Wolle, die man durch ein morastiges Wasserloch gezogen hat.«

Kim runzelte die Stirn. Mit nasser Wolle musste er sich ja auskennen.

»Was tust du hier?«, fragte sie.

Bertie schloss wieder die Augen und ließ die ersten Sonnenstrahlen über sein Gesicht gleiten.

»Ich begrüße die Sonne – tue ich jeden Morgen. Dazu mache ich ein paar Atemübungen.« Er lächelte mit geschlossenen Augen. »So stimme ich mich auf den Tag ein, lerne ihn schätzen wie eine Kostbarkeit. – Und wo hast du die Nacht verbracht? Doktor Pik meinte, du hättest einen Freund, einen wilden Schwarzen …«

»So – das hat Doktor Pik gesagt!« Kim spürte Ärger in sich aufsteigen. Hatte Bertie es tatsächlich geschafft, auch den wortkargen alten Eber zum Sprechen zu bringen?

»Warum bist du eigentlich hier?«, fragte sie, weil sie auf keinen Fall über sich und Lunke sprechen wollte. »Hat Dörthe dich auch vor dem Schlachthaus gerettet?«

Bertie öffnete die Augen wieder und blickte sie an. Zum ersten Mal lag ein Hauch von Kummer auf seinen Zügen. »Schlachthaus? – Nein, ich sollte nicht ins Schlachthaus. Von uns Wollschweinen gibt es nicht mehr so viele – ich sollte für Nachwuchs sorgen, aber irgendwie hat das nicht geklappt. Ich rede lieber mit den Damen, verstehst du? Ich habe den Wunsch zu wissen, wie sie sich fühlen, was in ihnen vorgeht, aber ich möchte mich ihnen nicht auf eine so plumpe, fleischliche Art und Weise nähern.« Bertie starrte sie nun mit weit geöffneten Augen an. Plötzlich wirkte er überaus verletzlich.

»Deshalb gab es also Probleme«, vermutete Kim. Sie spürte Mitleid in sich aufsteigen.

»Probleme – ganz recht.« Bertie lächelte wieder und reckte sein Gesicht in die Sonne. »Aber nun bin ich ja bei euch – hier fühle ich mich sauwohl.«

Kim dachte daran, wie Brunst es wohl finden würde, dass Bertie so früh auf den Beinen war. Für ihn war die Vorstellung unerträglich, jemand könnte ihm beim Fressen zuvorkommen.

»Du musst es auch probieren, Kim«, sagte Bertie mit schmeichlerischer Stimme. »Wenn man so den Tag begrüßt, kann überhaupt nichts mehr schiefgehen. Er ist dann wie eine Perle, die uns Schweinen vor die Füße rollt.«

Kim wandte den Kopf. Bertie redete merkwürdiges Zeug, aber vielleicht sollte sie es auch versuchen – die Sonne spüren und sich keine Gedanken mehr über tote Menschen und Schwäne machen.

Ein helles rotes Tuch erstrahlte auf der Wiese im ersten Licht der Sonne. Kim kniff die Augen zusammen. Wo kam das Tuch her? Am Nachmittag, bevor sie sich in den Wald aufgemacht hatte, war es ganz sicher noch nicht da gewesen.

Sie ließ Bertie stehen, der bereits wieder die Augen geschlossen hatte und laut prustend ein- und ausatmete, und lief auf das Tuch zu. Mit jedem Schritt nahm es mehr Formen an, wurde größer und weitete sich. Kleine Seile hingen an dem Tuch, und zwei Metallstangen ragten daraus hervor. Jemand hatte ein winziges Haus aus Stoff unter dem ersten Apfelbaum aufgebaut.

Verblüfft blieb Kim stehen und reckte ihren Rüssel vor. Ein Mensch hatte sich in das Stoffgebilde verkrochen und atmete ruhig und regelmäßig. Durch einen Schlitz im Tuch konnte sie sogar in das Innere hineinsehen. Blonde lange Haare fielen über eine grüne Decke. Eine schmale Hand bewegte sich, strich eine Locke zur Seite, und dann richtete die Gestalt sich auf. Eine junge Frau schaute Kim verschlafen an.

»Wer bist du denn?«, fragte sie mit belegter Stimme. Erneut wischte sie sich die Haare aus dem Gesicht. »Mein Gott, bin ich tatsächlich auf der Schweinewiese gelandet?«

Kim grunzte eine leise Bestätigung.

Die Frau beugte sich vor, um aus dem Stoffhaus zu kriechen. »Du tust mir doch nichts?«, fragte sie lächelnd, und ihre grünen Augen funkelten. »Oder beißen Schweine? Muss ich Angst vor dir haben?«

Langsam wich Kim zurück. Die Frau mit ihren langen blonden Haaren sah Dörthe überhaupt nicht ähnlich, aber sie wirkte genauso tatkräftig und freundlich. Sie trug lediglich ein weißes T-Shirt und eine winzige schwarze Hose. Gähnend reckte sie sich im Sonnenlicht.

»Ich bin Swara«, sagte sie dann mit einem Blick auf Kim, so laut, als würde sie glauben, dass noch jemand in der Nähe sein könnte. »Bist du vielleicht das Schwein, das Munk mit der rothaarigen Frau zusammen gemalt hat?«

Kim grunzte abermals zustimmend. Die blonde Frau hatte recht. Munk hatte sie einmal mit Dörthe auf ihrem Rücken gemalt, zumindest hatte das Schwein auf dem Bild auch ein rosiges Fell und ungefähr ihre Größe gehabt.

Bertie stand noch immer mit geschlossenen Augen auf der Wiese und ließ sich von den ersten Sonnenstrahlen bescheinen. Nun rief er leise »Om« vor sich hin. Er hatte die Frau noch nicht bemerkt, auch die anderen ließen sich nicht blicken.

»Es war stockfinster, als ich gestern Abend angekommen bin«, fuhr die Frau fort. »Da war ich froh, irgendwo mein Zelt aufschlagen zu können.« Sie redete, als hätte sie das Gefühl, ihr könnte jemand zuhören. Dann reckte sie sich wieder und ging hinter das Stoffhaus, um einen Rucksack hervorzuziehen. »Wäre schön, wenn ich mich irgendwo waschen könnte. Meinst du, ich kann einfach am Haus klingeln? Aber ist heute nicht Sonntag?« Swara holte eine Flasche Wasser aus dem Rucksack hervor, setzte sie an ihre Lippen und trank. Den letzten Schluck spuckte sie in hohem Bogen aus.

Nun endlich war auch Bertie herangekommen. Er grunzte freundlich, und die Frau rief: »Was bist du denn für ein komisches Schwein?« Sie streckte ihre Hand vor und fuhr ihm über seine Wolle.

Bertie begann albern zu schnurren, als wäre er ein Kater.

»Hör auf damit!«, zischte Kim ihm zu. Wenn Che oder die anderen mitbekamen, wie er sich bei Menschen benahm, würde er noch mehr Schwierigkeiten kriegen.

»Vielleicht schaue ich mich erst mal ein wenig um«, erklärte die Frau. Rasch streifte sie eine blaue Jeans über und schlüpfte in weiße Turnschuhe.

Bertie begann hinter ihr herzutraben. Zumindest das Schnurren hatte er aufgegeben. »Kommen immer so nette Leute auf den Hof?«, rief er Kim zu.

Nein, wollte Kim antworten, eigentlich nicht, und sie beschloss, dass es nun an der Zeit war, Dörthe zu wecken.

Drei lange laute Grunzer brauchte es, bis sie ihr Fenster im ersten Stockwerk geöffnet hatte und missmutig hinausblickte. »Kim!«, rief sie. »Bist du verrückt geworden? Was soll dieses furchtbare Gegrunze?«

Schuldbewusst blickte Kim zu ihr empor. Tauchte auch das Gesicht von Carlo neben Dörthe auf? Nein, zum Glück nicht. So nahe waren die beiden sich also noch nicht gekommen. Außerdem hatte er heute in der Früh ja schon wieder einen Ausflug gemacht.

»Heute ist Sonntag«, fuhr Dörthe tadelnd fort. »Ich habe bis in die Nacht mit Carlo geprobt und…« Sie verstummte abrupt.

Kim lächelte. Menschen reagierten manchmal recht langsam. Nun erst hatte Dörthe das rote Stoffhaus registriert.

»Was ist das? – Ein Zelt?«, rief sie und war im nächsten Moment aus dem Fenster verschwunden.

In einem orangefarbenen Schlafanzug umrundete Dörthe das Zelt und beäugte es, als könnte jeden Moment ein wildes, gefährliches Tier daraus hervorschießen.

Dann spähte sie hinein und zupfte an der grünen Decke herum.

Swara war in den Stall gegangen. Kim hörte, wie Wasser plätscherte. Einen Moment später standen die anderen Schweine aufgereiht auf der Wiese und starrten zu ihnen herüber.

»Hallo, Freunde«, rief Bertie mit vor Aufregung schriller Stimme. Er war stolz, etwas verkünden zu können. »Ich habe die Sonne begrüßt – und es gibt gute Neuigkeiten. Wir haben überaus netten Besuch erhalten!«

Che grunzte unfreundlich, während Brunst den Kopf wandte und sich nach etwas zu fressen umschaute. Nur Cecile lief neugierig quiekend heran.

Dörthe hatte sich den Rucksack vorgenommen und zog mit spitzen Fingern ein rotes Handtuch und ein weißes T-Shirt heraus.

»He, was machen Sie denn da?« Entrüstet schritt Swara heran. Anscheinend hatte sie sich im Stall an dem alten steinernen Becken gewaschen und den Kopf unter Wasser gehalten. Ihr Haar war nass und ganz nach hinten gekämmt.

Dörthe hatte sich erhoben. »Das könnte ich Sie fragen! Wie kommen Sie dazu, auf meinem Grund und Boden zu zelten?« Unfreundlich musterte sie die blonde Frau vor ihr.

Ein Lächeln glitt über Swaras Gesicht. Sie streckte eine nasse Hand vor. »Tut mir leid – ist mir so rausgerutscht. Ich bin Swara. Ich bin seit einer Woche unterwegs. Komme aus Lübeck… und ich wollte… Ich schreibe eine Arbeit über Robert Munk und seine bahnbrechende Kunst, und da wollte ich unbedingt sehen, wie und wo er gelebt und gemalt hat…« Sie lächelte wieder und zeigte ihre weißen, ebenmäßigen Zähne. »Ich weiß, ich hätte mich anmelden müssen, aber ich dachte, es wäre möglich… ich weiß, ich habe viel von Ihnen gehört… Sie waren seine Muse und sind selbst eine große Künstlerin.« Swara verstummte und wandte den Blick ab.

Carlo kam mit großen Schritten heran. Bleich sah er aus, mit tiefen Schatten unter den Augen, wie Kim schadenfroh feststellte. Es tat ihm nicht gut, nachts durch die Gegend zu laufen und Geld, das er gestohlen hatte, zu vergraben.

Er öffnete das Gatter. »Dörthe, wer ist diese Person?«, fragte er, und es klang ziemlich vorwurfsvoll.

Dörthe schaute ihn an. »Die Frau sagt, sie sei wegen Munk hier ... wegen einer Arbeit über ihn.«

Swara stellte sich auch Carlo vor, aber nun wirkte sie unsicher und sogar ein wenig ängstlich. »Ich würde gerne ein paar Tage bleiben, draußen im Zelt. Ich störe auch bestimmt nicht. Ich möchte nur die Atmosphäre, in der Robert Munk seine wunderbare Kunst erschaffen hat, ein wenig auf mich wirken lassen.«

Kim bemerkte, dass Dörthe schon besänftigt war. Freundlicher blickte sie die blonde Frau an. »Was schreiben Sie denn für eine Arbeit?«, fragte sie, doch bevor Swara antworten konnte, mischte sich Carlo ein.

»Du kannst doch nicht im Ernst daran denken, dass diese Frau bleiben kann! Wir müssen Tag und Nacht unser geheimes Stück proben ... und wer weiß? Vielleicht ist sie Bornsteins Spionin? Diesem Scheißkerl ist alles zuzutrauen.«

»Ich störe bestimmt nicht«, wiederholte Swara. Wieder lächelte sie und strich sich eine feuchte Strähne aus der Stirn. Das schien ihre Gewohnheit zu sein.

»Lasst sie doch hier – sie ist nett«, quiekte Bertie, doch dafür erntete er gleich einen barschen Grunzer von Che. »Halt's Maul, Wollknäuel – was mischst du dich in Menschendinge ein?«

»Sie könnte sich auf dem Hof nützlich machen«, entgegnete Dörthe. »Und ich finde es immer gut, wenn jemand sich um Munks Werk kümmert. Neulich hat es einen bösen Artikel über ihn und …«

»Munk ist tot«, erwiderte Carlo und packte Dörthe am Arm, »aber wir haben mit dem Stück über Bornstein eine einmalige Chance. Die darf uns niemand kaputtmachen.«

»Ich mache nichts kaputt«, versicherte Swara. »Ganz sicher. Sie werden kaum merken, dass ich überhaupt da bin.« Ihre grünen Augen waren fast flehend auf Dörthe gerichtet. »Wenn ich ehrlich bin … ich bin gerade in der Krise, komme mit der Arbeit nicht so richtig weiter … und deshalb … Wäre schön, wenn Sie mir helfen könnten … Ich würde auch den Stall ausmisten, mich um die Schweine kümmern … solche Sachen.«

Dörthe blickte Carlo an. »Ich muss Edy mal wieder ein paar Tage freigeben … da könnte ich eine Hilfe gut gebrauchen. Sonst müsste ich mich selbst in den Stall stellen und könnte nicht mit dir proben.«

Carlo winkte ab. »Ich verstehe überhaupt nicht, warum du so an den blöden Schweinen hängst … Wir können diese Frau nicht auf dem Hof lassen. Unser Stück ist Dynamit – das muss alles geheim bleiben. Wenn Bornstein davon erfährt, dass wir ihm die Hosen runterziehen, dann …«

»Es ist nur ein Theaterstück«, entgegnete Dörthe. »Worte, nicht mehr als Worte.« Ihr Blick richtete sich wieder auf Swara. »Ich brauche jetzt einen Kaffee. Wenn Sie Lust haben, kommen Sie mit ins Haus. Und Ihr Zelt können Sie hinter dem Stall am Gemüsegarten aufbauen, da haben wir auch eine kleine Wiese, und Sie kommen den Schweinen nicht ins Gehege.«

Swara kicherte wie ein kleines Mädchen. »Oh, vielen Dank«, sagte sie. »Das mache ich sofort.«

Kim hob den Kopf, während die blonde Frau sich an ihrem Zelt zu schaffen machte und Dörthe und Carlo die Wiese verließen. Oben am Himmel flog ein mächtiger weißer Schwan vorbei. Konnte es sein, dass er den anderen, den Schwarzen suchte, der nun für immer und ewig im Wäldchen an der Zufahrt begraben lag? Für einen Moment fürchtete sie, der stolze Vogel würde vom Himmel fallen, genau auf die trockene Erde vor ihr, doch der Schwan glitt weiter, über den Wald und dann außer Sicht.

»Wollen wir nun alle gemeinsam fressen?«, rief Bertie mit fröhlicher Miene in die Runde. »Das wäre doch ein großer Spaß, nicht wahr?«

Kim senkte den Blick. »Ja«, sagte sie, »wir alle – außer Che und Brunst und Doktor Pik. Die bleiben lieber für sich.«

9

Während Carlo mit seinen Papieren in der Hand im Atelier wieder auf Dörthe einredete – diesmal bei geschlossenen Fenstern, damit niemand etwas mitbekam – und Swara hinter dem Stall ihr Zelt aufbaute, steckten Che und Brunst die Köpfe zusammen. Kim behielt sie im Blick und spitzte die Ohren. Ches grimmiger Ausdruck ließ nichts Gutes ahnen – irgendetwas führten sie gegen Bertie im Schilde.

»Wann ist ein Schwein eigentlich ein Schwein?«, fragte Che mit angestrengter Miene. Der weiße Streifen auf seinem Rücken leuchtete im Sonnenlicht.

Brunsts Kiefer mahlten – das taten sie auch, wenn er ausnahmsweise einmal nicht fraß, sondern nachdachte. »Ein Schwein hat vier Beine«, erklärte er. »So viel steht fest.«

Che nickte. »Ja, und zwei Augen, einen Rüssel, vier Beine mit Klauen und einen Ringelschwanz. Aber was macht ein Schwein sonst noch zum Schwein?«

Brunst glotzte vor sich hin. Diese Frage war für ihn eindeutig zu kompliziert, aber auch Kim begriff nicht,

worauf Che hinauswollte. Was sollte das? Es gab viele
verschiedene Schweine, kleine und große, weiße und
schwarze, manche Schweine fraßen lieber Gras, andere
Eicheln oder Äpfel.

Che räusperte sich, als wollte er nun etwas Gewich-
tiges sagen, doch dann warf er dem Wollschwein einen
finsteren Blick zu. Bertie döste im Schatten, den der
Stall warf – offenbar hatte er nicht gewagt, sich einen
Platz unter einem der fünf Apfelbäume zu suchen, aus
Angst, irgendjemand könnte ihn verjagen. Cecile hatte
sich neben ihn gelegt.

»Richtige Schweine«, erklärte Che, »haben ein kurzes
Fell, oder etwa nicht?«

Es dauerte einen langen Moment, bis Brunst begriff.
Endlich erhellte ein Lächeln sein Gesicht. »Ja«, sagte er.
»Kurzes Fell – na klar!«

»Ergo«, fuhr Che bedeutsam fort, »ist dieser Hans-
Hubert gar kein Schwein – er gehört also nicht zu uns
und hat damit auch keinen Anspruch auf unsere brüder-
liche Solidarität.«

»Sicher, du hast recht«, sagte Brunst und nickte heftig. »Das Wollschwein ist im Grunde überhaupt kein
Schwein.«

»Jedenfalls kein richtiges«, ergänzte Che.

Kim warf Doktor Pik einen Blick zu, aber der alte
Eber zeigte keine Regung, obschon sie sicher war, dass
auch er den beiden genau zugehört hatte.

Wollten sie Bertie aus ihrer Gesellschaft ausstoßen –
ihn von der Wiese verbannen? Darüber würde Dörthe

nicht begeistert sein. Kim überlegte, ob sie Bertie warnen sollte, als ein Geräusch sie aufschreckte. Metall war auf Metall geschlagen. Auch Bertie hob den Kopf, und Che und Brunst sahen mürrisch und neugierig zugleich zu ihnen herüber. Das Geräusch war aus dem Stall gedrungen, obschon Edy doch schon frei hatte. Kim sprang auf die Beine und lief zur Tür hinüber, um hineinzuspähen. Swara stand da und hatte die Metallklappe geöffnet, die in dem Boden eingelassen war – eine Art Geheimfach, das Munk einmal für seine Bilder benutzt hatte.

»Na, kleines rosa Schwein«, sagte sie, nachdem sie Kim bemerkt hatte. »Ich schaue mich nur ein wenig um – einfach so.«

Swara war auch auf dem Heuboden gewesen, wo das Geld versteckt gewesen war – jedenfalls war die Leiter angelegt. Leise schloss sie die Klappe wieder und trug dann die Leiter an ihren Platz hinter der Tür zurück.

Kim kniff die Augen zusammen. Was sollte diese Neugier? Warum tat die Frau das?

Sie schaute auch in den Schrank, in dem Edy Geräte verstaute, die er für die Arbeit im Stall und im Garten brauchte.

Ein leises Surren ließ Swara innehalten. Sie griff in ihre Tasche und zog einen winzig kleinen Apparat hervor. Ihr Gesicht wurde ernster – sie wirkte nun ganz anders als vorhin, als sie mit Dörthe gesprochen hatte.

»Nein«, flüsterte sie in den Apparat. »Nichts ... Ich bin noch nicht so weit.« Dann steckte sie das Gerät wieder ein und schritt an Kim vorbei auf die Wiese hinaus.

Kim folgte ihr. Auch Swaras Geruch hatte sich verändert – sie roch verschwitzt und irgendwie nach ... Ja, wonach? Nach Lüge und Aufregung, dachte Kim, danach, dass sie eigentlich eine ganz andere war.

Einen Moment verharrte Swara. Lauschte sie? Dachte sie nach? Dann hob sie ihre Hand mit dem kleinen, silberfarbenen Apparat, als wäre dieses Ding nicht nur etwas, mit dem man sprechen, sondern auch sehen konnte. Es klickte ein paarmal, bevor sie das Ding wieder in ihre Hose schob.

Dörthe war immer noch mit Carlo im Atelier. Mit starrem Gesicht, nur im Hemd und mit kurzer Hose hockte er auf einem Stuhl, und nun redete Dörthe auf ihn ein. »Schuld«, rief sie so laut, dass es durch die geschlossenen Fenster zu hören war, »ich impfe sie dir ein – du bist ein Schuldiger, Bornstein, und ich bin deine Richterin. Ich werde dir dein Herz voller Schuld herausreißen ...« Kaum hatte sie diese Worte ausgestoßen, stürzte Carlo vom Stuhl und rollte auf dem Boden herum. Dabei stieß er Schluchzer aus, wie Kim sie noch nie von einem Menschen vernommen hatte. Waren die beiden nun total verrückt geworden? Was sollte dieses schreckliche Gewimmere, das in den Ohren wehtat? So etwas wollten sie vor anderen Menschen aufführen?

Swara steuerte auf den Hof zu, als würde sie das, was Dörthe und Carlo da von sich gaben, brennend interessieren, doch kaum hatte sie drei Schritte gemacht, wich sie in den Schatten des Stalls zurück. Ein großer, schwarzer Wagen rauschte auf den Hof.

Kim kannte den Wagen. Sie erinnerte sich genau.

Ein braungebrannter Mann mit zurückgekämmten Haaren stieg aus, der trotz der Hitze einen dunklen Anzug trug. Er hielt ein weißes Papier in der Hand und eilte zur Haustür, ohne sich umzuschauen. Die Klingel ertönte. Dörthe im Atelier schreckte auf, und Carlo sprang auf die Beine. Ihm war anzusehen, wie angespannt er war. Er warf Dörthe einen fragenden Blick zu und sagte etwas, das Kim jedoch nicht verstehen konnte. Dörthe machte eine Handbewegung, die ihn offenbar beruhigen sollte. Dann verließ sie das Atelier, um die Tür zu öffnen.

»Gerald!«, rief sie überrascht und ein wenig atemlos. Dann glitt ein sanftes Lächeln über ihr Gesicht. »Was willst du hier? Ich dachte, deine Frau sei aus dem Urlaub zurück.«

Der Mann lächelte verlegen. Er machte Anstalten, ins Haus zu kommen, doch Dörthe trat vor, um ihn nicht vorbeizulassen. Einen Moment später schloss sie die Tür hinter sich und tat einen Schritt auf die Pflastersteine auf dem Hof.

»Dörthe, Darling«, sagte der Mann mit Schmeichlerstimme. Er strich ihr zögernd über die Wange. »Ich bin offiziell hier, sozusagen. Im Auftrag eines Mandanten …« Er verstummte. Sein Blick fiel auf den Umschlag in der Hand.

»Dann ist deine Bedenkzeit also noch nicht zu Ende?« Dörthes Gesichtszüge versteinerten. Sie ging an dem Mann vorbei zum Zaun und blickte zu Kim herüber.

Der Mann folgte ihr. Kim sah, dass er schwitzte. Menschen konnten das. Dicke Tropfen perlten über seine Stirn. Er hielt den Umschlag vor sich hin.

»Ich bin nicht gekommen, um über uns zu reden – und über das … Kind.« Kim hatte Mühe, ihn zu verstehen. Er flüsterte beinahe und blickte kurz auf ihren Bauch.

Dörthe stemmte ihre Hände in die Hüften und wandte sich um. »Du willst tatsächlich immer noch, dass ich dir ein Gutachten bringe, um zu beweisen, dass das Kind von dir ist und nicht von Munk?«

»Ich glaube nicht, dass es sinnvoll ist, jetzt darüber zu sprechen. Wir haben uns geliebt … aber nun … Außerdem hat Munk in seinem Testament …«

Dörthe hob eine Hand, und Kim war sicher, dass sie zuschlagen würde, mitten in das Gesicht des Mannes, aber dann fasste sie sich und deutete auf den weißen Umschlag. »Na gut, Herr Doktor Michelfelder«, sagte sie mit völlig veränderter Stimme, »was führt Sie denn ganz offiziell an einem schönen Sonntagnachmittag hierher zu einer arbeitslosen Schauspielerin?«

»Meinem Mandanten ist zu Ohren gekommen, dass du an einem Stück mitarbeitest, das ein gewisser Carlo May geschrieben und das möglicherweise das Leben und Wirken meines Mandanten zum Thema hat. Hier gilt es nun, auf gewisse Rechte hinzuweisen, Persönlichkeitsrechte, die zu verletzen schwerwiegende Konsequenzen haben könnte …«

Dörthe schlug dem Mann mit der Faust gegen die

Brust. »Gerald, du willst mir doch nicht etwa sagen, dass du für Bornstein, diesen Scheißkerl, arbeitest?«

Er wischte ihre Hand beiseite. Sein Gesichtsausdruck verdüsterte sich. »Dörthe«, stieß er hervor. »Bornstein war einer meiner ersten Klienten. Außerdem… ich würde dich gerne davor bewahren, einen schweren Fehler zu begehen. Mit einem Mann vom Kaliber Bornsteins legt man sich nicht an, und wenn es dir nur darum geht, eine gute Rolle zu bekommen… Ich habe immer noch Verbindungen, kenne den Kulturdezernenten, auch wenn ich es bei der letzten Wahl leider nicht in den Landtag geschafft habe.«

Dörthe nahm Michelfelder den Umschlag aus den Händen und zerriss ihn. »Am besten verschwindest du jetzt, Gerald«, sagte sie bedrohlich leise. »Und richte Bornstein aus, dass wir etwas tun werden, was ihm nicht gefallen wird. Wir werden die Wahrheit auf die Bühne bringen: wie aus einem Studenten, der die Revolution im Kopf hatte, ein Schwein und Betrüger wurde!«

Kim zuckte zusammen. Da war es schon wieder, dieses ungerechte Schimpfwort, das jeder Mensch – sogar Dörthe – leichtfertig im Munde führte.

»Du hast es so gewollt!« Wütend schob der Mann Dörthe beiseite und eilte an ihr vorbei zu seinem schwarzen Wagen. »Ich glaube nicht, dass ich jetzt noch etwas für dich tun kann!«, rief er, bevor er einstieg und mit quietschenden Reifen vom Hof fuhr.

Kim atmete tief durch. Niemand von den anderen Schweinen hatte diesem Auftritt Michelfelders Beachtung geschenkt. Swara jedoch stand vor der Stalltür und hatte alles genau beobachtet. Kim grunzte, um Dörthes Aufmerksamkeit auf sich zu ziehen. Wäre vielleicht ganz gut, wenn sie wüsste, dass mit Swara etwas nicht stimmte. Aber nun hatte sich Carlo vor Dörthe aufgebaut. Er sah gleichfalls nicht besonders glücklich aus.

»Das war dein Lover? – Was für ein erbärmlicher Clown!«, sagte er und bückte sich, um die zerrissenen Papiere aufzusammeln. »Aber was hat der Kerl da von einem Kind gefaselt? Du bist doch nicht etwa schwanger? He, wir wollten auf große Tournee gehen. Das Stück über den Scheißkerl Bornstein soll mein Durchbruch werden. Wie soll das funktionieren, wenn du schwanger bist?« Er musterte sie und streckte seine Hand vor, als wolle er ihren Bauch berühren, zuckte jedoch plötzlich zurück.

Dörthe starrte Carlo wütend an. »Ach, lass mich doch in Ruhe!«, zischte sie. Dann ließ sie ihn stehen, öffnete das Gatter und stapfte mit schweren Schritten über die Wiese.

Kim sah, dass sie Tränen in den Augen hatte, und eilte mit einem Trost spendenden Grunzer auf sie zu, doch Dörthe beachtete sie gar nicht, sondern blickte starr vor sich hin.

10

Kim schaute Dörthe nach, wie sie weinend über die Wiese lief, und hätte ihr am liebsten ein paar Dinge nachgerufen: Hör bitte auf zu weinen! Michelfelder ist ein Idiot – um diesen Widerling ist es nicht schade, und Carlo… mit Carlo stimmt auch so einiges nicht. Ich könnte dir eine Stelle im Wald zeigen, da hat er etwas vergraben, einen Koffer mit Geld – eine Menge Geld schätzungsweise.

Aber leider hätte Dörthe nicht auf sie gehört. Menschen und Schweine verstanden sich einfach nicht gut genug. Vielleicht hatte Che doch recht – eine Zeichensprache wäre in gewissen Situationen überaus hilfreich.

Dörthe verschwand im Stall, und dann tat sie etwas, das Kim bei ihr noch nie gesehen hatte. Sie kletterte in den Kirschbaum im Obstgarten und blieb oben, fast unsichtbar in den Ästen sitzen.

Bertie trabte zu Kim herüber. Er gähnte ausgiebig. »Sie ist nett«, sagte er und deutete zu dem Baum hinüber, in dem Dörthe hockte. Nun redete sie vor sich hin – oder sie sprach in den Apparat hinein, den offenbar alle Menschen besaßen. »Aber sie macht sich zu viele Gedanken – man muss die Dinge so nehmen, wie sie kommen. Hat auch meine liebe Mutter schon gesagt.«

»Deine Mutter muss ja ein kluges Wollschwein gewesen sein«, erwiderte Kim.

»O ja.« Bertie baute sich vor ihr auf. »Das war sie – von ihr habe ich alles gelernt, was ich weiß. Höflichkeit etwa ist so ziemlich das Wichtigste. So sollte man nicht immer der Erste am Futtertrog sein wollen. Aber da fällt mir ein: Ich habe ein richtiges Loch im Bauch und muss dringend etwas fressen, wenn mir nicht schlecht werden soll.« Er blickte sich um und hoppelte in Richtung Stall davon.

Kim verdrehte die Augen. Sollte sie ihm bei nächster Gelegenheit sagen, dass er wegen seiner Höflichkeit und anderer Vergehen bald Prügel von Che und Brunst beziehen würde?

Plötzlich tauchte auch Swara wieder auf, die irgendwo beim Gemüsegarten ihr rotes Zelt aufgeschlagen hatte, aber so, dass man es nicht sehen konnte. Sie hatte Dörthes kurzen, handfesten Streit mit Carlo genau verfolgt. Sie lief zu dem Baum und klopfte an den Stamm, als wäre er eine Tür.

»Darf ich?«, rief sie dann in die Blätter hinauf.

Als Dörthe nicht sofort antwortete, schwang sie sich geschickt an dem ersten tief hängenden Ast hinauf.

Wenig später saßen die beiden Frauen einträchtig nebeneinander im Baum und redeten miteinander. Dör-

the lachte sogar schon wieder. Kim glaubte die Worte
»Michelfelder«, »Kind« und »Scheißkerl« zu vernehmen. Hinter dem Stall begann die Sonne unterzugehen.
Es war noch immer Sommer, doch allmählich wurden
die Tage kürzer.

Doktor Pik kam zu ihr. »Ich fürchte, du musst auf den
Kleinen aufpassen«, erklärte er mit Blick auf das Wollschwein. Bertie hatte sich von Cecile unter ihren Apfelbaum locken lassen. »Er ist zu gut für diese Welt.«

Kim nickte mit einem Stöhnen. »Ja, du hast recht.
Che ist ziemlich wütend auf ihn. Lange wird das vermutlich nicht mehr gut gehen.«

»Es gibt aber noch etwas, das mir Sorgen bereitet.«
Doktor Pik wandte den Kopf. »Die beiden Kerle da …
hocken schon eine ganze Weile zwischen den Bäumen
und beobachten das Haus.«

Kim kniff die Augen zusammen und folgte seinem
Blick. Irgendwo in dem Wald neben der Auffahrt, da,
wo Carlo den toten Schwan begraben hatte, hatte Doktor Pik anscheinend etwas entdeckt.

»Vielleicht«, meinte der greise Eber mit einem angedeuteten Lächeln, »kann dein schwarzer Freund mal
nachschauen gehen.«

Lunke war schlecht gelaunt. Zwar war er sofort aufgetaucht, kaum dass Kim sich durch das Loch im Zaun
gezwängt hatte, aber seine Miene verriet tiefen Unmut.

»Immer willst du etwas von mir«, maulte er, nachdem Kim ihm von den Männern im Wäldchen berichtet

hatte, »und was tust du für mich? Nichts – weniger als nichts. Nicht einmal ein kleines Bad im See ist für mich drin.« Lustlos scharrte er im Waldboden und hielt den Kopf gesenkt.

»Der Tote im Wald... ich muss ständig an ihn denken«, erwiderte Kim. »Mir ist ganz schlecht deshalb.« Sie legte ihren Rüssel in Falten. Es machte sich immer gut, wenn sie sich als sensibel und ein wenig furchtsam zeigte.

»Es war doch nur ein Mensch«, stieß Lunke voller Unverständnis hervor. »Und was habt ihr eigentlich da für einen Neuen bei euch? Dieses ewig grinsende Zottelschwein – gefällt es dir?«

Kim zögerte, als wisse sie nicht, was für eine Antwort sie geben sollte.

Lunke wurde ungeduldig. »Du willst mir nicht sagen, dass dir dieses komische Schwein gefällt? Wahrscheinlich ist er genauso ein Schlappschwanz wie die anderen auf der Wiese.«

»Ja, vielleicht.« Mit Mühe konnte Kim ein Lächeln unterdrücken. Lunke war eindeutig eifersüchtig auf Bertie.

»Also gut«, sagte er. »Ich schaue mir die beiden Leute mal an, aber du musst mitkommen. Kannst zugucken, wie ich ihnen Beine mache und sie durch den Wald jage.«

Kim nickte. Sie hatte ohnehin vorgehabt, Lunke zu begleiten. Zum einen musste sie verhindern, dass er die beiden Männer zu sehr traktierte, zum anderen wollte sie sehen, ob es dieselben Kerle waren, die auch in der Nacht im Wald gewesen waren.

Es war mittlerweile so dunkel, dass man nur noch Schatten und Schemen erkennen konnte. Die anderen Schweine hatten sich in den Stall verzogen. Durch das Dickicht konnte Kim sehen, dass auch Dörthe zurück ins Haus gegangen war. Sie saß im Atelier – Fetzen lauter, dröhnender Musik wehten herüber. Carlo hockte augenscheinlich in dem Zimmer über ihr, jedenfalls brannte hinter dem Fenster Licht, und manchmal war ein Schatten zu sehen, als liefe er wieder umher – wild gestikulierend, als würde er vor sich hin reden.

»Dauert nicht mehr lange, dann muss ich zur Rotte zurück«, sagte Lunke, während sie durch den Wald trabten. »Ich muss mir eine Bache suchen – die Zeit, wenn wir uns ... Nun, bald ist es so weit.«

Kim erwiderte nichts darauf. Emma, seine Mutter, duldete keinen Widerspruch. Nicht einmal Lunke, obwohl er groß und kräftig war, konnte sich ihr widersetzen.

Unvermittelt blieb Lunke stehen und atmete tief ein. Gleich kommt wieder ein Vorwurf, dachte Kim – dass sie nicht nett genug sei und ihn ausnutze und überhaupt ...

Lunke deutete mit dem Kopf voraus. »Da stehen sie«, flüsterte er. »Glotzen herum – blöde, stinkende Zweibeiner.«

Kim schob sich ein Stück vor. Ja, er hatte recht. Zwei Schattengestalten hatten sich unter einem Baum postiert. Leise sprachen sie miteinander. Aber waren das die beiden Männer aus dem Wald? Sie hob ihren Rüssel – es roch widerlich nach einem süßlichen Parfüm.

»Also gut«, raunte Lunke, noch immer ziemlich missmutig. »Dann zeige ich den beiden mal, in wessen Revier sie eingedrungen sind.« Er senkte angriffslustig den Kopf und scharrte im Boden.

»Einen Moment!«

»Was ist denn?«, grunzte Lunke ungehalten.

»Lass uns erst ein wenig näher heranschleichen«, erwiderte Kim. »Ich will sehen, wer da steht.«

Lunke schnaubte unwillig. »Ich dachte, ich sollte dir etwas bieten und einen der Zweibeiner auf die Hörner nehmen.« Er reckte seine Eckzähne empor, von denen einer, der linke, an der Spitze abgebrochen war.

Langsam schlichen sie näher. Der Geruch wurde immer penetranter. Eine der Gestalten roch bestialisch, ganz anders als die beiden Männer, die gestern Nacht durch den Wald gelaufen waren.

»Leise!«, zischte Kim.

»Glaubst du, sie sind nervös?«, fragte einer der Männer.

»Ganz recht«, erwiderte der andere zögerlich. »Wegen des Stücks, aber auch …«

Kim erkannte die Stimme sofort; es war Michelfelder, der Dorthe wütend verlassen hatte; anscheinend war er ziemlich schnell zurückgekehrt.

»Dieser May ist ein echter intellektueller Widerling – ein Parasit, der sich in jedem warmen Pelz einnistet«, sagte der andere. Er war es, der so ekelhaft nach Parfüm stank. »Ich will, dass der blonde Sven und Mats sich ihn vorknöpfen. Aber erst will ich wissen, ob er etwas mit der Sache zu tun haben könnte. Mit der kleinen Roten hast du doch mal was gehabt, oder? Ich hoffe für dich, dass da nichts mehr läuft. Ich verlange absolute Loyalität.« Der Mann wandte sich Michelfelder zu, und einen Moment lang konnte Kim seine Gesichtszüge erkennen. Er hatte einen zotteligen Bart und ein rundes, fettes Gesicht, das übermäßigen Fleischkonsum verriet und das sie schon einmal gesehen hatte. Nur wo?

»Was ist denn nun?«, fragte Lunke ungehalten. »Erst schreckst du mich auf, und jetzt stehen wir hier bloß rum und gaffen.«

»Gleich«, erwiderte Kim, ohne die Männer aus den Augen zu lassen.

»…habe eingesehen, dass unsere Liaison keine Zukunft haben konnte. Dörthe ist mal als Stripperin aufgetreten, stand kürzlich in der Zeitung«, erklärte Michelfelder pikiert.

Der andere lachte heiser. »Tatsächlich.« Obwohl er deutlich kleiner war, schlug er Michelfelder auf die Schulter. »Scheint ja ein wilder Feger zu sein – die kleine Rote.« Noch ein heiseres Lachen. Dann fuhr er ernst fort. »Also beschlossen und verkündet: Wir machen Ernst und lassen den blonden Sven von der Leine.«

Ein Feuerzeug flammte auf und erhellte das Gesicht des Mannes. Seine Augen wirkten irgendwie schwarz und leblos. Er steckte sich eine Zigarette an und wandte sich ab, um zu gehen. Mit ihm verflog auch die Wolke von Parfüm.

»Na, großartig!« Lunke seufzte übertrieben. »Jetzt sind sie weg, und wir hatten kein bisschen Spaß.«

Plötzlich fiel Kim ein, wo sie den Mann schon einmal gesehen hatte: auf dem Fetzen Papier, den Cecile angeschleppt hatte. Ein Foto hatte Carlo zusammen mit diesem kleinen fetten Mann mit Glatze und grauem Zottelbart gezeigt.

»Und was machen wir jetzt?«, fragte Lunke hoffnungsfroh. »Wollen wir ins Dorf laufen und Blumenzwiebeln ausgraben – oder suhlen gehen?«

In einiger Entfernung sprang ein Motor an, ein Licht wischte durch die Bäume.

Kim lächelte. »Wir könnten ein Spiel spielen«, sagte sie mit süßlicher Stimme. »Ich sehe was, was du nicht siehst. – Berties Lieblingsspiel.«

»Bertie? Wer ist Bertie?« Lunke klang entgeistert.

»Na, unser nettes Wollschwein!«

»Ich soll ein Spiel spielen, das dieser fusselige Schlappschwanz spielt? He, ich bin ein wilder Schwarzer. Ich spiele keine Spiele. Das kann nicht dein Ernst sein!«

Kim gähnte. »Hast recht. Kein guter Gedanke. Ich bin auch müde und muss ins Stroh, und zwar allein.« Sie warf Lunke ein letztes Lächeln zu und lief am Zaun entlang zum Durchschlupf.

Hinter sich hörte sie ihn leise fluchen.

Morgen, nahm sie sich vor, würde sie wieder freundlicher zu ihm sein.

11

Als Kim zum Stall zurückkehrte, war ein runder Mond aufgezogen und stand silbern am Himmel. Das Atelier war dunkel, von Dörthe war nichts zu sehen, nur in Carlos Zimmer brannte noch immer Licht. Kim hoffte, dass die anderen schon schliefen. Che und Brunst nahmen es ihr stets übel, wenn sie mit Lunke loszog. Die beiden selbst waren zu feige, um durch das Loch zu schlüpfen.

Kaum stand sie in der Öffnung zum Stall, hörte sie Che: »Auf Verräter können wir verzichten«, zischte er. »Verräter müssen wir ihrer gerechten Strafe zuführen.«

Ihrer gerechten Strafe zuführen – was sollte das denn heißen?

»Aber ich habe doch nur gesagt, dass ich Dörthe nett finde und Swara auch«, entgegnete Bertie kläglich.

»Menschen sind nicht nett – das ist eine konterrevolutionäre Aussage, die eine Strafe verdient«, erwiderte Che streng. Er hatte sich mitten im Stall aufgebaut. Das Mondlicht fiel durch die kaputte Scheibe auf ihn, so dass er einen mächtigen, beinahe furchterregenden Schatten warf.

»Meine liebe Mutter hat immer gesagt, dass jedes Lebewesen einen Sinn auf dieser Welt hat – ob Grashalm, Schmetterling, Regenwurm oder Mensch …« Bertie bemühte sich um einen freundlichen Tonfall.

»Ich finde, wir sollten abstimmen«, unterbrach ihn Che rüde. »Wer glaubt, dass Bertie ein Konterrevolutionär und damit ein Verräter ist, soll seine Stimme erheben.«

Stille trat ein. Kim hörte nur ein heftiges Scharren. Brunst hatte sich in seiner Ecke auf die Beine geplagt. Gleich würde er sich räuspern und etwas sagen. Schnell trabte sie über die Schwelle in den Stall.

»Könnt ihr euren Streit nicht morgen weiterführen?«, meinte sie mit möglichst unverfänglicher Stimme. »Ich bin müde und brauche meine Ruhe.«

»Ach ja!« Che wandte sich ihr zu – ein wütendes Funkeln lag in seinen Augen. »Ist Madame von ihrem Ausflug zurück und muss sich jetzt zum Schönheitsschlaf hinlegen? Über dich können wir auch gleich abstimmen, Kim! Wer mit den wilden Schwarzen paktiert …«

»Hör mit dem Gerede auf, Che!« Kim postierte sich vor ihm. »Wir wissen doch alle, dass du, wenn es hart auf hart kommt, dein Ringelschwänzchen einziehst und dich verdrückst.«

Che schnaubte heftig. »Willst du damit sagen, dass ich ein feiger Revolutionär bin?«

Kim lächelte maliziös. »Du bist gar kein Revolutionär, sondern …«

»Halt, halt!« Bertie drängte sich zwischen sie. »Bitte –

kein Streit! Das ertrage ich nicht! Ich liebe euch doch alle, und ich will so viel von euch lernen. Kim ist bewundernswert klug, und Che…« Er wandte den Kopf, ein Licht glomm in seinen Augen auf. »Che, du bist so stark und weißt immer genau, was richtig ist…«

»Und was bin ich?«, quiekte Cecile und huschte Kim zwischen den Beinen hindurch.

»Du bist auch ganz toll, Cecile«, erwiderte Bertie, allerdings nicht ganz so überzeugend. »Ehrlich, und jetzt sollten wir uns hinlegen, friedlich schlafen und etwas Schönes träumen, nicht wahr, Che? Träume sind doch ganz wichtig.«

Che schnaubte erneut, diesmal klang es jedoch eher ratlos. »Wir reden morgen weiter«, sagte er drohend zu Kim. Er drehte bei und verschwand in der Dunkelheit des Stalls.

»Morgen denke ich mir für euch alle eine Überraschung aus!«, rief Bertie, überaus erfreut, dass er einen Streit abgewendet hatte. »Ein neues, tolles Spiel oder so etwas Ähnliches.«

»Ja«, sagte Kim spöttisch. »Für Brunst spielen wir ›Das große Fressen‹ und für Che ›Die glorreiche Revolution‹.«

»Meinetwegen«, entgegnete das Wollschwein überschwänglich, »und dann erzähle ich euch von meiner wunderbaren lieben Mutter, die nun im Himmel…«

»Halt endlich das Maul!«, rief Brunst grummelnd aus seiner Ecke. »Oder du kannst draußen übernachten.«

Kim erwartete, dass Bertie nun auch Brunst mit einer

freundlichen Erwiderung traktieren würde, doch überraschenderweise schwieg er und scharrte sich nur ein wenig Stroh zurecht.

Niemand wagte es, noch etwas zu sagen.

Kim rollte sich in ihrer Ecke zusammen. Obwohl es warm im Stall war, fröstelte sie. Solange sie bei Dörthe wohnten, mussten sie keine Angst vor dem Schlachthaus haben – wie konnte es da sein, dass sie sich immer häufiger stritten? Kim spürte erneut, wie einsam sie sich unter den anderen Schweinen fühlte. Sollte sie sich doch auf Lunke einlassen?

Sie schloss die Augen und lauschte in die Stille, die nur von Brunsts gelegentlichem Schnauben unterbrochen wurde.

Irgendwie war ihr mulmig zumute. Mit Swara stimmte etwas nicht, und was hatte der Mann gemeint, als er sagte, sie würden jemanden von der Leine lassen? Carlo, dachte Kim, sie mussten Carlo und sein gestohlenes Geld loswerden, wenn sie weiter in Ruhe leben wollten. Aber wie sollte sie das anstellen? Vielleicht könnte sie ihn ins Bein beißen, ihn so schwer verletzen, dass er von sich aus verschwinden würde. Aber nein – ein einfacher Biss würde kaum ausreichen.

Kim wälzte sich im Stroh herum. Dass sie nicht schlafen konnte, war eine völlig neue Erfahrung.

Plötzlich hörte sie wieder die Stimme ihrer Mutter. Hör auf damit, sagte die fette Paula. Du zerbrichst dir ganz sinnlos den Kopf. Achte auf deine Artgenossen, auf die kleine Cecile, den wunderlichen Bertie …

Manchmal fragte Kim sich, wo sich ihre Mutter nun wohl aufhielt. Kam ihre Stimme irgendwo aus dem Himmel? Nicht aus dem blauen Himmel über ihnen, sondern aus einem Himmel, der hinter dem Himmel lag?

Ach, es war sehr kompliziert, aber ganz tot konnte Paula nicht sein, wo doch ihre Stimme immer noch umhergeisterte.

Kim erwachte, weil draußen ein Vogel schrie. Sie wusste gleich, dass es noch sehr früh am Morgen war und dass sie irgendwie falsch geschlafen hatte. Der Kopf und der Hals taten ihr weh. Sie musste sich einen Muskel verzogen haben. He, sie bekam ihre ersten Wehwehchen – mittlerweile war sie eben nicht mehr die Jüngste, obwohl sie nicht annähernd so alt war wie Doktor Pik, der wohl zwölf oder dreizehn Sommer zählte.

Mühsam erhob sie sich. Ein heftiger Schmerz raste ihr durch den Kopf und stach ihr von hinten in die Augen. Paula hat recht – zu viele Gedanken, überlegte sie.

Im Zwielicht lagen die anderen friedlich da. Cecile hatte sich, wie sie es häufig tat, eng an Doktor Pik geschmiegt. Brunst schnarchte mit offenem Maul, gelegentlich fuhr ein Zucken durch seinen mächtigen Kiefer, und Che sah selbst im Tiefschlaf grimmig und zutiefst unzufrieden aus. Wahrscheinlich glückte es ihm nicht einmal im schönsten Traum, eine Revolution zu entfachen.

Leise reckte Kim sich – dann fiel es ihr auf. Wo war

Bertie? Hatte er gestern Abend nicht nahe an der Tür auf einem ordentlichen Haufen Stroh gelegen? Neugierig schaute sie sich um. Das Stroh lag verstreut am Eingang, als wäre das Wollschwein plötzlich aufgesprungen und hinausgelaufen.

Klar, Bertie war ein Frühaufsteher – möglicherweise jagte er beim ersten Sonnenstrahl, der ihm in den Rüssel fuhr, hinaus ins Freie.

Kim unterdrückte ein Gähnen, als sie auf die Wiese trat. Die Dämmerung war angebrochen. Kühl und feucht war die Luft. Es würde eine Freude sein, den Tau von ein paar Grashalmen zu schlecken. Vielleicht könnte sie mit einigen erfrischenden Tropfen den Schmerz in ihrem Kopf vertreiben.

Vögel sangen ihr erstes Lied, aber irgendwie klangen sie anders, leiser, verhaltener als am Morgen zuvor. Auch Bertie hatte sich nicht in Positur gestellt wie gestern, als er breitbeinig, mit hoch erhobenem Kopf die Sonne begrüßt hatte. Er lag mitten auf der Wiese, als würde er noch schlafen, ein dunkler Schemen im zarten frühen Licht. Vermutlich war das eine andere Übung – erst demütig den Rüssel in die Erde graben und ihn dann hochgereckt in den Wind halten, um das neue Licht des Tages zu empfangen.

He, wollte Kim ihm schon spöttisch zurufen, du verrenkst dir den Hals – kann nicht gesund sein, wie du daliegst, doch da entdeckte sie, dass Bertie gar nicht allein war. Eine menschliche Gestalt hatte sich neben ihm zusammengekauert und richtete sich nun auf. Sie hielt die Hände vor, als würde sie Bertie massieren. Hatte das Wollschwein alle viere von sich gestreckt, damit es sich wie ein Schoßhund kraulen ließ? Wenn Che das herausfand, wäre Bertie seines Lebens nicht mehr sicher.

Kim machte Anstalten, sich dezent zurückzuziehen, doch ihre Neugier ließ sie innehalten. Eifersucht durchzuckte sie. In all der Zeit hatte Dörthe sie nicht einmal so lang und ausgiebig gestreichelt, wie sie es nun augenscheinlich bei Bertie tat. Aber war diese Gestalt überhaupt Dörthe? Sie hatte lange, im ersten Licht blond schimmernde Haare, die ihr Gesicht bedeckten, wie Kim registrierte, während sie sich langsam näherte.

Dann fiel ihr Blick auf Bertie. Er hatte die Augen geschlossen. Keine Borste seines Zottelfells rührte sich. Die Zunge hing ihm bläulich aus dem Hals, er gab keinen Laut von sich.

Kim spürte, wie sich ihr Herzschlag unweigerlich beschleunigte. Eine Ahnung beschlich sie, warum Bertie nicht den leisesten Grunzer von sich gab. Er trug etwas um den Hals, eine Art Schild mit Buchstaben, und ein kleines silberfarbenes Gerät, wie Menschen es benutzten, um hineinzusprechen.

Vor Aufregung begann Kim zu hecheln und machte unter sich. Es platschte förmlich aus ihr heraus, aber sie achtete gar nicht darauf. Ihre Augen waren starr auf den reglosen Bertie gerichtet. Die Erkenntnis formte sich sehr langsam in ihrem Kopf und wurde von einem mächtigen Entsetzen begleitet.

Bertie konnte sich nicht mehr rühren, weil er tot

war – er hatte einen genauso verrenkten Hals wie der schwarze Schwan.

Plötzlich lag ein langer, hallender Schrei in der Luft – ein Schrei, wie Kim ihn noch nie gehört hatte. Dass sie selbst diesen Schrei ausgestoßen hatte, begriff sie erst später, als die Gestalt, die neben Bertie hockte, sich voller Panik umwandte. Swara starrte sie entsetzt an. Sie hatte eine Waffe in der Hand, deren schwarzes Auge direkt auf Kim gerichtet war.

Gleich, dachte Kim, gleich wird aus diesem schwarzen Auge ein greller Blitz fahren und mich vernichten.

12

Der Blitz stach Kim in die Augen, aber er nahm ihr nur den Atem und tat nicht wirklich weh. Sie schluckte. Warum passierte nichts weiter? Kam das Ende so sanft – ein diffuses Licht, das sie einhüllte? Dann schwenkte der Blitz zur Seite und wurde zum einfachen Schein einer Taschenlampe, die über die Wiese glitt. Ihr Schrei hatte zwei weitere Gestalten angelockt. Mit nacktem Oberkörper und nur mit einer Trainingshose bekleidet stürmte Carlo über die Wiese, hinter ihm Dörthe in ihrem orangefarbenen Schlafanzug, die Taschenlampe in der Hand.

Kim trat einen Schritt zurück. Statt sich vor einem Blitz zu fürchten, der dann gar nicht kam, hätte sie besser alles genau beobachten sollen.

Was hatte Swara getan? Hatte sie Bertie getötet?

»He«, schrie Carlo aufgeregt. Auch er hatte eine schwarze Waffe in der Hand. »Was machen Sie da?« Im Laufen wandte er sich zu Dörthe um. »Unglaublich – sie hat dein Zottelschwein umgebracht!« Dann richtete er seine Pistole auf Swara. »Nehmen Sie die Hände hoch!«

»Machen Sie sich doch nicht lächerlich!« Swara lächelte ihn an, ohne eine Spur Angst im Gesicht. Wo war ihre Waffe? Sie zog ihre leere Hand aus der Hosentasche. »Wieso sollte ich Ihr nettes Schwein umbringen? Ich habe ein Geräusch gehört und bin aus meinem Zelt gekommen. Jemand ist über die Wiese gelaufen, und ich …«

»Halten Sie die Klappe!«, rief Carlo. Er war blass, und in seinen Augen funkelte eine dunkle Wut.

Am liebsten würde er diese blonde Frau umbringen, dachte Kim. Ja, so sieht er aus, als würde es ihm nichts ausmachen, abzudrücken und sie zu erschießen.

Dörthe war nun auch herangekommen. Sie legte ihre Taschenlampe ab und ging neben Bertie in die Knie. »Carlo, sei vernünftig – wieso sollte sie Bertie etwas antun?«

»Das soll sie uns selbst erklären«, meinte Carlo feindselig und fuchtelte mit seiner Waffe herum.

Swara starrte ihn an. »Warum haben Sie eine Pistole? Ist die Waffe auch angemeldet?«

Kim sah, wie Carlos Mundwinkel zu zucken begann. Dann hörte sie Dörthe schluchzen.

»Mein Gott, jemand hat das Schwein mit einer Drahtschlinge umgebracht. Sieh doch!« Sie schluchzte wieder. »Hier!« Sie deutete auf das Pappschild, das Bertie um den Hals trug. ›Wir kennen Ihr Geheimnis.‹ – Wer schreibt so etwas? Was soll das?«

»Eine Drohung – wenn Sie mich fragen«, meinte Swara. Falls sie aufgeregt sein sollte, so zeigte sie es

III

nicht. Sie richtete sich auf. »Und jemand hat dem toten Tier auch ein Handy umgehängt. Können Sie sich denken, warum?« Sie blickte Dörthe an, der stille Tränen über die Wangen rannen, wie Kim voller Rührung bemerkte. Dörthe war ein guter Mensch. Klar, manchmal nahm sie es mit der Wahrheit nicht so genau, aber wenn einem Tier oder einem Menschen ein Leid geschah, war sie stets voller Mitgefühl.

»Ich weiß gar nicht, was Sie das angeht«, sagte Carlo. Er hatte seine Pistole wieder eingesteckt, aber noch immer war er voller Feindseligkeit Swara gegenüber. »Sie verziehen sich am besten in Ihr Zelt und packen Ihre Sachen zusammen… Sonst kriegen Sie eine Anzeige wegen Tierquälerei.«

»Carlo«, sagte Dörthe schluchzend, »Swara hat recht… Dieses Handy… Was hat das zu bedeuten?… Glaubst du, dass Bornstein so weit gehen würde, ein Tier zu töten, um uns…« Sie verstummte abrupt.

Carlo beugte sich vor und riss mit einer heftigen Bewegung, die den toten Bertie kräftig durchschüttelte, das Ding ab. »Wir müssen nachdenken«, erklärte er ernst und betrachtete den silberfarbenen Apparat, als wüsste er nicht genau, wozu er da war.

Plötzlich spürte Kim, dass sich jemand neben sie geschoben hatte.

»Ein großes Unglück«, flüsterte Doktor Pik mit heiserer Stimme. »Das hat der arme Junge nicht verdient.«

Als Kim sich umwandte, sah sie, dass die anderen Schweine auch aus dem Stall getreten waren. Stumm verharrten sie am Durchgang und blickten herüber. Sogar Che stand eine gewisse Trauer ins Gesicht geschrieben.

»Bertie hat eine Drahtschlinge um den Hals«, erklärte Kim. Sie hörte selbst, wie ihre Stimme zitterte.

Carlo und Swara stritten sich noch immer. Die blonde Frau meinte, dass man die Polizei rufen müsse, während Carlo ständig wiederholte, dass sie das alles ganz und gar nichts anginge und sie am besten sofort verschwinden sollte.

»Ich habe noch nie ein totes Schwein gesehen«, sprach Kim vor sich hin. Ihre Trauer schien immer größer zu werden – wie eine schwarze Wolke, die sich auf sie legte. Als sie mit dem Transporter verunglückt war, mochten auch ein paar Schweine umgekommen sein, aber damals hatte sie nicht darauf geachtet, sondern war unter einem blauen wunderbaren Himmel einfach in die große Freiheit davongerannt.

»Glaubst du, dass Berties Seele nun eine weiße Feder wird?«, fragte sie.

Doktor Pik schnaufte. Er hatte einmal davon gesprochen, dass jedes Wesen eine Seele hatte, etwas Unberührbares, das nach dem Tod wie eine weiße Feder in den Himmel hinauffliegen würde.

»Bertie war zu freundlich und hatte kein Glück in seinem Leben – das glaube ich.« Dann drehte der alte Eber sich um und kehrte zu den anderen zurück, die immer noch stocksteif dastanden und herüberstarrten.

Kim beobachtete, dass ein dunkelblauer Wagen auf

den Hof fuhr. Er rauschte mit ziemlicher Geschwindigkeit heran und bremste so hart, dass es ihr in den Ohren wehtat. Die drei Menschen, die immer noch um den toten Bertie herumstanden, zuckten panisch herum, als witterten sie eine Gefahr.

Die rothaarige Polizistin, die gestern schon da gewesen war, sprang aus dem Wagen und eilte auf die Wiese, als wüsste sie bereits, dass ein weiterer Mord passiert war.

Carlo schritt ihr entgegen; an seinen Bewegungen erkannte man, wie wütend er war.

»Frau Kommissarin«, rief er mit einer honigsüßen Stimme, die seine Wut verschleiern sollte. »Schon so früh auf den Beinen?«

»Es gibt Neuigkeiten«, erklärte Marcia Pölk. Sie strich sich eine dunkelrote Locke aus der Stirn. Sie wirkte müde, als hätte sie allenfalls zwei, drei Stunden geschlafen, und sie roch nach einem so starken Parfüm, dass Kim ihren Rüssel in Falten legen musste.

Carlo versuchte die Polizistin aufzuhalten, doch sie schob ihn einfach beiseite und ging weiter auf Dörthe und Swara zu – und auf den toten Bertie.

Kim wich einen Schritt zurück – zu heftig war dieser schwere, süßliche Geruch, den die Polizistin verströmte.

»Ist schon wieder ein Tier getötet worden?« Fragend blickte die Kommissarin Dörthe an. »Wird das bei Ihnen zur Gewohnheit?«

Swara sagte nichts, sie leckte sich nur über die Lippen und tastete nach der Tasche ihrer olivgrünen Hose, wo die Pistole stecken musste. Offensichtlich wollte sie vermeiden, dass die Polizistin sie entdeckte.

Dörthe seufzte. »Bertie – jemand hat ihn heute Nacht mit einer Drahtschlinge …«

Carlos fasste sie am Arm. »Das ist allein unsere Sache«, unterbrach er sie. »Bornstein, dieser Scheißkerl … er will uns fertigmachen, aber wir lassen uns nicht einschüchtern … Er will verhindern, dass wir unser Theaterstück aufführen und die Wahrheit über ihn …«

Marcia Pölk ging neben dem toten Bertie in die Knie. »Guter Mann, Sie haben jetzt mal Sendepause«, sagte sie mit ruhiger Stimme, ohne Carlo auch nur eines Blickes zu würdigen. Sie griff an Berties Hals herum und besah sich die Drahtschlinge. »Da waren Profis am Werk – ich denke, ich werde Ihnen die Spurensicherung vorbeischicken.«

Carlo riss seine linke Hand in die Höhe, die andere hatte er in die rechte Tasche seiner Trainingshose gesteckt. Natürlich, da hielt er seine Waffe verborgen. »Es ist nur ein Schwein«, rief er. »Keine große Sache! Wegen eines toten Schweins muss man nicht so ein Aufhebens machen.«

»Es ist ein Wollschwein«, fauchte ihn Dörthe entrüstet an, während die Polizistin schon ihren kleinen Apparat hervorgeholt hatte und leise hineinsprach. »Weißt du, wie viele Wollschweine es hier in der Gegend noch gibt? Dieses Tier war etwas ganz Besonderes.«

»Es hat gegrunzt und gestunken wie die anderen Schweine auch«, erwiderte Carlo.

Kim starrte ihn feindselig an, aber er nahm es gar nicht wahr. Noch ein falsches Wort von ihm, und sie würde Lunke auf ihn hetzen, wenn sie ihn das nächste Mal allein im Wald trafen.

»Tierquälerei ist kein Kavaliersdelikt«, erklärte Marcia Pölk, nachdem sie ihr Telefonat beendet hatte, dann blickte sie aus zusammengekniffenen Lidern Swara an, als hätte sie die blonde Frau erst jetzt bemerkt. »Wer sind Sie eigentlich?«

Swara machte einen Schritt zurück. »Ich bin auf der Durchreise, ich forsche über den Maler Munk, der hier gelebt hat und…«, aber da hatte die Polizistin ihr Interesse schon verloren. »Ich brauche Ihre Mithilfe«, sagte sie an Dörthe gerichtet. Aus ihrer schwarzen Lederjacke zog sie ein Stück weißes Papier. Nein, erkannte Kim, während sie geräuschlos wieder ein wenig näher kam. Das Papier war nur auf einer Seite weiß, auf der anderen war ein Mann zu sehen.

»Das ist ein Foto des Toten, den wir im Wald gefunden haben. Kennen Sie den Mann vielleicht?«

Fast hätte Kim einen Grunzer ausgestoßen. Jetzt bei dem besseren Licht und wo der Mann nicht mehr blutend über einem Lenkrad kauerte, da fiel es ihr ein…

Dörthe nahm das Foto in die Hand und schluckte. Fahrig wischte sie sich über die Stirn.

»Ich finde das nicht richtig, wie Sie hier auftreten«, mischte sich Carlo wieder ein. »Sie sehen doch, dass es meiner Partnerin nicht gut geht.«

Bei dem Wort »Partnerin« warf Dörthe ihm einen

bitterbösen Blick zu, der ihn augenblicklich zum Verstummen brachte. »Ja«, sagte Dörthe dann leise zu der Polizistin. »Ich kenne den Mann. Das ist Rupert. Er hat vor ein paar Monaten mal hier gearbeitet, hat für Munk Dinge erledigt, Farben und Leinwände besorgt. Er war aber ziemlich unzuverlässig, und irgendwann nach einem Streit mit Munk ist er von einem Tag auf den anderen verschwunden.«

Marcia Pölk holte einen kleinen Block aus ihrer Lederjacke. »Kennen Sie seinen Nachnamen, und wissen Sie vielleicht, wo er gewohnt hat?«

Dörthe zuckte die Achseln. »Rupert – so haben wir ihn genannt. Er wollte Schauspieler werden oder Artist. Ich glaube, Munk hat mal gesagt, er sei mit einem Zirkus oder irgendeiner Jahrmarktsbude mitgereist. Wieso hat Rupert tot in unserem Wald gelegen?«

»Wir ermitteln noch«, erwiderte die Polizistin. »Wahrscheinlich war er der Drogenkurier. Entweder hat er irgendwelche Leute betrügen wollen, oder er hat versucht, ein doppeltes Geschäft zu machen.«

Dörthe runzelte die Stirn. Ihr Blick glitt zu Kim. Auf einmal lächelte sie, und in ihren Augen war wieder ein kleines Licht.

Sie bekommt ein Kind, dachte Kim, Lunke und ich müssen auf sie aufpassen, so gut wir können. Jedenfalls dürfen wir das nicht einem Kerl wie Carlo überlassen. Lunke würde allerdings nicht begeistert sein – und seinen Preis dafür fordern.

»Ich glaube, Rupert wollte Schauspieler werden,

träumte von einer Karriere beim Film …« Dörthes Blick glitt zu der Polizistin zurück. »Haben Sie vielleicht eine Zigarette?«

Bedauernd schüttelte Marcia Pölk den Kopf. Zum Glück, wie Kim fand, sie mochte es nicht, wenn Zigarettenstummel auf ihrer Wiese lagen.

»Rupert hat mich mal nach Adressen gefragt, wo er sich bewerben könne, weil ich ja auch Schauspielerin bin«, fuhr Dörthe fort. »Er hat irgendwo ein Zimmer im Dorf gehabt, aber eigentlich hat er in der Stadt gelebt. Ich kann mir nicht vorstellen, dass er etwas mit Drogen zu tun hatte …Hier bei uns hat er nicht einmal eine Zigarette geraucht, wenn ich ihm eine angeboten habe.«

Plötzlich klingelte ein Telefon, doch nur einmal, dann erstarb der Laut abrupt.

Kim schaute sich um. Hatte das Klingeln niemand sonst bemerkt? Carlo hatte sich ein Stück abseits postiert. In seiner Hosentasche hatte es geschrillt – vermutlich das Ding, das er dem toten Bertie mit Gewalt abgerissen hatte.

Kim überlegte, einen Grunzer auszustoßen, doch dann sah sie, dass schon wieder jemand auf den Hof kam. Edy radelte heran. Wie immer hatte er seine silberfarbenen Knöpfe im Ohr. Abwesend starrte er vor sich hin und ruckte mit dem Kopf vor und zurück. Hinter ihm ragte auf dem Rad ein riesiger weißer Kasten auf. Erst als er schon am Gatter angekommen war, registrierte er die Versammlung auf der Wiese. Er entfernte die Knöpfe aus seinen Ohren. Kim nahm trotz der Entfernung wahr, dass aus ihnen ein irrsinniges Scheppern und Donnern drang.

»Wer ist das?«, fragte Marcia Pölk und deutete auf Edy.

»Das ist Edy, unser Stallbursche«, erklärte Dörthe.

»Er dröhnt sich den ganzen Tag mit Musik zu«, warf Carlo verächtlich ein. »Manchmal könnte man denken, dass er nicht ganz richtig im Kopf ist.«

Edy warf seinen langen geflochtenen Zopf zurück. Er schob sein Fahrrad mit dem riesigen Kasten über die Wiese und machte ein neugieriges Gesicht – jedenfalls für seine Verhältnisse. Eine Frage brachte er allerdings nicht über die Lippen.

»Das Wollschwein ist tot«, erklärte Dörthe und musste wieder schluchzen.

Edy nickte. »Verdammt«, flüsterte er. Dann blickte er die Polizistin an. Er war noch blasser und dünner als sonst. »Sind Scheißkerle, die Schweine umbringen.« Er nickte seinen Worten hinterher. Dann rollte er mit seinem Fahrrad weiter zum Stall.

Einen Moment später rasten zwei Wagen auf den Hof. Männer sprangen heraus, und auch ein brauner Hund an einer langen Leine, der sofort zu knurren begann.

Kim spürte, wie ihr ein neuer Schrecken in die Glieder fuhr. Neugier war gut und schön, aber manchmal musste man wissen, wann es Zeit für den Rückzug war.

13

»Das also ist der Anfang«, erklärte Che mit düsterer
Miene. Die Schweine hatten sich in den hintersten Winkel des Stalls verzogen.

Allein Kim hatte sich im Durchgang postiert und beobachtete die vier Männer, die auf der Wiese herum-
liefen. Bertie hatten sie grob und ohne jeden Respekt
auf eine Schubkarre geworfen und abtransportiert. Die
Trauer um das Wollschwein schnürte ihr schier die Kehle
zu. Außerdem machte sie sich Vorwürfe. Hatte Paula, ihre
Mutter, die in ihrem Kopf saß, nicht gesagt, dass sie auf
Bertie aufpassen sollte? Verdammt, sie hatte geschlafen,
statt das arme Wollschwein zu beschützen. Da war sie es
ihm schuldig, wenigstens seinen Mörder zu finden. Die
Männer rannten hin und her, aber warum genau, konnte
Kim nicht begreifen, sosehr sie sich auch anstrengte. Von
Dörthe und den anderen war nichts mehr zu sehen. Das
Auto der Polizistin stand allerdings immer noch da. Ver-
mutlich besprachen sie sich irgendwo im Haus.

»Die Menschen haben uns offen den Krieg erklärt.
Fragt sich, wer der Nächste ist, den sie umbringen wer-

den.« Kim hörte, wie Che hinter ihr daherschritt. »Vielleicht bist du es, Brunst. Du bist fett und hässlich. Dein Anblick könnte die Menschen beleidigen.«

Anblick, der Menschen beleidigte? Was soll das denn?, wollte Kim fragen, aber da war Che schon bei Doktor Pik angekommen.

»Oder sie nehmen sich als nächstes Opfer unseren Ältesten vor – um damit ein Zeichen zu setzen, dass ihnen nichts heilig ist.«

Brunst holte tief Luft, doch Kim wusste, dass von ihm kein Widerspruch zu erwarten war.

»Was schlägst du denn vor, Che?«, fragte sie mit mühsam unterdrücktem Zorn. »Hast du eine Idee?« Kein gutes Wort hatte er über den toten Bertie verloren.

Ches Klauen scharrten über den Betonboden. »Allerdings«, sagte er mit kalter Stimme.

Kim wandte sich um.

Alle Augen waren auf Che gerichtet, der sich mitten im Stall aufgebaut hatte. Selbst Doktor Pik hatte erwartungsvoll den Atem angehalten, das Protestschwein hüllte sich jedoch in Schweigen. Kim lächelte. Sie kannte diese Kunstpausen, diese Spielchen, mit denen sich Che seiner Macht versichern wollte.

»Was denn?«, quiekte Cecile. »Was hast du denn für eine Idee?« Sie zitterte. Ihr war Berties Tod besonders nahegegangen.

Die Männer verließen die Wiese und stiegen in ihre Autos. Der verdammte stinkende Köter, der zwischendurch immer wieder in nerviges Gekläffe ausgebrochen

war, wurde auch verladen. Dann rumpelten die beiden
Wagen davon – mit dem toten Bertie. Kim versuchte
den dicken Kloß in ihrem Hals herunterzuschlucken, sie
würden das Wollschwein niemals wiedersehen.

»Wir müssen unsere Verteidigung organisieren«, erklärte Che mit lauter Stimme. »Wir werden uns nicht
ohne Widerstand abschlachten lassen. Dafür brauchen
wir einen Plan.«

»Einen Plan?«, fragte Brunst. Seine Kiefer mahlten
wieder. Offensichtlich kaute er an etwas. Kim hatte ihn
in Verdacht, dass er sich irgendwo im Stall einen gehei-
men Vorrat an Möhren und Äpfeln angelegt hatte.

»Ganz recht«, deklamierte Che. »Jeder Widerstand
beginnt mit einem Plan und einer Organisation. Auch
wir müssen uns organisieren. Ich schlage vor, dass wir
uns eine feste Struktur geben. Ich bin … Nun, da der
Plan von mir stammt, bin ich das Schwein Nummer
eins. Brunst, du bist die Nummer zwei und damit mein
Stellvertreter, und Doktor Pik ist die drei. So nennen
wir uns von jetzt an auch. Das geht schneller und ver-
wirrt unsere Gegner.«

Kim wollte einwenden, dass es den Menschen herz-
lich gleichgültig war, wie sie sich nannten, doch nun war
Che richtig in Fahrt geraten.

»Dann müssen wir überlegen, wie wir uns verteidigen.
Ich schlage vor, dass wir vor unserem Stall einen Schutzwall errichten … Dieser Wall soll die Menschen aufhalten, wenn sie uns überfallen wollen.«

»Einen Schutzwall?«, fragte Brunst verständnislos. »Du meinst, wir sollen Erde aufwerfen, um uns zu schützen? Wozu soll das gut sein?«

Che stieß verächtlich die Luft aus. »Ich werde es dir erklären, Schwein Nummer zwei«, sagte er dann in diesem selbstsicheren Tonfall, den Kim an ihm besonders hasste. »Dieser Wall ist ein Hindernis, das man überwinden muss, bevor man in den Stall eindringen kann. Außerdem können wir uns hinter dem Wall verbergen und alles beobachten, ohne selbst gesehen zu werden.«

Er machte eine Pause, als erwarte er tatsächlich Beifall. Kim warf Doktor Pik einen ungeduldigen Blick zu. Warum schwieg der alte Eber? Er war doch viel klüger als dieses aufgeblasene Protestschwein.

»Eine kleine Zwischenfrage«, wandte sie sich dann selbst an Che, nachdem Doktor Pik nachsichtig den Kopf geschüttelt hatte. Typisch für ihn – er war ständig auf Harmonie aus und wollte keinen Ärger. »Du hast bravourös durchgezählt – jedenfalls von eins bis drei. Aber was ist mit Cecile und mir? Haben wir in deiner großartigen Organisation auch eine Aufgabe?«

Che straffte sich und reckte den Kopf in die Höhe, bis er geruhte, sich langsam zu Kim umzudrehen. »Ich bin dir für deine Frage überaus dankbar, werte Kim«, rief er aus. »Wie wir alle wissen, seid ihr, du und auch die liebe kleine Cecile, weiblichen Geschlechts. Das heißt, ihr habt im Kampf nichts verloren, aber das bedeutet nicht, dass ihr nicht fast genauso wichtig seid wie wir. Eure Aufgabe wird es sein, den Stall zu hüten und Nahrungsreserven anzulegen, so dass es uns möglich sein wird, einige Zeit im Stall auszuharren, falls unsere Strategie es erfordern sollte.«

»Ja, wir brauchen unbedingt reichlich Nahrungsreserven«, warf Brunst ein, woraufhin Che ihm einen strafenden Blick zuwarf.

»Toll!«, rief Cecile begeistert aus. »Eine tolle Aufgabe! Soll ich gleich anfangen, Che? Ich könnte mich in den Gemüsegarten schleichen und…«

Che beugte den Kopf und lächelte scheinbar nachsichtig. »Nenn mich bitte von jetzt an Schwein Nummer eins, ja?«

Cecile nickte heftig, ihr winziger Ringelschwanz hüpfte hin und her. »Jawohl, Schwein Nummer eins.«

»Habt ihr euch schon einmal Gedanken gemacht, warum Bertie umgebracht worden ist?«, fragte Kim. »Könnte doch sein, dass es einen besonderen Grund dafür gab, nicht wahr?«

»Seit Urzeiten befinden Menschen und Schweine sich im Kampf«, rief Che aus. »Das ist gewissermaßen ein Naturgesetz.«

»Gestern hast du dir noch friedlich den Bauch auf der Wiese vollgeschlagen und behauptet, Bertie sei gar kein richtiges Schwein. Oder irre ich mich, Che?« Kim gönnte ihm ihr schönstes falsches Lächeln.

Che wandte abrupt den Kopf. »Schwein zwei und drei, wir sollten uns nun an die Arbeit machen, statt uns in fruchtlosen Diskussionen aufzureiben. Ich gebe den Befehl zum Abmarsch. Wir werden nun beginnen, den Wall auszuheben.«

Im nächsten Moment stakste er vorsichtig auf die Wiese. Brunst folgte ihm schwerfällig, und selbst Doktor Pik schlich ihm hinterher, ohne Kim anzusehen.

Den Nachmittag über warfen die drei Schweine auf der Wiese Erde auf. Richtig voran kamen sie dabei jedoch nicht. Brunst machte immer wieder eine Pause, um zu fressen, und Doktor Pik gönnte sich die eine oder andere Rast, legte sich unter seinen Apfelbaum und blickte in den Himmel hinauf, um den sanften weißen Wolken nachzusehen. Auch Che schien es mit seinem Wall nicht eilig zu haben, eigentlich sah er seine Aufgabe eher darin, die beiden anderen zu dirigieren und ihre Arbeit anzuleiten. Nur Cecile mühte sich nach Kräften, Kartoffelschalen und Brotreste zusammenzutragen und in einer Ecke des Stalls aufzuhäufen.

Kim legte sich in den Durchgang und versuchte das Haus zu observieren, aber immer wieder fielen ihr die Augen zu. Als sie plötzlich einen lächelnden Bertie im Traum vor sich sah, schreckte ein infernalischer Lärm sie auf.

Edy stand hinter ihr im Stall. Den großen weißen Kasten, den er auf seinem Fahrrad transportiert hatte, hatte er geöffnet und ein merkwürdiges Ding herausgenommen, das Kim noch nie gesehen hatte. In der linken Hand hielt er einen langen Stab mit merkwürdigen Metallseilen, mit der rechten strich er über diese Seile. Der Lärm war höllisch. Dabei machte er ein abwesendes Gesicht, als ginge er ganz in seinen scheppernden Geräuschen auf.

Hör auf!, wollte Kim ihm zuschreien. Du machst meine Ohren kaputt.

Bisher hatte Edy immer andere, längst nicht so laute Geräusche von sich gegeben. Einen Moment später kam Swara in den Stall. Wo war sie eigentlich die ganze Zeit gewesen? Offenbar war sie gar nicht mit der Polizistin ins Haus gegangen.

Sie nickte Edy zu und hockte sich auf das Gatter, wie es Dörthe manchmal nachts tat – nur kehrte sie Kim den Rücken zu.

Edy ließ sich nicht stören – er machte mit seinem Lärm weiter, allerdings stieß er nun auch noch mit dem rechten Fuß auf.

Swara wippte auf und ab. Gefiel ihr dieser Lärm etwa? Kim versuchte auszumachen, ob sie die Waffe noch in der Tasche hielt, doch genau konnte sie es nicht erkennen.

Als Edy endlich mit seinem Lärm aufhörte, klatschte Swara in die Hände. »Smoke on the water – geiles Stück«, sagte sie.

Edy nickte. »Ja, ein echter Klassiker.« Er wirkte von dem Applaus nicht sonderlich beeindruckt.

»Du spielst supergut E-Gitarre und machst hier den Hilfsarbeiter?«, fragte Swara.

Edy zuckte mit den Schultern. »Meine Band ist auseinandergegangen – interne Schwierigkeiten. Und an den Musikhochschulen haben sie mich überall abgelehnt. Ich kann nicht Klavier spielen. Ich hasse Klaviere.«

»Weißt du, was hier los ist?«, fragte Swara. »Wohnst du im Dorf?«

Edy packte seine Gitarre in den weißen Kasten. »Ich wohne im Kirchturm«, sagte er. »Der Priester ist mein Vater.«

»Wie bitte?« Erstaunt sprang Swara vom Gatter.

Edy verzog das Gesicht. »War ein Scherz. Mein Großonkel ist der Küster im Dorf. Der Alte hat mir zwei Zimmer im Pfarrhaus gegeben. Die Hütte steht leer, weil der Pfaffe vor kurzem gestorben ist. Ich verdiene mir hier ein wenig Geld, und dann nehme ich eine CD auf.« Er verschloss den Kasten. »Ich singe auch und schreibe eigene Songs.«

»Toll«, meinte Swara anerkennend. Sie berührte Edy am Arm. Sah fast so aus, als gefiele er ihr. »Glaubst du, dass im Wald mit Drogen gedealt wird? Ist ja ziemlich einsam hier.«

Edy lachte. »Ja, eine richtige Schweineöde diese Gegend, aber Drogen? Keine Ahnung… Mir reicht ein anständiges Bier. Dosenbier aus Mexiko.«

Swara lachte ebenfalls, doch irgendwie gezwungen und unecht. Sie war auch ganz schön neugierig, fand Kim.

»Du bist ein ziemlicher Träumer, was?«, meinte Swara.

Edy zuckte wieder mit den Achseln. »Keine Ahnung. Ich muss jetzt los.« Er wandte sich seinem weißen Kasten zu und hievte ihn auf sein Fahrrad.

Im nächsten Moment hörte Kim, wie Cecile auf der Wiese zu quieken begann, dann grunzte auch Brunst entsetzt auf.

14

Etwas Unerhörtes war passiert. Ein Mensch war vom Himmel gefallen, mitten unter die Schweine, die leise grunzend um ihn herumstanden. Der Mensch kroch aus einem Korb, der umgefallen unter einem riesigen, roten Ballon lag. Seltsame Geräusche gingen von dem Ballon aus – ein lautes Fauchen, als wäre er ein lebendiges und gefährliches Tier. Irgendwo musste dazu eine Flamme brennen. Jedenfalls lag der Geruch von Feuer in der Luft.

Cecile zitterte am ganzen Körper, und Brunst mahlte nervös mit den Zähnen. Che hatte sich hinter Doktor Pik in Deckung begeben, wie Kim mit einem Lächeln registrierte. Dann wandte sie ihre Aufmerksamkeit wieder dem Mann zu, der mühsam versuchte, sich aufzurichten. Er war noch recht jung, trug eine rote Kappe und rieb sich über das Bein. Um den Hals hatte er einen Apparat mit einem schwarzen Auge. Kim war sich nicht sicher, ob von diesem Ding eine Gefahr ausging.

»Verdammt!«, fluchte der Mann. Dann machte er einen hinkenden Schritt zu dem Ballon, und einen Moment später erstarb das unangenehme Fauchen, und auch der Geruch von Feuer verschwand.

Kim und die anderen Schweine entspannten sich ein wenig. Che wagte es sogar, hinter Doktor Pik hervorzutreten.

»Menschen können also fliegen!«, quiekte Cecile, die als Erste ihre Sprache wiedergefunden hatte, und schaute Kim erwartungsvoll an. »Können Schweine das dann auch?« Es war ihr Traum, sich einmal wie ein Vogel in die Luft zu erheben.

»Vielleicht«, erwiderte Kim zögernd. Sie betrachtete den roten Ballon und den Korb, den der Mann nun aufzustellen versuchte, wobei er immer wieder laut stöhnte, als plötzlich ein grober Ruf über die Wiese gellte.

»Was machen Sie da?« Carlo eilte heran, diesmal hielt er keine Waffe in der Hand.

Der Mann mit der roten Kappe richtete sich auf und senkte dann den Kopf. »Bedaure – hatte Probleme mit meinem Ballon. Musste leider notlanden, sonst wäre … Ich hoffe, ich habe Sie nicht aufgeschreckt. Sind Sie der Schweinebauer?« Er lächelte, so dass sich sein längliches Gesicht in Falten legte. Zwei große Schneidezähne blinkten im Sonnenlicht.

»Ich bin kein Schweinebauer«, erwiderte Carlo entrüstet. »Sind Sie etwa Fotograf?« Er deutete auf den Apparat, den der Mann um den Hals hängen hatte. »Haben Sie hier irgendwelche Fotos gemacht?« Er starrte den Eindringling feindselig an.

»Mein Name ist Finn«, erklärte der Mann mit einem

matten Lächeln und streckte eine Hand aus, die Carlo jedoch nicht beachtete.

»Hat Bornstein Sie geschickt? Gehören Sie zu seinen Leuten?« Carlo ballte die Fäuste, doch nun kam auch Dörthe über die Wiese geeilt. Ihr rotes Haar wehte ihr um den Kopf, so sehr beeilte sie sich. Interessiert blickte sie auf den Ballon, dann schaute sie den Mann an und lächelte seltsam. Kim kniff die Augen zusammen. Kannten die beiden sich? Lächelte Dörthe deshalb so freundlich, oder gefiel ihr der Mann mit der Kappe einfach?

»Ich bin Finn«, wiederholte er und streckte auch Dörthe die Hand entgegen, die sie freudig drückte. »Ich habe Ihrem Mann schon erzählt, dass ich … Also, ich bin fast abgestürzt … Ihr Mann …«

»Er heißt Carlo«, unterbrach Dörthe ihn, »und er ist nicht mein Mann. Er ist nur ein … Gast.«

»Was reden die da?«, fragte Cecile und stieß Kim mit der Schnauze an. »Will der Mann nun weiterfliegen?«

»Ich glaube nicht.« Kim ließ Dörthe nicht aus den Augen. Irgendeine Wandlung war innerhalb von ein paar Augenblicken mit ihr passiert. Sie strahlte über das ganze Gesicht und entließ den Mann gar nicht aus ihrem Blick.

»Wie langweilig!«, meinte Cecile und wandte sich ab. Auch die anderen hatten mittlerweile beigedreht. Kim hörte, wie Che rief: »Schwein zwei und drei, zurück an die Arbeit!« Auf dem Hof fuhr Edy mit seinem Fahrrad und dem weißen Kasten vorbei. Wie immer hatte er die silberfarbenen Knöpfe im Ohr und achtete auf nichts und niemanden. Er hob nur kurz vage die Hand zu einem Gruß, der aber eigentlich an niemanden gerichtet war.

»Der Kerl soll machen, dass er verschwindet!«, rief Carlo. Er hatte die Hände in die Hüften gestemmt. Kim konnte förmlich riechen, wie sehr ihm missfiel, dass Dörthe so freundlich zu dem Mann war. »Er hat aus der Luft Fotos gemacht… wollte herumschnüffeln, uns ausspionieren.«

»Lass ihn doch erst mal selbst erzählen!« Dörthe packte Carlo unsanft am Arm. So energisch war sie sonst nicht, fiel Kim auf.

Der Mann lächelte. Seine beiden großen Schneidezähne blinkten wieder auf. »Vielen Dank! – Ja, ich habe Fotos gemacht, vom Wald und so, und dann verlor der Ballon plötzlich an Höhe, und ich dachte…« Er beugte sich zu Dörthe vor. »Ich dachte wirklich, ich stürze ab, aber zum Glück… Leider habe ich mich am Bein verletzt, und ich glaube nicht, dass mich heute noch jemand abholen kann…«

Der Mann namens Finn hatte die Angewohnheit, sich immer wieder selbst zu unterbrechen.

Aus den Augenwinkeln bemerkte Kim, dass sich auch Swara für den Neuankömmling interessierte, sie kam jedoch nicht näher, sondern hielt sich neben dem Stall auf. Das Gerät, in das sie sonst hineinsprach, hielt sie vor ihr Auge und auf den Mann gerichtet.

»Dann kannst du ihn ja in die nächste Stadt fahren«, bemerkte Carlo in einem bitterbösen Tonfall, wie Kim ihn eigentlich nur von Che kannte. »Am besten sofort, und dann proben wir weiter.«

»Ja, vielleicht«, entgegnete Dörthe, ohne Finn aus den Augen zu lassen.

»Mein Bein … es ist verstaucht … wäre schön, wenn ich mir vielleicht einen kühlenden Umschlag machen könnte … und ein heißer Kaffee wäre auch nicht schlecht, wenn es keine Umstände bereitet …«

»Eine blendende Idee«, sagte Dörthe. Sie strich dem Mann über den Arm, ganz zart und scheinbar zufällig, doch sofort glitt ein noch tieferes Lächeln über sein Gesicht, und seine Augen funkelten beinahe so wie Dörthes.

Geht das auch bei den Menschen so?, dachte Kim. Sie schauen sich an und verstehen sich? Aber so hatte Dörthe weder den toten Maler Munk noch Michelfelder jemals angesehen und den unfreundlichen Carlo schon gar nicht.

»Wir können ins Haus gehen«, fuhr sie fort. »Carlo rollt Ihren Ballon zusammen, und ich mache uns einen Kaffee. – Nicht wahr?« Spöttisch blickte sie Carlo an.

»Unsere Probe war noch nicht zu Ende«, erwiderte er, doch da hatte sie sich schon umgedreht. Mit Finn, der sich alle Mühe gab, kräftig zu hinken, verließ sie die Wiese, während Carlo sich tatsächlich daranmachte, den Ballonstoff zusammenzulegen. Dabei fluchte er unentwegt, und als er Kims neugierigen Blick bemerkte, klaubte er einen Brocken Erde vom Boden auf, um ihn nach ihr zu werfen. Der Erdbrocken traf sie an der lin-

132

ken Flanke und tat überhaupt nicht weh, aber trotzdem nahm sie sich vor, Carlo bei nächster Gelegenheit eine Lektion zu erteilen.

»Wir müssen reden«, sagte Lunke.

Sie lagen im Wald, jenseits der Wiese. Die letzten Sonnenstrahlen verschwanden hinter dem Horizont.

»Reden? Wieso reden?«, fragte Kim.

Eine eigenartige Atmosphäre hing in der Luft, irgendwie als würde gleich ein Gewitter losschlagen. Swara lief aufgeregt auf dem Hof herum, während Dörthe und Finn in Munks altem Atelier saßen und unentwegt redeten, nachdem sie ihm ein paar Bilder gezeigt und erklärt hatte. Carlo wiederum lehnte ein Stockwerk höher im offenen Fenster und rauchte – oder vielleicht versuchte er auch mitzubekommen, was unter ihm besprochen wurde.

»Über uns«, erwiderte Lunke beinahe im Flüsterton. Er blickte stur geradeaus.

Was sollte es denn da zu reden geben?, wollte Kim schon erwidern. Dass Bertie tot war, hatte Lunke nur mit einem Achselzucken kommentiert. Er war also doch ein hartherziger wilder Schwarzer – wenn sie nicht seine Hilfe brauchen würde, hätte sie sofort wieder kehrtgemacht.

»Ich muss mir bald eine Bache suchen«, fuhr Lunke fort »Obwohl ich eigentlich gar keine Lust dazu habe·· verstehst du?«

»Klar«, erwiderte Kim in betont nüchternem Tonfall,

»du sollst dir eine Bache suchen, hast aber keine Lust dazu.«

Sie blickte zu dem kleinen Wall hinüber. Die Schweine hatten beschlossen, dass nun immer einer von ihnen Wache halten sollte. Brunst war als Erster dran, er hatte es sich hinter dem Erdhaufen bequem gemacht. Sein Schnarchen war bis zu ihnen zu hören.

»Und?«, sagte Lunke ungeduldig. »Was sagst du dazu?«

Was sollte sie dazu sagen?

»Ich möchte wissen, wer Bertie umgebracht hat.« Nun schaute sie Lunke zum ersten Mal an. Er kniff seine braunen Augen zusammen und sah plötzlich äußerst unzufrieden aus. »Ich mache mir Vorwürfe. Ich hätte auf Bertie aufpassen müssen. Hast du gestern Morgen etwas beobachtet?«

Lunke wandte den Kopf. »Du nutzt mich aus – dieses Gefühl habe ich.« Er schnaufte und scharrte dann mit den Vorderpfoten, als müsse er nachdenken. »Dieser Mann mit den weißen Haaren lief hier herum, und die Frau, die gestern angekommen ist…«

»Swara«, warf Kim ein.

»… sie hat auch nicht geschlafen, jedenfalls nicht die ganze Zeit.«

»Hat sie Bertie umgebracht?«, fragte Kim.

»Gesehen habe ich nichts. Ich musste zurück… in den Wald, und eigentlich wollte ich auch über etwas anderes reden.« Er schnaufte wieder. Sollte das eine neue Angewohnheit werden?

134

»Lunke«, sagte Kim, und nun versuchte sie besonders freundlich zu klingen. »Ich muss das herausfinden, vorher kann ich mit dir nicht über uns reden. Du weißt, ich mag dich, aber ...«

Ein Motorengeräusch war hinter ihnen zu hören, das kurz darauf erstarb. Lunke wandte sich nicht einmal um.

»Ich finde, wir sollten zumindest zusammen suhlen gehen«, maulte er.

»Ja, vielleicht«, entgegnete Kim. Sie hatte die Ohren aufgestellt und lauschte. Lief da jemand durch den Wald? Mittlerweile war es völlig dunkel geworden. Swara eilte über den Hof in Richtung Gemüsegarten, wo ihr Zelt stand. Dörthe und Finn verließen das Atelier. Er küsste sie wie beiläufig auf die Wange und lächelte dabei. Oben am Fenster war Carlo verschwunden. Brunst am Erdwall schnarchte noch lauter.

»Du könntest auch ganz zu uns kommen«, meinte Lunke nun. Er war näher an sie herangerückt. Sie konnte riechen, dass er den ganzen Tag irgendwo tief im Wald gelegen hatte. »Verlass diese elenden Schlappschwänze, und komm zu uns! Du bist zwar keine wilde Schwarze, aber ich werde dich beschützen ...«

»Vielen Dank«, unterbrach sie ihn. »Ich möchte gar nicht beschützt werden.« Dann ruckte ihr Kopf in die Höhe.

Carlo war auf den Hof getreten. Er blickte zu Munks Atelier hinüber, das nun dunkel dalag. Dann zog er einen silberfarbenen Apparat hervor und hielt ihn sich ans Ohr. Nervös lief er in Richtung Straße, genau auf Kim zu. Für einen Moment fürchtete sie, er habe sie entdeckt. Doch dann veränderte sich sein Gesicht, wurde hart und kantig.

»Hören Sie«, sprach er in den Apparat hinein. »Ich weiß nicht, wer Sie sind und was das soll. Rufen Sie nicht mehr an! Wir haben hier kein Geheimnis – ist das klar? Und Angst lassen wir uns von Ihnen auch nicht einjagen.«

Dann warf er den Apparat auf den Boden und trat mit dem rechten Fuß mehrmals auf ihn ein. Ein lautes Krachen hallte durch die Dunkelheit.

Lunke hielt seinen Rüssel in den leichten Wind. »Ich glaube, der weißhaarige Mann ist wieder da«, sagte er.

Kim hob auch den Rüssel. Sie konnte jedoch nichts riechen. Dann aber bemerkte sie einen Schatten, keine fünf Schritte von ihrem Versteck entfernt. Der weißhaarige Mann schälte sich aus der Dunkelheit, er hielt ein Gerät vor sein Gesicht, durch das er hindurchsah. Gleichzeitig sprach auch er in einen Apparat hinein.

»Alles ruhig«, war alles, was Kim verstehen konnte.

»Wir sollten uns weniger um die Menschen kümmern und mehr um uns«, bemerkte Lunke.

Carlo war wieder verschwunden. Kim konnte nicht sagen, ob er ins Haus zurückgekehrt war. Das Fenster, hinter dem er wohnte, blieb dunkel.

Der weißhaarige Mann rührte sich nicht, und er sagte auch nichts mehr.

Auf der Wiese war jedoch eine Bewegung zu sehen. Kim riss die Augen auf. Müdigkeit machte ihr zu schaffen, auch wenn sie nicht wie die anderen an dem kümmerlichen Erdwall gearbeitet hatte. Brunst raffte sich auf und schüttelte sich. Im Mondlicht warf er einen langen Schatten und sah beinahe wie ein anderes, furchterregendes Tier aus. Langsam stakste er zum Stall zurück. Offenbar glaubte er, seine Wache, die er im Tiefschlaf verbracht hatte, sei vorüber.

»Guck dir den fetten Schlappschwanz an!« Lunke lachte auf. »Wie hältst du es nur mit diesen Langweilern aus?«

Kim erwiderte nichts. Mit einem Mal kam es ihr auch sonderbar vor, mit wem sie da unter einem Dach lebte. Nein, sagte sie sich, Lunke hatte unrecht. Brunst mochte ein verfressenes Schwein sein, aber er war kein übler Kerl. Nicht einmal Che, der Angeber, hatte nur schlechte Seiten.

Obwohl ihr die Glieder schwer wurden und sie kaum noch die Augen offen halten konnte, hörte sie, wie Brunst »Schwein Nummer drei« rief. Musste sogar der alte Doktor Pik Wache halten? Sollte sie nicht auch besser in den Stall zurückkehren, zu den anderen gehen und ihre Hilfe anbieten? Sie spürte, wie sich Lunke leise grunzend an sie schmiegte. Es fühlte sich gar nicht schlecht an, so Borste an Borste zu liegen. Ihr fielen die Augen zu. Die Gedanken an den weißhaarigen Mann, der irgendwo lauerte, verschwammen. Sie nahm noch wahr, wie Lunke an ihrem Ohr zu knabbern begann. Erstaunlich zärtlich für einen wilden Schwarzen – das war ihr letzter Gedanke, bevor sie einschlief.

15

Bertie lächelte sie an, er duftete nach frischer Wäsche – so roch eigentlich kein Schwein, und seine Klauen schwebten ein knappes Stück über dem Boden. Merkwürdig fand sie das, gleichwohl freute es sie, ihn in bester Gesundheit zu sehen. Auch mit seinem Hals schien alles in Ordnung zu sein.

»Du bist ja gar nicht richtig tot«, sagte sie zu ihm.

Er nickte. »Ich bin jetzt ein Traumschwein«, entgegnete er fröhlich. »Macht auch Spaß. Leider muss ich auf richtiges Fressen verzichten, und an einem Baum kratzen kann ich mich auch nicht mehr.«

Kim fühlte, dass seine Heiterkeit sie ansteckte. »Kommst du zu uns zurück?«, fragte sie. »Wir könnten noch mal ›Ich sehe was, was du nicht siehst‹ spielen.«

Bertie verzog das Gesicht. »Bedaure. Ich bin nun eine Art Bote. Muss anderen Dinge mitteilen.« Es klang ein wenig wichtigtuerisch.

»Botschaften?«

Er nickte wieder. »Lunke soll ich sagen, dass er sich nicht ständig an den jungen Eichen reiben soll.«

138

»Du redest mit Bäumen?«

»Die Bäume sprechen zu mir, ja«, entgegnete Bertie. »Aber auch andere Wesen. Brunst soll nicht so viel an seinen Vater denken. Dem alten Herrn gefällt nicht, dass sein Sohn so traurig ist.«

»Brunst ist traurig?«

»Deshalb frisst er doch so viel, weil er um seinen Vater trauert«, erwiderte Bertie, als müsste jeder – auch Kim – das längst begriffen haben.

»Hast du noch andere Botschaften – vielleicht für Doktor Pik oder für mich?« Kim hatte das Gefühl, als würde Bertie sich vor ihren Augen auflösen. Seine Beine schwebten nicht mehr über dem Boden, sie waren kaum mehr zu sehen, als beständen sie aus Nebel.

Bertie lächelte mild. »Sag Che, er soll nicht länger den Revoluzzer spielen, weil er in dich verliebt ist. Mit seinem Gerede wird er dich nie beeindrucken.«

»Che ist in mich verliebt?«

»Na klar. Das musst du doch längst gemerkt haben! Vom ersten Augenblick an, als du auf den Hof kamst, war er in dich verliebt. Deshalb kann er auch den wilden Schwarzen auf den Tod nicht ausstehen.«

Bertie begann vor ihren Augen ein wenig zu flirren, als würde er sich gleich auflösen.

»Und? Hast du auch für mich eine Botschaft?«, fragte Kim hastig.

Er nickte. »Für dich habe ich tatsächlich etwas: Du sollst ein Auge auf Dörthe und das Kind haben, das in ihrem Bauch wächst.«

»Wer sagt das und warum?« Kim hätte Bertie am liebsten angestupst, so merkwürdig durchsichtig sah er plötzlich aus.

»Keine Ahnung.« Auch seine Stimme wurde immer schwächer.

»Ist Dörthe in Gefahr?«

Aber Bertie antwortete nicht mehr. Er war einfach nicht mehr da. Kim versuchte ihn herbeizugrunzen, und dann spürte sie, wie jemand ihr in die Flanke stieß.

»Muss jetzt leider gehen, Babe«, hauchte Lunke ihr zu. »War eine schöne Nacht mit dir. Sollten wir bald wiederholen.« Zärtlich biss er ihr abermals ins Ohr.

Sie schlug die Augen auf und sah noch, wie er im Dickicht verschwand. He, wollte sie ihm nachrufen, hast du Bertie auch gesehen? Er hat gesagt: Du sollst aufhören, dich an den jungen Eichen zu reiben! Woher weiß er das überhaupt?

Kim erhob sich schwerfällig. Es war noch früh. Erste, zarte Sonnenstrahlen krochen über den Horizont. Eigentlich war sie keine Frühaufsteherin, aber irgendwie war in letzter Zeit alles anders. Langsam schritt sie zum Durchschlupf zur Wiese. Doktor Pik lag mitten auf dem Erdwall und schlief. Sogar im Schlaf wirkte er erschöpft, als hätte er tatsächlich die halbe Nacht Wache gehalten.

Was war eigentlich mit Che?, fragte Kim sich. Wieso hatte er die ganze Nacht im Stall bleiben können? Und warum hatte Bertie gemeint, Che sei in sie verliebt, wo er sie doch meistens recht unfreundlich behandelte?

Als Kim sich umwandte, bevor sie in den Stall schlich,

140

blickte sie zum Haus. Unvermittelt verharrte sie. Irgendetwas war anders als sonst – nur was? Für einen Moment
sah sie den toten Bertie vor sich, wie er gestern Morgen
auf der Wiese gelegen hatte. Hielt dieser Schrecken sie
fest? Und warum war Bertie ihr im Schlaf erschienen?
Sie schüttelte den Kopf. Zu viele Gedanken bereiteten
ihr Kopfschmerzen. Jetzt sah sie, während sie schlief,
schon ein totes Schwein, das obendrein mit ihr sprach
und ihr Botschaften übermittelte.

Ein Grunzer schreckte sie auf. Doktor Pik hatte sich
mühsam aufgerichtet. »Kim«, sagte er, »was hast du mit
Lunke die ganze Nacht gemacht?« Gegen seine Gewohnheit klang er streng und sogar ein wenig beleidigt.

»Ich… Wir haben geredet… über uns und über…
völlig harmlos«, entgegnete sie recht vage. Dann plötzlich, während sie an Doktor Pik vorbei über die Wiese
blickte, fiel es ihr auf. Dörthes gelbes Kabriolett stand
auf dem Hof – aber warum war die eine Tür offen?
Wollte sie schon so früh wegfahren?

»Du sollst ein Auge auf Dörthe und das Kind haben,
das in ihrem Bauch wächst«, hatte Bertie ihr gesagt. Sie
sollte nachschauen gehen. Eine offene Tür musste nichts
zu bedeuten haben, aber wenn doch? Bei Bertie hatte sie
nicht aufgepasst – und nun war er tot.

»Doktor Pik«, sagte sie, »ist dir auf dem Hof etwas
aufgefallen?«

Der alte Eber schüttelte müde den Kopf. »Che sollte
nicht erfahren, dass ich eingeschlafen bin«, erklärte er
schuldbewusst.

Warum machst du diesen Unsinn überhaupt mit?, wollte Kim ihn fragen, dann beschloss sie, zuerst zum Durchschlupf zu gehen und nachzusehen, ob mit dem Kabriolett alles in Ordnung war.

Ein seltsames Gefühl beschlich sie, je näher sie dem gelben Auto kam. Nun hätte sie gerne Lunke neben sich gehabt. Die Sonne stand schon leuchtend und rund über dem Horizont. Sie konnte sehen, dass an dem Kabriolett nicht nur eine Tür offen stand. Es saß auch jemand hinter dem Steuerrad. Argwöhnisch hielt sie ihren Rüssel in den Wind. Hing der Geruch von Blut in der Luft? Nein, zum Glück nicht. Trotzdem wurden ihre Schritte immer schwerer. Lunke, sagte sie stumm vor sich hin, warum bist du nicht da und beschützt mich? Aber in ihrem Kopf war nur ein lächelnder, jedoch stummer Bertie – und Paula, ihre Mutter, die wieder eine ihrer Warnungen aussprach: Pass auf – da riecht was verdammt nach Ärger.

Beinahe hätte Kim laut vor sich hin gesprochen, um die Stimme zu vertreiben. Das Gefühl, in Gefahr zu sein, ließ ihre Borsten in die Höhe springen. Nur ein paar Schritte, dann gehe ich wieder, ich schaue nur kurz nach, keine große Sache, ich passe lediglich auf …

Ein Mensch kauerte über dem Lenkrad, aber es war nicht Dörthe, wie sie zu ihrer Erleichterung erkannte. Der Mensch war ein Mann. Er hatte schneeweiße Haare und ein schwarzes Gestell, hinter dem ein Paar Augen sie kalt und tot anstarrte. Eine geschwollene, blaue Zunge hing ihm aus dem Mund, und um den Hals hatte er ein Stück Draht und ein braunes Schild aus Pappe, auf dem irgendwelche Zeichen aufgemalt waren.

Kim brauchte einen Moment, um zu begreifen, dass sie den Mann vor sich hatte, der am Abend umhergeschlichen war und den sie zuvor auch schon im Wald gesehen hatte. Irgendwie hockte er genauso da wie der andere Tote, den sie mit Lunke gefunden hatte. Nur dass der Geruch von Blut fehlte und er viel gequälter aussah. Außerdem stierte er hinter dem Gestell mit offenen Augen vor sich hin.

Was genau war hier passiert? Konnte sie riechen, wer hier gewesen war und eine Spur finden?

Als sie sich vorbeugte, traf sie ein Schuh hart und schmerzhaft in die Flanke. Quiekend sprang sie zurück und warf den Kopf herum.

»Verdammtes Schwein!« Ein weiterer schmerzhafter Tritt erwischte sie, so dass ihre Hinterläufe einknickten und sie aufjaulte.

Angst jagte durch ihren Körper. War der Mörder zurückgekommen, um nun sie zu töten?

Ein junger Bursche stand mit verzerrtem Gesicht vor ihr, doch er achtete gar nicht mehr auf Kim. Voller Entsetzen starrte er den Toten an.

»Sven!«, rief er. »Verdammt, Sven!« Er schüttelte den Toten und umarmte ihn. Ein tiefer Schluchzer drang aus seiner Kehle, der Kim durch Mark und Bein fuhr. Sie plagte sich auf, aber ihre Angst war plötzlich davongeflogen. Von diesem Menschen ging keine Gefahr aus – er war auch nicht der Mörder des weißhaarigen Mannes.

»Mein Gott«, schluchzte der Junge und wiegte den Toten. »Ich bin in der Scheißkarre eingeschlafen. Und du… du hast doch gesagt, ich solle auf dich warten und mich nicht von der Stelle rühren… Hast du gesagt, verdammt.« Tränen liefen ihm über die Wangen. Er sprach weitere Worte, die Kim jedoch nicht verstehen konnte, weil sie in seinem Schluchzen untergingen. Dann wandte er den Kopf wieder, und als würde ihn Kims Anblick ernüchtern, legte er den Toten zurück und wischte sich über das tränenfeuchte Gesicht.

»Was glotzt du so, Schwein?«, stieß er hervor. »Verschwinde!« Er wedelte mit der Hand. Dann bemerkte er das Schild, das der Tote um den Hals trug, und zog seinen silberfarbenen Apparat hervor. Er drückte ein paar Knöpfe, um einen Moment später mit überraschend fester Stimme hineinzusprechen. »Mats hier«, sagte er. »Ja, Chef… ich weiß, dass es verdammt früh ist, aber es ist ein echter Notfall. Sven… er ist tot. Jemand hat ihn mit einer Drahtschlinge umgebracht, genau wie er das Zottelschwein…« Ein leiser Schluchzer drang erneut über seine Lippen. »Er trägt ein Schild. Da steht: ›Auge um Auge, Zahn um Zahn‹ drauf.« Der Junge holte tief Luft, und seine Augen streiften Kim wieder, doch schien er nun eher durch sie hindurchzublicken. »Was soll ich tun? Soll ich ihn mit diesem Schild hierlassen? Er sitzt in dem Auto dieser Frau… Mann, Chef, Sven sieht so schrecklich aus – seine Zunge ist ganz blau geschwollen, und sein Gesicht…Er muss schreckliche Schmerzen gehabt haben… Wenn ich diesen Kerl… Keine Ahnung.« Seine

Augen weiteten sich, während er sich umschaute. »Nein, niemand«, sagte er dann. »Nur ein rosa Schwein steht da und starrt mich blöde an. Von den Leuten hier hat niemand etwas gemerkt. Da bin ich sicher … Ja, okay.«

Nach einem kurzen Zögern steckte der Junge den Apparat wieder ein und beugte sich in den Wagen vor.

Kim traute ihren Augen nicht. Erneut umarmte dieser Mats den Toten, doch diesmal, um ihn aus dem Auto herauszuheben. Wie einen Sack Trockenfutter legte er sich den Weißhaarigen über die Schulter und taumelte mehr, als dass er ging, in den Wald davon.

Kim konnte ihn stöhnen hören, und kaum hatte er den Wald erreicht, begann er mit dem Toten zu sprechen. »Sven«, sage er. »Du warst immer ein Vorbild für mich. Wie soll es denn mit mir ohne dich weitergehen? Du hast mich aus dem Waisenhaus geholt. Ich habe niemanden auf der Welt. Ohne dich kann ich keine Geschäfte machen. Ich habe Angst, eine Knarre in der Hand zu halten … Ja, ich habe wirklich eine Scheißangst ohne dich.«

Die Stimme verlor sich zu einem Gemurmel.

Was sollte das? Kim versuchte nachzudenken. War der Tote gar nicht wirklich tot, sondern konnte gesund werden? Oder aus welchem Grund schleppte Mats ihn weg? Aber eigentlich musste sie sich darüber keine Gedanken machen. Dörthe und ihrem Kind im Bauch war nichts passiert – das war die Hauptsache. Und dass der Tote nun nicht mehr in dem gelben Auto lag, hatte auch sein Gutes: Keine weißgekleideten Männer würden mit Hunden umherlaufen und ihnen Angst einjagen.

Kim gähnte und drehte sich um. Gleich würden die anderen aufstehen und nach einem ausgiebigen Frühmahl an ihrem nutzlosen Erdwall weiterbauen.

Als sie zum Durchschlupf gehen wollte, bemerkte sie Swara, die sich dem Kabriolett mit wahrem Forscherdrang näherte.

»Na, neugieriges Schweinchen«, erklärte sie mit einem undurchsichtigen Lächeln. »Was ist denn hier los? Da werden ganz früh am Morgen schon Leichen abtransportiert. Warum nur?«

Kim wandte sich ab. Hinten kam Finn über die Wiese aus dem Wald gelaufen. Um den Hals trug er seinen großen Apparat. Er wirkte überaus fröhlich und zufrieden, wie er um Ches kümmerlichen Erdwall herumschritt. Für einen Moment erwartete Kim, dass auch Dörthe bei ihm war, doch Finn war allein. Dann bemerkte er Swara und begann auf einmal langsamer zu werden und wieder zu hinken.

»Konnte nicht schlafen … Geht mir manchmal so«, rief er ihr wie eine Entschuldigung herüber, die selbst Kim als ziemlich aufgesetzt empfand. »Habe ich mir ein wenig die Gegend angeschaut und Fotos gemacht. Bei diesem Licht werden die Aufnahmen besonders gut.«

Swara lächelte gezwungen. »Vielleicht sollten wir uns mal unterhalten«, sagte sie und straffte sich. Es klang wie eine Drohung.

Finn hinkte noch stärker und fuchtelte mit den Händen, als müsse er Fliegen vertreiben, aber da flogen gar keine herum.

16

Es sah nicht aus, als würde Finn wieder abfliegen. Sein roter Ballon mit dem Korb stand einsam auf dem Hof, direkt neben einem Holzstoß bei ihrer Wiese. Brunst hatte schon versucht, sich ein Stück aus dem Korb herauszubrechen, um sich darüber herzumachen, aber sofort war Dörthe eingeschritten und hatte ihn vertrieben. Überhaupt war sie weiterhin überaus freundlich zu Finn, was wiederum Carlo immer weniger gefiel. Die beiden trugen einen Tisch und Stühle auf den Hof, wo sie dann frühstückten. Carlo setzte sich mürrisch dazu. Nur Swara ließ sich nicht blicken. Gerüche von Kaffee und frischem Brot wehten herüber. Mit dem Maler Munk hatte Dörthe früher auch gelegentlich unter einem großen gelben Sonnenschirm gesessen, sie hatten aus großen Gläsern eine rote Flüssigkeit getrunken und sich geküsst. Dass aus dem gelben Kabriolett ein Toter weggetragen worden war, hatte offenbar keiner von ihnen mitbekommen.

Brunst legte sich neben Kim auf die Wiese. Versonnen blickte er zu den Menschen.

»Che will, dass ich an dem Wall arbeite«, sagte er, »aber wenn es so gut riecht, kann ich nichts tun. Mir ist übel vor Hunger.« Er schloss die Augen. »Frisches Brot mit Butter! Mmmh! Hast du so etwas schon mal gefressen?«

Kim schaute ihn an. Er lächelte mit geschlossenen Augen und wirkte seltsam verändert. Sollte sie ihm sagen, was der schwebende Bertie ihr verraten hatte – dass er nicht mehr um seinen Vater trauern sollte? Ja, sie musste es ihm sagen, aber da sprang Carlo plötzlich auf. Wütend starrte er Finn an.

»Was wollen Sie eigentlich hier?«, brüllte er und warf dabei eine Kaffeetasse um. »Sie fallen hier vom Himmel und schmeicheln sich bei Dörthe ein, die dumm genug ist, nicht zu merken, dass Sie ein mieser Spion sind und hier …«

»Nun hör aber auf!«, rief Dörthe entrüstet und stand ebenfalls auf, als müsse sie ihren Gast verteidigen. »Ich habe Finn eingeladen … Er ist Fotograf und will ein Buch über diese Gegend schreiben, für Touristen und so.«

Carlos stemmte herausfordernd die Hände in die Hüften. »Was ist mit unserem Stück? Wir sind hier, um an unserem Stück zu arbeiten. Wahrscheinlich hat Bornstein diesen Clown geschickt, um uns …«

Finn machte ein finsteres Gesicht. Er war der Einzige, der noch saß. »Unterlassen Sie bitte Ihre haltlosen Verdächtigungen … Ich tue nichts weiter, als die Gastfreundschaft von Frau Miller in Anspruch zu nehmen …«

Carlo schritt um den Tisch herum. Er packte Finn am Hemd und schüttelte ihn durch, ohne dass der sich wehrte. »Hauen Sie endlich ab! Sie haben hier nichts verloren. Und sagen Sie Bornstein, dass ich niemals aufgeben werde …«

Dörthe packte Carlo am Arm. Ihr Gesicht war rot vor Zorn. »Carlo, vielleicht solltest eher du darüber nachdenken abzureisen. Wenn ich ehrlich bin, hat mir dein Stück nie besonders gefallen. Du willst Bornstein aus Eitelkeit fertigmachen, weil er …«

Mit einer heftigen Bewegung ließ Carlo Finn los, der kraftlos auf seinen Stuhl sackte. Dörthe wich zurück, als fürchtete sie einen handfesten Angriff.

»Wer ist eigentlich der Vater deines Kindes? Michelfelder, dieser Speichellecker …«, fragte Carlo atemlos.

Kim stieß einen lauten Grunzer aus, als Carlo mit erhobenen Fäusten auf Dörthe zuschritt. Wenn er es wagen würde, ihr auch nur eines ihrer schönen roten Haare zu krümmen, dann … Ja, was dann? Wo war Lunke? Er hätte sich Carlo vornehmen können. Hilflos grunzte sie noch einmal, diesmal höher und schriller, doch niemand achtete auf sie. Brunst war nicht mehr neben ihr, er hatte sich bereits davongemacht, wie sie mit einem kurzen Seitenblick erkannte. Streitigkeiten zwischen Menschen langweilten ihn genauso wie Che.

Finn drängte sich nun zwischen Dörthe und Carlo. »Wenn es Ihnen hilft, kann ich jederzeit abreisen, aber ich glaube, das wird Ihre Probleme auch nicht lösen, Herr May …«

Ein dunkelblauer Wagen rauschte auf den Hof. Dieser Anblick fesselte die drei streitenden Menschen so sehr, dass sie völlig erstarrten. Die rothaarige Polizistin stieg aus dem Auto. Dieses Mal wurde sie von einem Mann begleitet. Er war groß, hatte eine recht dunkle Hautfarbe und trug seine langen Haare zurückgekämmt.

»Das ist Hauptkommissar David Bauer«, sagte Marcia Pölk. »Mein Kollege ... wir haben wegen des Toten im Wald noch ein paar Fragen.« Abwechselnd schaute sie Dörthe, Carlo und Finn an. Auf Finn ruhte ihr Blick am längsten. Dann blickte sie auch zu Kim herüber.

»Ich kenne Sie«, sagte David Bauer und starrte Finn argwöhnisch an. »Sie heißen Finn Larsen, nicht wahr? Hatte ich nicht einmal das Vergnügen, Sie festnehmen zu dürfen?« Er hatte eine so tiefe, ehrfurchtgebietende Stimme, dass Kim erschauerte.

Finn lächelte, seine großen Schneidezähne blitzten auf. »Ganz recht – ich bin Finn. Und mit der Polizei hatte ich schon länger nichts mehr ... zu tun.« Er hob die Schultern und warf Dörthe einen freundlichen Blick zu.

»Verraten Sie uns, was Sie in diese Gegend getrieben hat?« Der dunkle Polizist zog die Augenbrauen zusammen. Marcia Pölk stellte sich neben ihn, offenbar um seinen Worten noch mehr Gewicht zu verleihen.

Kim erkannte, dass auch die Menschen um ihren Rang in einer Gruppe kämpften, sie stießen sich nicht die Schnauze in die Flanke oder schoben sich brachial zur Seite, aber sie maßen sich mit Blicken und warfen sich Worte zu, was beinahe denselben Effekt hatte.

Finn senkte den Kopf. Er fühlte sich unwohl, auch weil nun die Augen der anderen auf ihn gerichtet waren.

»Ihr Vorstrafenregister ist ganz ansehnlich, wenn ich mich recht erinnere«, fuhr der Polizist fort, als Finn noch immer kein Wort sagte. »Ging es wieder um Drogen? Drei Mal wurden Sie wegen illegalen Drogenbesitzes verhaftet, dazu mehrere Fälle von Urkundenfälschung, Insolvenzverschleppung. Einmal sogar schwere Körperverletzung. Hallo, was war denn da passiert?«

Carlo schnaufte. »Hast du nicht gesagt, der Kerl sei Fotograf?«, fragte er spöttisch, an Dörthe gewandt.

»Na und?«, erwiderte sie. »Ist er doch vielleicht auch.«

»Ich habe nie mit Drogen gedealt«, verteidigte Finn sich endlich. »Das war alles für meinen privaten Konsum … steckte damals in einer privaten Krise …«

»Zwei Kilo Marihuana für den privaten Konsum?« David Bauer lachte auf.

»Außerdem ist das zwei Jahre her. Ich habe mein Leben geändert – von Grund auf.« Finn warf Dörthe einen flehenden Blick zu. »Ehrlich. Ich bin jetzt Kunstfotograf … habe Referenzen.«

Sie nickte ihm verständnisvoll zu.

»Trotzdem darf ich Sie bitten, uns auf das Präsidium zu begleiten«, sagte nun die Polizistin. »Wir würden gerne wissen, was Sie vorgestern Nacht auf der Landstraße ungefähr zwei Kilometer von hier gemacht haben. Sie sind geblitzt worden – sechzig Kilometer in der

Stunde waren erlaubt, und Sie sind über hundert gefahren. Hatten es wohl besonders eilig. Warum?«

Finn hob zu einer Erwiderung an, doch Bauer unterbrach ihn. »Das ist nicht die einzige Frage, die wir haben. Deshalb schlagen wir vor, dass wir im Präsidium gemütlich Kaffee trinken und uns dabei ein wenig unterhalten. Danach bringen wir Sie hierher zurück – falls wir nicht auf weitere Ungereimtheiten stoßen.«

»In Ordnung.« Finn hob resignierend die Achseln. Er machte einen Schritt auf Dörthe zu. »Ich habe nichts getan, ehrlich. Und ich komme wieder. Unsere Nacht war wunderschön…«

Dörthe räusperte sich. »Schon gut«, sagte sie, um ihn zu unterbrechen. »Alles in Ordnung. Komm zurück, wenn die Dinge geklärt sind. Wir werden auf deinen Ballon aufpassen.«

Bauer fasste Finn am Arm und führte ihn weg. Kaum hatten die Polizisten sich umgedreht, zischte Carlo: »Was war das für ein Gerede von der wunderschönen Nacht… Habt ihr beiden etwa…?«

Dörthe erwiderte nichts. Sie schlang die Arme um sich, als wäre ihr kalt, und blickte Finn nach. Er drehte sich noch einmal um und hob kurz die Hand.

Klar, die zwei mochten sich. Kim konnte es riechen, sie hatten nebeneinander gelegen, so wie Dörthe es auch mit Munk manchmal getan hatte. Gelegentlich waren sie sogar auf den Heuboden in ihrem Stall geklettert und hatten sonderbar schmatzende Geräusche von sich gegeben.

Vor dem gelben Kabriolett blieb Marcia Pölk unvermittelt stehen, während der Polizist mit Finn zur hinteren Tür ihres Wagens weiterging. Argwöhnisch blickte sie in Dörthes Auto hinein, als hätte sie eine Ahnung, dass hier vor ein paar Stunden noch ein Toter gesessen hatte.

»He, Kim!«, quiekte eine Stimme neben ihr. Cecile schaute mit ihren runden braunen Augen zu ihr auf. »Was tust du hier? Che hat mich geschickt. Du musst uns helfen … Ohne dich schaffen wir es nicht.«

Che hatte sich neben dem kümmerlichen Erdwall aufgebaut. Er blickte über die vier Schweine hinweg, die vor ihm standen, und schien nach Worten zu suchen.

Lass gut sein, wollte Kim ihm schon zurufen. Das da ist ein armseliger Haufen Erde, der nichts und niemanden schützen wird. Stattdessen sollten wir lieber darüber nachdenken, warum man Bertie umgebracht hat.

Doktor Pik schnaufte, als würde er kaum noch Luft bekommen. Es tat ihr leid, dass er sich auf Ches Vorhaben eingelassen hatte und nun am Ende seiner Kräfte war. Brunst hatte die Augen halb gesenkt und schmatzte vor sich hin. Wahrscheinlich träumte er von frischem Brot mit Butter. Nur Cecile starrte Che an. Ihr Ringelschwänzchen hüpfte erwartungsvoll auf und ab.

»Ich habe beschlossen«, erklärte Che, als Kim schon meinte, ein Nickerchen halten zu können, »dass wir unsere Organisation ändern. Ich ernenne Kim feierlich zum Schwein Nummer vier. Sie gehört nunmehr zu unserer ordentlichen Truppe.«

Kim riss die Augen auf. »Was willst du damit sagen? Dass ich jetzt auch in der Erde buddeln soll wie ihr?«

Che lächelte überheblich, so dass man seine schiefen, abgenutzten Zähne sehen konnte. Dann nickte er streng. »Ganz recht. Du bist für den nächsten Dienst eingeteilt. Schwein Nummer drei muss sich eine Weile schonen.«

»Und du?« Kim kam auf die Beine. »Ich habe nicht gesehen, dass du auch an dem Wall gearbeitet hast.«

Drohend zog er die Brauen zusammen. »Ich bin für die Planung und die Absicherung zuständig. Jemand muss die Aufsicht haben.«

Kim machte einen Schritt auf Che zu. Wut ließ ihre Beine zittern. »Du bist nur faul, Che«, stieß sie hervor. »Drückst dich vor allem und führst das große Wort, aber nun ist Schluss...«

»Noch ein Wort, Schwein Nummer vier«, raunzte Che und schob sich gleichfalls vor, »und du wirst aus unserer Gemeinschaft ausgeschlossen!«

»Hehe!«, quiekte Cecile aufgeregt. »Ihr müsst euch vertragen. Es ist nicht schön, wenn ihr euch so wütend angrunzt. Und was ist eigentlich mit mir? Werde ich auch ein Schwein mit einer Nummer?«

»Möglicherweise ist diese Wiese zu klein für Kim und mich«, zischte Che, ohne auf Cecile zu achten. »Soll sie doch zu ihrem wilden Schwarzen gehen...«

Was hatte Bertie gesagt? Che war in sie verliebt? Nun

wirkte er eher, als würde er sie abgrundtief hassen, aber vielleicht lagen diese Gefühle ja nah beieinander.

»Vertragt euch!« Doktor Pik hatte sich mühsam auf die schwankenden Beine erhoben. Er wirkte mit einem Schlag uralt und rang so heftig nach Luft, dass man seine Worte kaum verstehen konnte. »Streit bringt uns nicht weiter …«

Che ließ sich nur kurz ablenken. »Kim glaubt, dass sie was Besseres ist, und deshalb soll sie auch die Konsequenzen tragen.« Er stieß ihr seinen heißen, übel riechenden Atem ins Gesicht, doch sie wich keinen Schritt zurück.

Sollte er sich verlieben, in wen er wollte – sie würde nicht klein beigeben, und wenn er auf einen Kampf aus war, konnte er ihn haben.

Kim stellte sich in Position, und Che bohrte seine Klauen ebenfalls in die trockene Erde. Hass las sie aus seinem Blick – und noch etwas anderes: Respekt oder nein, Bedauern und Schmerz. Tat es ihm weh, dass sie sich nun so feindselig gegenüberstanden?

Plötzlich schallte ein lauter Ruf aus dem Wald herüber. »Babe, brauchst du meine Hilfe?«

Lunke! Er war tatsächlich in ihrer Nähe, obwohl es heller Tag war.

Nein, wollte sie rufen, das hier schaffe ich ganz allein. Einen Moment später tauchte Edy aus dem Stall auf, wie immer mit seinen silbernen Knöpfen im Ohr. Er schaute sie gleichmütig an.

»Na, streitet ihr euch – genauso wie die Menschen

im Haus?« Laut klatschte er in die Hände und jagte sie auseinander. »Seid lieber friedlich. Gewalt ist keine Lösung. Make love not war – peace for all pigs!« Dann lachte er schallend und kehrte in den Stall zurück.

17

Fehler, Fehler – sie hatte einen groben Fehler begangen! Dörthe hatte einmal gesagt, sie sei das klügste Schwein der Welt, und Kim war so eitel gewesen, es zu glauben. Dabei unterliefen ihr nun unentwegt Fehler. Statt sich mit Che zu streiten, hätte sie lieber richtig nachdenken sollen. Wer hatte Bertie umgebracht und warum? Und hatte dieser Täter auch den Mann im Auto und den weißhaarigen Sven auf dem Gewissen? Und wenn der Traum-Bertie mit ihr redete – warum hatte sie ihn nicht gefragt, wer ihn ins Jenseits befördert hatte? Das wäre doch das Einfachste gewesen. Stattdessen hatte sie erfahren, dass Che, dieser Idiot, angeblich seit einer Ewigkeit in sie verliebt war.

In der Dämmerung wartete sie auf Lunke. Doktor Pik hatte sich ein wenig erholt, aber sein Zustand war weiterhin so, dass sie sich Sorgen um ihn machen musste. Sie hatte Cecile gebeten, auf ihn zu achten und sofort Laut zu geben, falls es ihm wieder schlechter ging. Che hatte sie keines Blickes mehr gewürdigt, nachdem Edy sie auseinandergetrieben hatte.

157

»He, Babe.« Wie ein Gespenst tauchte Lunke aus der Dunkelheit auf. »Hast du mich etwa schon erwartet?« Er lächelte selig. »Sehnsucht gehabt, was?«

»Hör endlich mit diesem Babe-Gerede auf!« Kim schaute an ihm vorbei. »Ich möchte, dass wir in den Wald gehen und alles genauso machen wie gestern.«

»Du meinst, wir legen uns in den Farn, glotzen zu deinen Schlappschwänzen hinüber und kuscheln ein wenig?«

»So ähnlich«, erwiderte Kim. »Nur auf das Kuscheln können wir vielleicht verzichten.«

»O nein.« Lunke schüttelte seinen massigen Kopf. »Wenn wir es machen sollen wie in der Nacht gestern, gehört das Kuscheln absolut dazu.« Plötzlich blieb er stehen und musterte sie misstrauisch. »Warum willst du eigentlich alles genauso machen wie gestern?«

Sollte sie ihm von Bertie erzählen – dass er ihr im Traum erschienen war und dass sie ihn unbedingt noch einmal sprechen musste?

Kim zögerte. »Es war einfach recht nett, und ich hatte einen angenehmen Traum«, erklärte sie vage.

»Es war recht nett«, äffte er sie nach. »Das klingt ja verheißungsvoll, aber ich wollte sowieso mit dir reden.« Mit diesen Worten preschte er davon, ohne auf sie zu warten.

Mittlerweile kannte sie sich außerhalb ihrer Wiese so gut aus, dass sie den Weg auch allein fand. Lunke hatte sich im Farn breitgemacht, er schlang übertrieben gierig ein paar Pflanzen herunter, als sie kam. Kim legte sich neben ihn. Die Sonne war bereits hinter den Horizont gesunken. Ein Rest Licht schwebte in der Luft.

»Gestern Nacht bist du deutlich mehr auf Tuchfühlung gegangen.«

Wie gewählt er sich ausdrückte! Auf Tuchfühlung gegangen! Kim lächelte vor sich hin. Dann rückte sie ein Stück näher. Sie roch, dass er sich wieder an einer jungen Eiche gerieben hatte. Außerdem hatte er sich im Waldsee gesuhlt. Unter seinen rauen Borsten spannten sich die Muskeln.

»Bald kommt meine Zeit«, begann er. »Ich muss eine Familie gründen. Die Rauschzeit – du verstehst? Die Bachen sind ganz scharf drauf, mit mir …« Er verstummte abrupt und schob sich neben sie.

Kim schloss die Augen. Wenn sie ehrlich war – so richtig unangenehm war es tatsächlich nicht, neben Lunke zu liegen. Er war stark und konnte sie beschützen. Andererseits – sie brauchte keinen Beschützer.

»… mit mir zusammen. Also, es gibt da die eine oder andere, die mir zu verstehen gegeben hat, dass sie liebend gerne mit mir …« Er stammelte herum. Sie spürte seinen Rüssel an ihrem Ohr.

»Wie schön für dich, dass du so begehrt bist. Dann hast du wohl die Qual der Wahl«, sprach sie gleichmütig vor sich hin.

»Nun ja.« Lunke flüsterte nun beinahe. Kim hielt ihre Augen weiterhin geschlossen. »Auch wenn kleine rosige Hausschweine eigentlich weit unter uns stehen, so haben manche doch gewisse Vorzüge …« Sie hörte ihn atmen. »Ich mag zum Beispiel rosige Haut, und mir gefallen kleine, braune Augen und ein zarter Rücken. Auch deine schmalen Zehen sind irgendwie zum Verlieben ...«

Was wurde das? Die Liebeserklärung eines wilden Schwarzen?

»Hör auf damit!«, murmelte Kim. Nun war sie wirklich schläfrig geworden, aber deshalb war sie ja hier – damit der schwebende Bertie ihr erschien, um ihr eine Botschaft mitzuteilen. »Aus uns kann nie was werden – du bist wild und schwarz, und ich bin ...«

»Und du? Was bist du?« Lunke tippte sie mit dem Rüssel an, aber Kim hatte das wunderbare Gefühl, dass es sie davontrieb, in ein warmes, gleitendes Wasser, das sie dem lächelnden Bertie entgegentragen würde.

Bertie? Warum kommst du nicht?, rief sie im Schlaf.

Warm und wohlig räkelte sie sich. Dass Lunke sich an sie schmiegte und leise grunzende Geräusche von sich gab, nahm sie nur am Rande wahr. Schlummernd wartete sie auf Bertie.

Bertie – wer war dein Mörder? Diese Frage durfte sie auf keinen Fall vergessen.

Doch nicht etwa das Wollschwein hatte sie mit einem Mal vor Augen, sondern die fette, rosige Paula, ihre Mutter, die ebenfalls längst tot war. Sie machte ein verkniffenes Gesicht und starrte Kim an. Was tust du?, sagte sie, ohne dass sich ihre Schnauze bewegte. Liegst mit diesem Halunken da, statt dich an unseresgleichen zu halten – so etwas hätte man früher auf unserem Hof

160

niemals geduldet. Habe ich dir keine Manieren beigebracht?

Aber, versuchte Kim schüchtern zu entgegnen, Lunke ist nett, viel netter als Che, auch wenn er manchmal so auftritt, als hätte er keine Kinderstube. Er beschützt mich, er hat vor nichts und niemandem Angst, und ich muss doch herausfinden, wer Bertie umgebracht hat.

Unsinn! Ihre Mutter wurde immer größer, wuchs ins Riesenhafte. Sie war gar kein richtiges Schwein mehr, sondern ein Monstrum, das jedes Licht aussperrte. Kim duckte sich vor ihr, und dann begann ihre Mutter auch noch zu riechen – nach Rauch und Feuer, als würde sie gleich Flammen aus ihrem mächtigen Maul spucken.

Kim spürte, wie sich ihr Herzschlag beschleunigte. Was war das für ein verdammter Alptraum?

Abrupt schlug sie die Augen auf. Zuerst bemerkte sie den grellen Schein, der vom Hof herüberschien. Ein Feuer! Auf dem Hof brannte es. In einer einzigen Bewegung sprang sie auf die Beine. »Lunke – schnell! Ein Feuer!« Sie stieß ein lautes schrilles Quieken aus.

»Was soll das?« Lunke versuchte sich an sie zu schmiegen, doch als er sich ins Leere schob, öffnete auch er die Augen.

»Ein Feuer!«, wiederholte Kim. Sie musste auf Dörthe aufpassen. Ohne jede Angst lief sie in Richtung Gatter, während Lunke sich noch schüttelte, um wach zu werden.

Nicht das Haus brannte, auch nicht der Stall – sondern Finns Ballon, der Korb und der Holzstoß daneben. Die Menschen hatten das Feuer zum Glück bereits bemerkt. Hektisch liefen sie umher – Carlo, Swara, Dörthe und auch Edy, der allem Anschein nach noch auf dem Hof gewesen war. Hell schlugen die Flammen zum Himmel, und nun schmeckte Kim auch den bitteren Rauch in ihrem Maul.

»Was ist denn los?« Lunke trat neben sie. »Es war gerade so schön. Habe geträumt, wir nehmen ein ausgiebiges Suhlbad, und du warst ausnahmsweise richtig nett zu mir … Dass du dich immer um diese Menschen kümmern musst!«

Edy hatte einen Schlauch aus dem Stall gezerrt. Dann rief er Swara zu, sie solle das Wasser anstellen. Währenddessen war Carlo ins Haus gelaufen, und Dörthe hatte sich in ihr gelbes Kabriolett gesetzt, um es auf die andere Seite des Hauses zu fahren. Nun hatte auch ein erster Baum Feuer gefangen. Wenn die Menschen nicht aufpassten, würde noch der ganze Wald in Flammen stehen. Es hatte schon seit Wochen nicht mehr geregnet. Von den anderen Schweinen ließ sich niemand blicken. Es lag auch keine Wache auf dem Erdwall.

»Wie kann es sein, dass so ein Ballon zu brennen anfängt?«, sagte Kim vor sich hin.

»Keine Ahnung«, entgegnete Lunke. »Komm – das geht uns doch gar nichts an!«

Im nächsten Moment erschütterte ein riesiger Knall den Boden. Eine gigantische Flamme schoss aus dem Ballon in die Höhe – wie eine riesige rot glühende Zunge, die sich dem Himmel entgegenstreckte.

Edy warf es von den Beinen, Swara schrie auf, und Carlo kam aus dem Haus gelaufen und fuchtelte panisch mit den Händen. Er brüllte etwas von »Feuerwehr«, mehr konnte Kim nicht verstehen. Wo war Dörthe? Warum kehrte sie nicht zurück? Weil sie Angst hatte – das sah ihr überhaupt nicht ähnlich. Die Feuerzunge war wieder kleiner geworden, dafür stand jedoch ein zweiter Baum in Flammen. Edy hatte sich wieder aufgerichtet. Aus dem Schlauch, den er in der Hand hielt, kam nun Wasser, das zischend auf das Feuer traf. Swara war neben ihn getreten und rief ihm etwas zu.

Wo blieb Dörthe? War sie ins Haus geflohen?

»Komm!«, sagte Kim. Ein merkwürdiges Gefühl beschlich sie. »Wir müssen zur Straße … nachsehen.«

»Ach, Babe«, nörgelte Lunke. »Was soll das? Machst du dir Sorgen um die Schlappschwänze? Die liegen da und schlafen ruhig …«

Kim achtete nicht mehr auf ihn. Sie preschte durch den Wald. Immer noch war der Geschmack von Rauch auf ihrer Zunge. Hörte sie irgendwo das Geräusch eines Autos? Sie wusste es nicht genau – der Lärm des Feuers war zu laut. Der halbe Wald hatte zu knistern und zu zischen angefangen, als wäre etwas Unheimliches in ihm lebendig geworden.

Doch dann sah sie hinter sich zwei Lichter, Scheinwerfer vermutlich, und hörte Stimmen.

Dörthe rief etwas. Sie stand an ihrem gelben Auto. Zwei Männer umringten sie, der eine packte sie, während der andere ihr einen Sack über den Kopf stülpte.

163

»Nicht!«, schrie Kim. Es war ein langer Grunzer, den jedoch niemand registrierte.

Als der eine Mann sich umwandte, erkannte sie ihn. Es war Mats, der den weißhaarigen Toten weggeschleppt hatte. Der andere langte nach Dörthes Beinen und riss sie vom Boden. Dörthe versuchte sich zu wehren. Sie trat um sich und konnte sich befreien, doch im nächsten Moment fiel sie zu Boden, und Mats versetzte ihr einen heftigen Tritt an den Kopf.

Kim hörte, wie Dörthe unter ihrem Sack aufschrie, und es zerriss ihr beinahe das Herz.

»Lunke!«, schrie sie. »Schnell! Wir müssen helfen!«

Mats hatte Dörthe gepackt und zerrte sie gemeinsam mit dem anderen Mann zu einem glänzenden schwarzen Kastenwagen, der ein paar Schweinslängen weiter geparkt war und dessen Scheinwerfer leuchteten. Wie ein totes Stück Fleisch warfen sie Dörthe hinten auf die Ladefläche. Mats lief um den Kastenwagen herum, dessen Motor die ganze Zeit gelaufen war, und der andere Mann rannte zum Kabriolett. Als er einstieg, erkannte Kim auch ihn. Es war Michelfelder, der Mann, der Dörthe angeblich liebte.

»Was soll das?«, schrie sie, so laut sie konnte. »Was tut ihr da?«

Der Motor des Kastenwagens heulte auf, bevor er auf der engen Straße drehte. Sie sah das Gesicht von Mats hinter der Frontscheibe. Verkniffen starrte er vor sich hin, als hätte er Angst, als wäre ihm das, was er da tat, selbst nicht ganz geheuer. In nächsten Moment schoss er an ihr vorbei. Nur einen Wimpernschlag später folgte das gelbe Kabriolett mit Michelfelder am Steuer. Er gab dröhnend Gas.

»Haben die Angst vor dem Feuer?«, fragte Lunke mäßig interessiert.

»Sie haben Dörthe entführt.« Kim konnte vor Aufregung gar nicht sprechen. »Los – wir müssen gucken, wo sie hinfahren.« Sie verpasste Lunke einen heftigen Stoß, damit er endlich kapierte, worum es ging, und begann zu rennen. Immer die schnurgerade Straße hinunter, so schnell sie konnte. Ihre Beine flogen förmlich durch die Luft. Und ihr Herz hämmerte in der Brust. Die Luft wurde ihr bald knapp, und ihre Muskeln fingen an wehzutun, aber noch hatte sie die beiden Autos vor Augen. Doch immer kleiner wurden sie, zwei Punkte, die sich rasch, viel zu rasch entfernten. Nach Lunke konnte sie sich nicht umdrehen, dann hätte sie unter Garantie das Gleichgewicht verloren.

Weiter, sagte sie sich, sie musste weiter. Sie war Kim, das Rennschwein, nicht nur das klügste, sondern auch das schnellste Schwein der Welt.

Dann waren die beiden Punkte plötzlich verschwunden, und Kim sackte auf der Stelle zusammen. Alles drehte sich vor ihr, so dass sie die Augen schließen musste. Sie rang nach Luft, und ihr Herz pochte so laut, als wollte es im nächsten Moment zerspringen. Noch nie in ihrem Leben hatte sie sich so angestrengt, dabei war es vergeblich gewesen. Sie hatte versagt. Dörthe und das Kind waren weg, von den beiden Män-

165

nern entführt, und sie hatte es nicht verhindern können.

Bertie, flüsterte sie vor sich hin, tut mir leid, ich habe nicht richtig aufgepasst.

»Babe!« Lunke beugte sich mit großen Augen über sie. »Bist du tot, Babe?«

»Blöde Frage!«, schnaufte sie, schaffte es aber nicht den Kopf zu heben, um ihn wütend anzuschauen.

Er lächelte. »He, du bist ja richtig gerannt. Hatte fast Probleme mitzukommen.« Er schleckte ihr zärtlich über den Rüssel. »Aber es ist nicht gut, wenn sich ein kleines Hausschwein so angestrengt. Du solltest ein Bad nehmen, hinten im Waldsee... Ich werde dich begleiten und aufpassen, dass...«

»Was bist du nur für ein Idiot!« Ihre Stimme sollte fest und vorwurfsvoll klingen, aber sie brachte nur ein atemloses Quieken heraus.

Lunke runzelte die Stirn. Warum war er eigentlich gar nicht außer Atem? »Manchmal weiß ich gar nicht, warum ich mich noch mit dir abgebe, statt...«

Mühsam schaffte Kim es endlich, den Kopf zu heben. Sie blickte die Straße hinunter. Da war niemand mehr. Hinten ihnen jedoch erhellte ein gelber Schein den Himmel. Das Feuer brannte also noch.

»Wir hätten sie aufhalten müssen... Dörthe und ihr Kind... ich muss doch auf sie aufpassen.«

Lunke grinste breit und machte erneut Anstalten, ihr über den Rüssel zu schlecken, doch sie drehte rasch den Kopf. »Wieso sollte ein Hausschwein auf einen Menschen aufpassen? Das ist doch widersinnig. Schweine sollten dafür sorgen, dass sie Spaß haben … Also, ich würde nur rennen, wenn ich wüsste, dass ich dann etwas Tolles zu fressen kriegen würde, oder um mich in den See zu stürzen. Vollen Galopp und zack hinein. Ja, das wäre eine Idee. Komm auf die Beine, Babe, und wir suhlen uns die ganze Nacht, und dann … Ich würde allen Bachen in unserer Rotte offen sagen, dass sie sich keine Hoffnungen mehr zu machen brauchen.«

»Sag deinen blöden Bachen, was du willst.« Kim bemühte sich aufzustehen. Ihr Herz raste noch immer, und ihr Maul war ganz trocken. Sie brauchte unbedingt einen Schluck Wasser. Am besten ging sie zu den anderen zurück und dachte nach. Michelfelder hatte doch gesagt, dass er Dörthe liebte, nicht wahr? Nein, Liebe sah anders aus, auch unter Menschen. Hatten die beiden Männer das Feuer gelegt, um die anderen abzulenken und Dörthe entführen zu können?

Kim schüttelte sich, dann trottete sie zurück. Lunke redete unentwegt auf sie ein. Er habe eine wunderbare Ecke mit Farnen entdeckt, und die Eicheln seien auch endlich reif, damit werde der Wald zum richtigen Paradies. Außerdem kenne er eine Stelle, wo sie absolut ungestört seien, da komme niemand aus seiner Rotte hin, nicht einmal seine Mutter.

»Sei endlich still!«, raunzte Kim ihm irgendwann zu, als ihr sein Geplapper zu viel wurde.

Kurz vor dem Hof sah sie den Schal auf dem Boden, ein hellrotes Stück Stoff, das Dörthe gehört hatte. Sie schnüffelte daran, und der Geruch erinnerte sie an eine fröhlich lächelnde Dörthe, die ihr mit ihren starken Händen Futter in die Wiese warf. Ihr sank das Herz. Es war ganz allein ihre Schuld, wenn von Dörthe nichts mehr zurückbleiben würde als dieses kleine nutzlose Stück Tuch.

Eine Sirene zerriss plötzlich die Nacht, und ein roter Wagen raste heulend und mit einem blauen Licht die Straße zum Hof hinunter, doch nicht einmal dieser Lärm konnte Kim noch erschrecken.

18

Kim würde nie wieder ein Wort sagen – mit niemandem mehr reden. Mit einem kurzen, traurigen Blick verabschiedete sie sich von Lunke und schlich dann in den Stall. Das Feuer auf dem Hof war mittlerweile gelöscht, doch noch immer hallten aufgeregte Rufe durch die Nacht. Männer mit dunklen Helmen rannten umher. Einer rief: »Ein Wahnsinn – hier einen Ballon mit einer Gasflasche zu lagern!« Ob die Menschen Dörthe vermissten? Wahrscheinlich schon, aber Carlo und Swara hätte sie vermutlich nichts erklären können, und auch Edy achtete nicht richtig auf sie, während er den Schlauch zusammenrollte.

Mit Dörthes Schal in der Schnauze suchte sie sich eine einsame Ecke im Stall. Nur Doktor Pik blickte kurz auf, als sie hereinkam.

»Alles in Ordnung?«, fragte er, doch sie antwortete gar nicht.

Sie hatte versagt – anders konnte man es nicht bezeichnen. Sie hatte den einzigen Menschen, der sich wirklich um sie kümmerte, verraten.

»Was war das für ein Feuer?«, fragte Doktor Pik.

Er hatte den Tumult draußen also doch mitbekommen. Sie zuckte mit den Achseln und wandte sich ab. Den Schal legte sie neben sich. Lunke hatte versucht, sie aufzuheitern, aber sein Gerede hatte sie noch wütender gemacht. Er verstand einfach gar nichts. Dörthe hatte sie vor dem Schlachthaus gerettet, deshalb fühlte sie sich irgendwie verantwortlich. Warum nur hatten die Männer sie weggebracht? Und wohin bloß?

Doktor Pik hatte sich erhoben und kam in dem dunklen Stall zu ihr herübergeschlurft. Als er an Brunst vorbeischritt, begann der plötzlich zu schmatzen und zu wimmern, als hätte er einen üblen Traum. Auch Cecile quiekte auf einmal leise. Nur Che atmete tief vor sich hin.

»Gab es Ärger mit Lunke?«, fragte Doktor Pik mit sanfter Stimme. Er ließ sich neben ihr nieder und schmiegte sich beinahe an sie. »Ist er aufdringlich geworden, dieser wilde Schwarze?«

Kim schüttelte den Kopf, und dann brach es doch aus ihr heraus, und sie erzählte von dem schwebenden Bertie und dem Auftrag, den er ihr erteilt hatte, und davon, was während des Feuers mit Dörthe geschehen war.

Doktor Pik sagte eine Weile nichts. Kim konnte jedoch in der Dunkelheit ahnen, dass er nicht wieder eingeschlafen war, sondern nachdenklich vor sich hin starrte.

»Du bist klug«, erklärte er schließlich mit Flüsterstimme, »aber manchmal irrst auch du dich. Gleichgültig, was Bertie dir im Traum gesagt hat – du hast nicht versagt. Dörthe ist alt genug, um auf sich selbst aufzupassen. Wir wissen nicht genau, was auf dem Hof vorgeht, aber wir wissen, dass mit diesem Carlo irgendetwas nicht stimmt. Doch sie hat ihn in ihr Haus geholt.«

In der Stille, die eintrat, als Doktor Pik wieder schwieg, hallten seine Worte nach. Ja, er hatte recht: Dörthe hatte Carlo ins Haus gelassen, um irgendwelche merkwürdigen Dinge mit ihm zu machen, und dann war er in der Nacht zu dem Auto mit dem Toten gegangen und hatte etwas gestohlen und versteckt.

»Ich habe einmal versagt«, sprach Doktor Pik in die Stille hinein, die nur dann und wann von Ceciles Quieken unterbrochen wurde. »Ach, versagt ist eigentlich noch untertrieben. Mein Herr hatte mir vorher verraten, dass es eine besondere Aufführung werden würde. ›Heute kommt es darauf an, Doktor Pik‹, hatte er mir ins Ohr geflüstert. ›Heute entscheidet sich, ob wir ein neues Engagement bekommen oder nicht. Also gib dir Mühe!‹ Ich fühlte mich nicht wohl. Meine Knochen taten mir weh. Am liebsten wäre ich gar nicht aufgestanden. Als mein Herr mir mein Kostüm umschnallte, ein rotes Tuch mit glitzernden Sternen, das ich immer albern fand, wusste ich bereits, dass alles schiefgehen würde. Aber es war mir egal. Sollte er doch sehen, wo er blieb.«

Doktor Pik machte eine Pause, und Kim versuchte sich vorzustellen, wie der alte Eber in seiner Jugend in einem roten, glitzernden Kostüm ausgesehen hatte. Davon hatte er bisher noch nie gesprochen.

»Dann wurden wir angekündigt. ›Petro Ronnelli und Doktor Pik, das Wunderschwein!‹ In der Manege lief ich zuerst in die falsche Richtung. Mein Herr suchte mich rechts, aber ich war links hineingelaufen. Die Menschen lachten und glaubten noch, dieser Irrtum gehöre zu unserer Nummer. Nur mein Herr wusste, dass etwas nicht stimmte. Ich war voller Gleichgültigkeit. ›Ich bin ein Schwein‹, hätte ich am liebsten ausgerufen, ›ich will diesen ganzen Zirkus nicht mehr.‹ Kaum eine Nummer, die glattlief. Aus einem Besteckkasten sollte ich eine Gabel bringen, doch ich holte einen Löffel. Das Zählen und Luftballonzerschlagen misslang ebenso, und am Ende vermasselte ich selbst unseren Kartentrick. Ich leckte einfach den Honig von der Pappe, an dem ich die richtige Karte immer zweifelsfrei erkennen konnte. Nachdem wir die Manege endlich verlassen hatten, bemerkte ich, dass meinem Herrn der Schweiß auf der Stirn stand. Eine Ader an seiner Stirn pochte, und in seinen Augen konnte ich sehen, dass er mich am liebsten geschlagen hätte, doch dafür hatte er keine Kraft mehr. ›Wir sind ruiniert‹, murmelte er vor sich hin, und so war es dann auch. Es war unser letzter Auftritt in einer großen Manege. Danach kamen wir bei einem schäbigen Wanderzirkus unter. Ich gab mein Bestes, wollte alles wiedergutmachen, doch mein Herr war nach diesem Fehlschlag ein gebrochener Mann, und wenig später verlor ich viele Borsten und bekam diesen widerwärtigen Ausschlag. Hätte Dörthe nicht zufällig den Zirkus besucht und mich gerettet, wäre ich unweigerlich ins nächste Schlachthaus verfrachtet worden.«

Doktor Pik schwieg einen Moment lang betreten. »So etwas nennt man Versagen«, erklärte er dann. »Du dagegen hast alles versucht.« Er seufzte. Sein Geständnis war ihm schwergefallen. »Manchmal frage ich mich, was mein Herr wohl heute macht. Ob er ein neues Schwein hat, das ihm besser dient, als ich es getan habe. Oder ob er noch mehr Wein trinkt als damals schon.« Er seufzte wieder. »Wir sollten schlafen«, fügte er noch leiser hinzu und drehte sich auf die Seite.

Brunst schnarchte laut, doch wenigstens Cecile hatte zu quieken aufgehört. Kim schob das rote Tuch unter sich und schnüffelte daran. Es roch nach Dörthe. Vielleicht, dachte sie, vielleicht würde Dörthe ja doch zurückkehren, wenn sie es sich sehr erhoffte. Gab es das? Konnte Hoffnung etwas bewirken?

Kaum hatte sie die Augen geschlossen, stand der schwebende Bertie vor ihr.

»Hör zu«, sagte er und lächelte, wie nur er lächeln konnte, »noch ist nichts verloren. Du musst Dörthe suchen. Sie ist gar nicht weit. Nimm das rote Tuch und lass dir von Lunke und seiner Rotte helfen. Die wilden Schwarzen werden sie aufspüren. Verlass dich darauf!«

Bertie, wollte sie sagen, was redest du da? Doch im nächsten Augenblick war er schon wieder verschwunden.

Kim riss die Augen auf. Im Stall war es nahezu stockdunkel. Einzig Doktor Pik war als Schemen neben ihr zu erkennen. Stand ein Mond am Himmel? Sie wusste es nicht.

Was hatte sie geweckt? Bertie, fiel ihr ein, der lächelnde Bertie war ihr wieder erschienen. Dann jedoch hörte sie draußen eine Stimme. Jemand fluchte.

»Was ist das für ein verdammter Erdhaufen!«

Sie brauchte ein paar Momente, um zu begreifen, dass die Stimme Carlo gehörte.

Leise schlich sie zum Durchgang. Was trieb Carlo auf der Wiese? War er vielleicht nicht allein? War alles ein Irrtum gewesen, und Dörthe war zurückgekehrt?

Kim blinzelte hinaus. Der Mond stand wieder rund und silbern am Himmel, gelegentlich von zarten Wolken verdeckt. Carlo hielt eine kleine Schaufel in der Hand und bewegte sich über die Wiese auf den Wald zu. Er zwängte sich durch den Durchlass, den Lunke für sie in den Zaun getreten hatte. Er stöhnte, als fiele ihm jeder Schritt fürchterlich schwer. Dann schaltete er eine Taschenlampe ein. Ein heller Lichtkegel glitt über die ersten Bäume.

Ohne dass sie es eigentlich wollte, schlich Kim ihm nach. Sie warf einen Blick zum Haus hinüber, ob ihnen vielleicht jemand folgte. Kein einziges Fenster war erleuchtet. Es roch noch nach verbranntem Holz, ansonsten war von dem Feuer nichts mehr zu sehen.

Nein, sagte sie sich. Dörthe war nicht zurückgekehrt. Carlo war allein im Haus. Wahrscheinlich war auch Edy nicht mehr da, und Swara schlief in ihrem Zelt. Daher konnte Carlo sich auch erlauben, laut zu fluchen.

Im Wald ließ er die Taschenlampe die ganze Zeit angeschaltet. Dann war ein lautes Klingeln zu hören. Carlo
zog seinen silberfarbenen Apparat hervor und sprach
missmutig hinein.

»Verdammte Scheiße, ich habe verstanden … Lassen
Sie mich in Ruhe, und wenn Dörthe irgendetwas passiert, dann werden Sie … Ich habe den anderen gesagt,
dass sie panische Angst vor Feuer hat und in die Stadt
gefahren ist … Keine Ahnung … Ja, ich weiß Bescheid.«
Mit einer heftigen Bewegung steckte er den Apparat
wieder ein.

»Verfluchte Schweine!«, stieß er hervor. Dann stapfte
er weiter. Wenn Lunke sie begleitet hätte, wäre allein
für diesen Ausspruch eine Lektion fällig geworden,
aber wahrscheinlich lag er irgendwo in einer Kuhle und
träumte, wie er reihenweise irgendwelche Bachen be-
glückte.

Carlo passierte die Stelle, wo der riesige Wagen mit
dem Toten hinter dem Steuer gestanden hatte. Plötzlich begriff Kim, was er wollte. Im nächsten Moment
schaltete er die Taschenlampe aus und stapfte als kleiner
gedrungener Schatten weiter. Trotz der Dunkelheit bemerkte sie, dass er sich von Zeit zu Zeit umschaute, als
würde er befürchten, dass ihn jemand beobachtete. Kim
hob ihren Rüssel in den Wind. Nein, er konnte unbe-
sorgt sein – da war niemand. Sie waren allein im Wald.

Gelegentlich fluchte Carlo leise vor sich hin, sie
meinte die Namen »Bornstein« und »Dörthe« zu hören.

Wenig später war Carlo an der Eiche angelangt, wo er den Koffer vergraben hatte. Er legte seine Taschenlampe angeschaltet auf den Boden und klappte seinen Spaten aus. Nach kurzem Zögern begann er neben dem mächtigen Baum ein Loch auszuheben. Erst waren seine Bewegungen ruhig und gleichmäßig, dann jedoch wurden sie immer hektischer und ruckhafter.

»Verdammte Scheiße – wo ist der Koffer?« Carlo hielt inne und wischte sich den Schweiß von der Stirn. Nach ein paar weiteren Stößen in die Erde nahm er die Taschenlampe auf und leuchtete die Umgebung ab. Kim konnte im letzten Moment den Kopf einziehen und sich hinter einem ausladenden Farn verstecken.

»Das kann nicht sein!«, schrie Carlo. »Ich irre mich nicht. Wo ist der verdammte Koffer? Er muss hier sein!« Er nahm den Spaten und stach mehrmals in das Loch, das er bereits gegraben hatte. Dann warf er den Spaten beiseite und ließ den Lichtkegel über den Boden gleiten.

Kim konnte sich ein Lächeln nicht verkneifen – es tat gut, einen Menschen wie Carlo so ratlos und verzweifelt zu sehen. Allerdings hatte er recht, der Koffer war offensichtlich verschwunden. Er hatte an der richtigen Stelle gegraben.

Nach einer Weile ließ er sich an den Baumstamm sinken. Er schaltete die Taschenlampe aus und steckte sich eine Zigarette an. Im Dunklen saß er da und rauchte.

»Und jetzt?«, sprach er tonlos vor sich hin. »Wo ist das Geld? Wie soll ich ihnen das Geld zurückgeben, wenn es verschwunden ist? … Verdammt, ich muss nachdenken.« Er schlug sich mit der Faust gegen die Stirn, ohne jedoch zu einem Ergebnis zu gelangen.

Als Kim schon glaubte, er sei eingeschlafen, kam wieder Bewegung in ihn. Er sprang auf, klaubte die Taschenlampe vom Boden, zog den Spaten aus dem Loch und rannte los. Kim hatte Mühe, ihm zu folgen. So lief nur ein Mann, der zu einem Entschluss gelangt war. Ahnte er, wohin man Dörthe gebracht hatte?

Kims Hoffnung zerschlug sich, als Carlo in den Weg zum Hof einbog. Allerdings ging er nicht über die Wiese, sondern am Feld entlang und um den Stall herum zum Gemüsegarten. Dieses Territorium war für Kim eine absolut verbotene Zone; hier durfte sich kein Schwein blicken lassen, doch darauf konnte sie im Moment keine Rücksicht nehmen.

Mit dem Spaten und der Taschenlampe in der Hand steuerte Carlo auf Swaras Zelt zu. Wütend rief er ihren Namen durch die Nacht.

»Swara, du verdammte Schlampe, hast du mein Geld geklaut?« Mit dem Spaten schlug er auf das Zelt ein, das unter dem Hieb bedrohlich einsackte. »Swara, du kommst besser raus und erklärst mir das!«

Ungeduldig, weil Swara nicht reagierte, warf er den Spaten beiseite und zerrte an dem Reißverschluss herum, bis er ihn endlich geöffnet hatte. Dann leuchtete er mit der Taschenlampe in das Zelt hinein. Sein Gesicht, das Kim nur im Profil sehen konnte, zeigte eine starke Anspannung, die von einem Moment auf den anderen völliger Verblüffung wich.

»Ausgeflogen! Niemand da!«, murmelte er vor sich hin.

Kim entfuhr ein erstaunter Grunzer, der Carlo herumfahren ließ. Der Schein seiner Taschenlampe traf sie genau in die Augen, so dass sie den Kopf abwenden musste.

»Ein Schwein!« stieß er hervor. »Ein gottverdammtes Schwein läuft mir nach!«

19

Als Carlo ein paar wütende Schritte auf sie zu machte, rannte sie so schnell ihre Beine sie trugen in den Wald zurück. Außer Atem hielt sie am Durchschlupf inne. Sie musste aufpassen, dass die Anstrengungen nicht überhandnahmen, aber Carlo hatte tatsächlich ausgesehen, als könnte er seine Wut über das verschwundene Geld an ihr auslassen.

»Hi, Babe – warum rast du hier wie ein wild gewordenes Kaninchen umher?«

Fast wäre sie Lunke vor Schreck vor die Klauen gesunken.

»Was redest du da?« Sie mit einem wild gewordenen Kaninchen zu vergleichen war eine Beleidigung, die sie ihm eigentlich nicht durchgehen lassen konnte.

Lunke schmatzte, als käme er soeben von einem Festmahl. »Muss man dich denn immer im Auge behalten?«

Plötzlich fiel ihr ein, was der schwebende Bertie gesagt hatte. Die Rotte sollte Dörthe suchen.

»Lunke«, sagte sie keuchend, »du musst mir einen Gefallen tun.«

»Oho!« Er zog die Augenbrauen zusammen und taxierte sie, dann glitt ein Lächeln über sein Gesicht. »Da bin ich aber gespannt.«

Sie schaute ihn von unten herauf an und versuchte eine gewisse Zuneigung in ihren Blick zu legen. »Es soll auch nicht umsonst sein«, fügte sie hinzu, doch dann wusste sie nicht mehr weiter. Was sollte sie ihm anbieten? Ein gemeinsames Suhlbad im Waldsee? Oder vielleicht eine Nacht im Farn? »Ich muss Dörthe und ihr Kind retten«, sprach sie schnell weiter und verdrängte den Gedanken an eine gemeinsame Nacht. »Und ich dachte, du und deine Rotte – ihr könntet mir dabei helfen.«

Lunkes Miene verfinsterte sich, ohne dass er jedoch ein Wort sagte.

»Ich habe da dieses rote Tuch, das Dörthe gehört«, fuhr sie fort, »das könnte ich euch geben, und ihr könntet sehen, ob ihr aufgrund des Geruchs ihre Fährte aufnehmt. Das könnt ihr doch – Menschen riechen, nicht wahr?« Sie blinzelte ihn an.

»Wir sind die besten Schnüffler weit und breit«, erklärte Lunke mit einer Stimme, die keinen Widerspruch duldete.

»Ja, dann ist es doch eine Kleinigkeit für euch.« Kim lächelte ihn an, und sie meinte zu spüren, dass sich seine Strenge ein wenig löste. »Ihr müsst nur ein wenig durch die Gegend ziehen und eure Rüssel in den Wind halten. Tut ihr doch sowieso.«

Lunke schien nachzudenken. »Ich muss mit meiner

Mutter darüber sprechen«, sagte er dann. »Sie hat das letzte Wort, und den Preis bestimme ich.«

»Den Preis?«

»Ja, Kim, das ist kein üblicher Gefallen. Diese Sache kostet dich etwas – ich sage dir hinterher was.«

Nachdem sie den roten Schal aus dem Stall geholt hatte, in dem die anderen noch selig schliefen, wurde ihr plötzlich mulmig zumute. Was hatte sie nur für eine Idee gehabt? Sie sollte der ganzen Rotte einschließlich Emma gegenübertreten und ihnen erklären, dass sie Dörthe suchen sollten. Was für ein Aberwitz! Mit weichen Knien betrat sie den Wald. Lunke empfing sie breit grinsend.

»Die anderen sind hinten auf der Lichtung, aber Vorsicht! Meine Mutter hat schlechte Laune, weil die Bachen sich gestritten haben. Die blöden Zicken streiten sich bei jeder Gelegenheit um den schönsten Keiler in der Rotte.« Er warf sich in die Brust, damit sie zweifelsfrei begriff, wen er damit meinte.

»Na, sehr schön.« Die ersten Vögel begannen zu singen. Bald würde es hell werden.

Auf der Lichtung waren mächtige Schatten wahrzunehmen. Sechs, nein sieben ausgewachsene wilde Schwarze stießen ihre Rüssel in die Erde und suchten nach Fressen.

Kim blieb stehen und sah Lunke an. »Hast du sie schon auf das vorbereitet, was ich von ihnen will?«, fragte sie. Leider zitterte ihre Stimme und verriet ihre Nervosität.

»Ich? Nein! Wie käme ich dazu?« Lunke tat überrascht. »Es ist schließlich dein Plan. Ich begleite dich
nur.«

»Aber vielleicht könntest du mich vorstellen – damit
sie alle wissen, wer ich bin.«

Lunke hob seinen massigen Kopf. »Nicht nötig.
Emma kennt dich bereits.«

Ja, richtig, einmal war sie Emma begegnet. Bei dem
Gedanken, wie die fette Bache sie gemustert hatte,
schauderte es Kim immer noch. Wilde Schwarze ver-
achteten rosige Hausschweine für gewöhnlich, eigentlich redeten sie nicht einmal mit ihnen.

Mit klopfendem Herzen trat Kim auf die Lichtung,
Lunke ein Stück hinter ihr. Beinahe wäre sie über ein
Grasbüschel gestolpert. Jetzt nur nicht die Nerven ver-
lieren, sagte sie sich, ich muss Dörthe retten, und außer-
dem hat mir der schwebende Bertie geraten, mich an die
Rotte zu wenden.

Vorsichtig legte sie das rote Tuch neben sich, bevor
sie zu sprechen begann.

»Liebe wilde Schwarze«, rief sie über die Lichtung.
»Mein Name ist Kim, ich bin eine… Bekannte von
Lunke. Ich habe schon viel von euren großartigen Fähig-
keiten gehört. Ihr könnt Wasser über viele Schweinslängen riechen, und ihr seid die Besten darin, Eicheln zu finden. Und ihr könnt Menschen Angst einjagen, wie es sonst
niemand vermag.«

Die ersten Köpfe der wilden Schwarzen hoben sich
und blickten in ihre Richtung. Kim blieb stehen. Wo

war die fette Emma, Lunkes Mutter? Sie brauchte einen Moment, um die Anführerin der Rotte mitten auf der Lichtung, dort, wo das Gras am saftigsten war, zu entdecken.

»Was willst du?«, rief die Bache, als Kim einen Moment zu lange gezögert hatte, um fortzufahren.

Kim schluckte. Freundlich hatte diese Frage nicht geklungen. »Nun, ich würde euch gerne um einen Gefallen bitten. Lunke meinte, es sei nichts Schwieriges für euch, eher eine Kleinigkeit.«

Lunke versetzte ihr einen leichten Stoß, auf den sie jedoch nicht achtete. Anscheinend war er auch nervös, weil er nicht wusste, wie seine Mutter reagieren würde.

»Es ist so«, hob Kim erneut an. Ihre Stimme klang nun fester, wie sie mit Befriedigung feststellte. Sie blickte in Emmas Richtung. »Ein Schwein ist grausam ermordet worden – mit einer Drahtschlinge erdrosselt. Bertie – so hieß das Schwein – war das freundlichste Wesen, das man sich vorstellen kann. Niemandem hat er jemals etwas zuleide getan …«

»Na und? Was haben wir damit zu tun?«, rief eine junge Bache. Eine andere lachte schrill und übertrieben.

Kim ließ Lunkes Mutter nicht aus den Augen. Emma musste sie überzeugen, niemanden sonst.

»Ich suche den Mörder dieses Schweins. Es war ein Mensch, und nun hat dieser Mensch meine Herrin entführt und verschleppt. Vielleicht will er auch sie töten. Dabei ist meine Herrin die angenehmste Person, die …«

»Komm zum Punkt!«, rief Emma gereizt. »Wir haben nicht ewig Zeit. Was genau willst du?«

Kim ließ einen Moment verstreichen, dann beugte sie sich vor und nahm das rote Tuch ins Maul, damit alle es sehen konnten. Mittlerweile war es auf der Lichtung hell genug. Dann ließ sie es wieder ins Gras fallen.

»Dieses Tuch hat Dörthe, meiner Herrin, gehört. Ich glaube, dass sie noch irgendwo in diesem Wald ist, und wenn einer sie finden kann, dann seid ihr das. Ich bitte euch, mir zu helfen.«

Lunke neben ihr nickte. Ob ihm ihre Worte gefallen hatten oder ob er sie lediglich bekräftigen wollte, wusste Kim nicht zu sagen, aber es tat plötzlich gut, ihn neben sich zu wissen.

»Wieso sollten wir das tun?« Emma hatte sich zu ihrer imposanten Größe aufgerichtet. Als Kim mit einer Antwort zögerte, schob sie sich an zwei Bachen vorbei in ihre Richtung. Ihr Blick war dunkel und argwöhnisch.

Kim schluckte. Was sollte sie sagen? Sollte sie Emma weiter Honig ums Maul schmieren, ihr Komplimente machen, wie stark und klug sie sei? Bevor sie richtig nachgedacht hatte, stieß sie hervor: »Bertie, das tote Wollschwein, hat mir gesagt, dass nur ihr Dörthe finden könnt.«

Emma schnaufte. »Ein Toter hat es dir gesagt? Du sprichst mit einem Toten?«

Kim nickte. Neben ihr stöhnte Lunke leise auf. »Im Traum – Bertie hat es mir im Traum gesagt. Er schwebt

184

dann vor meinen Augen und lächelt und sagt kluge Dinge wie …«

Die fette Bache war herangekommen. Sie blickte finster auf das rote Tuch neben Kim. Die Anspannung war nun bei allen zu spüren. Einzig eine junge Bache grinste blöde vor sich hin, fast hatte es den Anschein, als erwartete sie, dass Emma sich jeden Moment auf Kim stürzen würde, um sie von der Lichtung zu vertreiben.

Kim unterdrückte ein Zittern. Sie vermochte kaum zu atmen. Was hatte Emma nur für eine Präsenz! Sie war das mächtigste Tier des Waldes – daran konnte es keinen Zweifel geben.

»Und was hältst du von der Sache, Fritz?«, fragte sie ihren Sohn.

»Nun, ich denke …« Lunke begann zu stammeln. »Man könnte es ja als eine Art Spiel auffassen.«

»Als eine Art Spiel?« Emma bedachte ihren Sohn mit einem abfälligen Blick. »Unfug!« Dann wandte sie sich mit zusammengekniffenen Augen Kim zu. »Nein, wir werden diese Angelegenheit sehr ernst angehen. Wenn deine Menschenfrau hier irgendwo im Wald ist, werden wir sie finden. Das verspreche ich dir, mutige kleine Kim.«

Hatte sie jemals schon eine so große Erleichterung verspürt? Auf dem Weg zurück zu ihrer Wiese hätte sie tanzen mögen. Emma hatte sie »mutige kleine Kim« genannt, und dann hatte sie jeden aus der Rotte einzeln vortreten lassen, damit sie an dem roten Tuch schnüffelten. Lunke war als Letzter an die Reihe gekommen.

»Wenn wir etwas herausfinden, wird Fritz es dir mitteilen«, hatte Emma zum Abschied gesagt. »Er schleicht ja ohnehin ständig hinter dir her.«

Jede Müdigkeit war mit einem Schlag von Kim abgefallen. Fast war es, als wäre Dörthe schon zurück und als wären wieder Ruhe und Frieden auf den Hof eingekehrt.

Doch kaum war sie am Durchschlupf angekommen, hörte sie Autos auf den Hof rasen. Türen wurden aufgerissen, Hundegekläff erfüllte den frühen Morgen.

Kim blieb wie gebannt stehen. Das waren mindestens zehn dunkelgrüne Autos, aus denen dunkelgrüne Männer sprangen. Zwischendrin liefen Marcia Pölk und David Bauer umher. Sie machten Handzeichen, deuteten mal zum Stall, dann zum Haus und zum Gemüsegarten. Als alle dunkelgrünen Männer sich verteilt hatten, klopfte Bauer mit der Faust gegen die Tür. »Frau Miller, wir haben einen Durchsuchungsbefehl. Es besteht der dringende Verdacht, dass sie auf Ihrem Anwesen Drogen verstecken.«

Die Hunde kläfften wieder und zerrten unruhig an ihrer Leine, als würde das Wort »Drogen« sie besonders reizen.

Kim blickte sich um. Sollte sie in den Wald zurücklaufen? Aber dann würde sie die anderen im Stich lassen. Langsam zwängte sie sich durch den Durchschlupf und näherte sich dem Stall. Aus dem Inneren war Cecile zu vernehmen, die leise und ängstlich quiekte. Dann Doktor Piks sonore Stimme.

186

Weil sich hinter der Eingangstür nichts rührte, pochte Bauer noch einmal gegen das Holz. Die Männer verharrten auf ihren Positionen.

»Frau Miller, ich fordere Sie auf, uns hereinzulassen, oder wir sehen uns gezwungen, die Tür aufzubrechen.«

Wussten die Polizisten noch gar nicht, dass Dörthe verschwunden war?

Als Carlo die Tür öffnete, zeigte Bauer sich wenig überrascht. Er hielt ein Papier hoch. »Hält sich Frau Miller auch im Haus auf?«, fragte er in gereiztem Tonfall.

Carlo trug ein weißes Unterhemd und eine blaue Trainingshose. Sein Haar war zerzaust, er hatte tiefe Ringe unter den Augen. Viel Schlaf hatte er noch nicht bekommen.

»Nein«, sagte er. »Dörthe ist nicht da.« Sein Blick richtete sich auf das Papier, das der Polizist noch immer hochhielt.

»Können Sie sie herbestellen?« Nun war Marcia Pölk vorgetreten. Sie klang kaum weniger gereizt. »Wir möchten eine Hausdurchsuchung vornehmen lassen. Verdacht auf Drogenbesitz.«

Carlo machte eine einladende Handbewegung. »Kommen Sie herein! Hier werden Sie nichts finden. Frau Miller hat mir während ihrer Abwesenheit das Hausrecht überlassen.«

Darauf folgte ein knappes Handzeichen von David Bauer, und einen Augenblick später brach auf dem Hof der Teufel los. Die dunkelgrünen Männer rückten mit

187

ihren hypernervösen Hunden nicht nur ins Haus, sondern auch in den Stall vor. Rufe schallten umher und ein Gekläffe, wie es furchterregender nicht sein konnte.

Kim lief in den Stall, um die anderen zu wecken.

»Schnell hinaus auf den Erdwall!«, rief sie warnend. »Wir müssen uns in Sicherheit bringen.«

Doktor Pik war bereits auf den Beinen. Er beugte sich über die zitternde Cecile, die ebenfalls schon erwacht war. Dem laut schnarchenden Brunst versetzte Kim im Vorbeigehen einen so heftigen Stoß in die Flanke, dass er erschreckt die Augen aufriss. Dann brüllte sie dem reglos daliegenden Che ins Ohr: »Alarm! Feind im Anmarsch! Aufwachen, Schwein Nummer eins!«

Che stieß ein so lautes Quieken aus, wie es keine trächtige Sau zustande gebracht hätte. Mit einem Satz stand er auf allen vier Klauen und reckte den Kopf angriffslustig vor.

»Was soll das?«, jaulte er und funkelte Kim wütend an.

Kim konnte ein Lachen kaum unterdrücken. »Schwein Nummer vier meldet gehorsamst – Menschen und Hunde erobern den Hof.«

20

»Heute Nacht musst du besonders aufpassen«, sagte Bertie. »Da gibt es jede Menge Sternschnuppen. Kennst du Sternschnuppen? Hast du nachts schon mal welche gesehen?«

»Sternschnuppen?«, fragte Kim ratlos.

»Kleine Sterne, die den Himmel entlangrasen. Jede dieser Sternschnuppen ist eine Seele, die sich mit einer anderen vereinigen will. Wer sie sieht, darf sich etwas wünschen! Kannst du auch Che und den anderen sagen.«

Bertie schwebte wieder vor ihr. Er wirkte noch fröhlicher als sonst. Sie blickte auf seinen Hals, der überhaupt nicht verletzt oder irgendwie lädiert aussah.

He, wollte sie sagen, wie ist es da, wo du jetzt bist – in dieser Anderswelt? Hast du vielleicht meine Mutter gesehen? Paula – sie heißt Paula, ihr rechtes Ohr ist ein wenig verkrüppelt. Aber nein, sie musste eine andere Frage stellen, nur welche?

Bertie begann sich schon wieder aufzulösen. »Das mit der Rotte hast du gut gemacht, Kim«, hauchte er, während seine Beine bereits verschwunden waren.

»Wer hat dich umgebracht, Bertie?« Nun fiel ihr die wichtigste Frage aller Fragen doch ein.

Er lächelte und wandte den Hals, als wollte er zeigen, dass ihm gar nichts passiert war oder dass es nun keine Rolle mehr spielte. Einen Herzschlag später war er verschwunden, und Kim wachte auf. Sie lag auf dem kümmerlichen Erdwall, neben ihr die kleine Cecile, die sich an sie schmiegte und sie mit ängstlichen Augen ansah. Wie ein unerschrockener Feldherr hatte sich Che am Ende des Hügels aufgebaut und blickte zum Haus hinüber. Brunst hatte sich drei Schweinslängen entfernt und fraß altes Brot, das Edy ihnen offenbar hingeworfen hatte.

»Wo ist Doktor Pik?«, fragte Kim.

»Er hat sich in den Stall gelegt«, erwiderte Cecile leise. »Die Hunde sind weg.«

Tatsächlich machte man sich auf dem Hof zum Abmarsch bereit. Kim richtete sich auf und schob sich neben Che, der ihr einen abfälligen Blick zuwarf.

»Sie rücken ab«, sagte er wichtigtuerisch, als hätte er die Menschen mit seinem bösen Blick vertrieben.

Die Hunde wurden verladen, und die dunkelgrünen Männer stiegen ein. Marcia Pölk und David Bauer befanden sich ein wenig abseits, neben ihnen Carlo, der ein zufriedenes Gesicht machte. Als es jedoch in seiner Tasche klingelte, griff er hastig hinein und stellte das Klingeln ab.

»Ich habe doch gleich gesagt, dass Sie nichts finden werden. Hier gibt es keine Drogen.«

Die Polizistin verzog das Gesicht. »Sagen Sie uns

bitte, wo sich Frau Miller aufhält. Wir würden gerne mit ihr sprechen.«

Carlo zuckte mit den Achseln. »Ich weiß es nicht. Wir hatten ein kleines Feuer auf dem Hof, und da hat sie Panik bekommen und ist mit ihrem Auto weg. Ich glaube, ihre Eltern sind bei einem Brand ums Leben gekommen, als sie noch ein Kind war. Sie ist bei ihrem Großvater aufgewachsen. Ich bin sicher, dass sie heute irgendwann zurückkehren wird.« Die Lüge ging ihm leicht von den Lippen.

Marcia Pölk schaute David Bauer an, der keine Regung zeigte. Die dunkelgrünen Männer waren mittlerweile alle in die Autos gestiegen. Bauer gab ihnen ein Handzeichen, und dann fuhren sie ab, ein Wagen ordentlich nach dem anderen. Selbst die Hunde hatten sich beruhigt.

Nun gesellte sich auch Swara in einer weißen Sommerhose und einem roten T-Shirt zu den dreien. Wo war sie eigentlich die ganze Zeit gewesen?, fragte Kim sich.

Carlo schaute sie kurz an. »Wollen Sie auch abreisen?«, fragte er unfreundlich.

Swara lächelte übertrieben süßlich. »Ich bleibe noch ein paar Tage. Möchte mich von Dörthe verabschieden und ihr ein paar weitere Fragen zu Munk stellen.«

Wieder klingelte ein Telefon, und wieder ging niemand an den Apparat.

Che wandte sich Kim zu. »War unser Erdwall doch zu etwas gut. Die Menschen haben sich nicht herübergewagt.«

191

Kim nickte. Mochte er glauben, was er wollte. Von Lunke war nichts zu sehen, aber vermutlich hätte er sich bei dem ganzen Durcheinander auch nicht zu ihr getraut. Ob Emma und ihre Rotte Dörthe schon gefunden hatten? Unvermittelt senkte sich Trauer über ihr Herz. Was würde geschehen, wenn Dörthe niemals zurückkommen würde? Wer würde sie dann vor dem Schlachthaus bewahren? Carlo würde es bestimmt nicht tun. Im Gegenteil, immer wieder bedachte er sie mit einem gehässigen Blick, während er noch mit den Polizisten redete, die sich gleichfalls bereit machten, den Hof zu verlassen. Kim begriff nun, was der weise Bertie gemeint hatte. Indem sie auf Dörthe aufpasste, passte sie auch auf sich und die anderen auf.

»Wir müssen reden!« Plötzlich hatte Che seinen Rüssel vor ihren geschoben und fixierte sie mit seinen braunen Augen.

Sie wollte sich wortlos abwenden, aber dann sagte sie plötzlich in ihrem Kummer: »Worüber? Dass Brunst um seinen Vater trauert? Dass Doktor Pik bald sterben wird und dass du in mich verliebt bist?«

Che wich nicht zurück, und er geriet auch nicht in Wut, was für Kim eine echte Überraschung war. Müde blickte er sie an. »Darüber nicht. Obwohl alles stimmt, was du gesagt hast. Wir müssen darüber reden, wo du hingehörst – ob zu den wilden Schwarzen oder zu uns.«

Ein seltsamer Schmerz lag in seinen Augen, fand Kim, als würde die Antwort, die sie ihm gab, sehr wichtig für ihn sein.

»Ich gehöre zu Dörthe«, erwiderte sie. »Dörthe ist das Wichtigste für uns, und wir müssen sie wiederfinden.«

Kaum hatte sie diese Worte ausgesprochen, klang aus dem Stall ein schrecklicher Lärm, der sie erzittern ließ und der es sinnlos machte, noch etwas zu sagen. Edy hatte wieder sein merkwürdiges Instrument mitgebracht. Gleichzeitig fuhr ein weißes Auto auf den Hof.

Finn stieg aus. Er lächelte und grüßte zu Carlo und den anderen herüber. Erst als er die verbrannten Reste seines Ballons sah, verdüsterte sich sein Gesicht. Er warf die Arme in die Luft und begann Carlo lautstark Vorwürfe zu machen. Worte wie »verdammter Idiot« und – ja leider – »echte Sauerei« hallten herüber.

Gleich werden sie sich prügeln, dachte Kim, nicht um den verbrannten Ballon, sondern um die verschwundene Dörthe. David Bauer ging jedoch dazwischen.

»Wenn Sie wollen, können wir Sie gleich wieder mitnehmen«, sagte er mit schneidender Stimme zu Finn.

Edy spielte noch lauter, und wenig später entdeckte Kim, dass Lunke am Durchschlupf aufgetaucht war. Er machte ein bekümmertes Gesicht, und sie begriff sofort, was das bedeutete. Die Rotte hatte Dörthe noch nicht gefunden.

Den Rest des Tages ging sie Che aus dem Weg. Sie wollte nicht mit ihm reden. Warum hatte sie ihm gesagt, dass sie wusste, dass er in sie verliebt war? Über solch ein Geheimnis durfte man niemals sprechen. Aus Kummer fraß sie so viel, dass ihr übel wurde.

»Werden die Kläffer wiederkommen?«, fragte Cecile, die ihr nicht von der Seite wich. Sie vermisste Bertie am allermeisten.

»Ich glaube nicht«, erwiderte Kim einsilbig.

Die beiden Polizisten waren ebenfalls weggefahren, während Carlo, Finn und Swara sich ins Haus verdrückt hatten. Einmal sah Kim, wie Carlo aufgeregt in seinen kleinen silberfarbenen Apparat hineinsprach. Irgendwie hatte sie das Gefühl, er plane seine Flucht. Der Kummer wich nicht von ihr. Was mochten die Männer mit Dörthe anstellen? Sie wollte es sich lieber nicht ausmalen.

»Che möchte heute Abend eine Versammlung abhalten – auf dem Erdwall«, sagte Doktor Pik zu ihr.

»Er fühlt sich wohl stark und will uns wieder in den Kampf führen«, spottete Kim.

»Du sollst dich entscheiden – entweder für uns oder für die wilden Schwarzen.« Doktor Pik blickte sie bekümmert an. »Ich konnte es ihm nicht ausreden.«

Kim nickte. Die anderen begriffen einfach nichts. Ohne Dörthe würden sie in null Komma nichts ins Schlachthaus wandern. Kaltmann, der Metzger aus dem Ort, wartete vermutlich schon auf sie. Einmal war sie mit Lunke in seiner Metzgerei gewesen; an den widerwärtigen Geruch von frischem Blut erinnerte sie sich nur allzu gut.

Nein, sie würde nicht hierbleiben, wenn Dörthe nicht zurückkehrte. Dann würde sie zu den wilden Schwarzen fliehen oder ganz allein auf Wanderschaft gehen. Vielleicht würde sie auch bei einem Zirkus unterkommen. Aber würde sie das können – vor Menschen Kunststücke vorführen?

Sie legte sich unter ihren Apfelbaum und hing trüben Gedanken nach. Der Himmel war blau wie schon in den letzten Wochen, nur ein paar Federwolken zogen vorüber. Doch das tröstete sie nicht. Vielleicht sollte sie schlafen und auf den schwebenden Bertie und seine Ratschläge warten. Als sie die Augen schloss, sah sie jedoch Dörthe vor sich – sie hatte eine Drahtschlinge um den Hals, und ihre Zunge war genauso blau und angeschwollen wie bei dem weißhaarigen Mann, der tot in ihrem Kabriolett gesessen hatte. Der Schreck fuhr Kim in die Glieder und ließ sie aufspringen.

Brunst schaute sie an, einen welken Kohlkopf im Maul. »Spielst du nun auch verrückt?«, fragte er barsch.

Kim gab ihm keine Antwort. Auf dem Hof begann Carlo Stühle herumzurücken.

»He, Leute!«, rief er. »Wollen wir nicht eine kleine Versöhnungsparty feiern – und nachher kommt Dörthe nach Hause. Hat sie mir vorhin am Telefon gesagt.«

Dörthe kam nach Hause? War doch alles ein Irrtum gewesen, und Kim hatte sich unnötig Sorgen gemacht?

Neugierig lief Kim zum Gatter und beobachtete Carlo. Er hatte auch Gläser und Flaschen auf den Tisch gestellt, dazu ließ er aus einem kleinen schwarzen Apparat Musik laufen.

Als er Kim bemerkte, verharrte er mitten in der Bewegung. Ihre Blicke trafen sich einen Moment lang,

195

dann kniff Carlo die Augen zusammen und lächelte maliziös. Ein boshafter Gedanke war ihm ins Hirn gesprungen.

»He, Finn, he, Swara!«, rief er. »Kommt her – wir werden was zu lachen kriegen, und dann feiern wir Versöhnung. Bringt doch nichts, wenn wir uns ewig streiten.«

Kim wich zwei, drei Schritte zurück, ohne Carlo aus den Augen zu lassen. Er ging ins Haus und kehrte kurz darauf mit drei Plastikschüsseln zurück. Dann, während Swara in einem weißen Hemd und einer kurzen roten Hose gelangweilt um den Stall schlenderte, öffnete er mehrere Flaschen und goss eine gelbliche Flüssigkeit in die Schüsseln.

Swara blieb neben ihm stehen. »Was tust du da?«, fragte sie mäßig interessiert.

»Ich bin heute guter Laune, weil Dörthe sich gemeldet hat und zurückkehren wird, und da sollen alle etwas von haben.« Carlo lächelte wieder übertrieben freundlich.

Kim war sicher, dass etwas an seinem Verhalten ganz und gar nicht stimmte.

Er nickte Swara zu und bat sie, sich zu setzen, dann lief er mit den Schüsseln zum Gatter, öffnete es geschickt mit dem Ellbogen und trat auf die Wiese. »Unsere lieben Schweine sollen heute auch ein wenig Spaß haben!«, rief er, während er die Schüsseln auf der Wiese platzierte. »Ich weiß doch, wie sehr Dörthe an ihnen hängt.«

Ein merkwürdig säuerlicher Geruch wehte von den Schüsseln zu Kim herüber.

»Na, Schweinchen.« Carlo klopfte sich lockend auf die Beine. »Nur zu! Zier dich nicht so! Der liebe Onkel hat dir etwas Leckeres hingestellt.«

Bevor sie auch nur einen Grunzer des Protests oder der Warnung hätte ausstoßen können, war Brunst herangelaufen und tauchte seinen Rüssel in die Flüssigkeit. Kim hörte, wie er gierig schleckte.

»O wunderbar!«, rief er dann. »Das schmeckt viel besser als Wasser.«

Che war der Nächste, der sich hastig genähert hatte, dann kamen auch Doktor Pik und die neugierige Cecile heran.

»Doktor Pik, Vorsicht!«, rief Kim warnend.

Er blickte schuldbewusst zu ihr herüber. »Ich probiere nur einen Schluck – versprochen.«

Che hatte sich schon über die zweite Schüssel gebeugt und trank geräuschvoll. Cecile zwängte sich neben Doktor Pik und beugte sich so vehement vor, dass die Schüssel beinahe umgekippt wäre. Gierig soffen die vier Schweine.

Carlo lehnte am Gatter, er hatte sich eine Zigarette angesteckt und wirkte überaus zufrieden. Er wandte sich zu Swara um, die auf einem der Stühle Platz genommen hatte.

»Schweine mögen Bier!«, rief Carlo. »Na, das Gesöff ist ja auch gesund, besteht aus Hopfen und Malz…« Lauthals lachte er.

Die Geräusche der saufenden Schweine hatten offenbar auch Finn angelockt. In seinem weißen Anzug lehnte

197

er in der Eingangstür. »Hast du etwas von Party gesagt?«, rief er zu Carlo herüber.

Carlo winkte ihm freundlich zu. »Finn, sieh dir das an! Unsere Schweine besaufen sich.«

In seiner Gier hatte Brunst die erste Schüssel geleert und sie umgeworfen, um auch noch den letzten Tropfen auszulecken. Kim spürte, wie unbezwingbare Neugier über sie kam. Wenn selbst Doktor Pik das Zeug trank, musste es wirklich schmecken, auch wenn es so merkwürdig roch. Langsam näherte sie sich der Schüssel, aus der der alte Eber und Cecile einträchtig soffen.

»Mach noch ein paar Flaschen auf, Finn!«, rief Carlo höchst amüsiert. »Die Schweine brauchen Nachschub. Sind völlig ausgetrocknet, die armen Tiere.«

Sein Tonfall gefiel Kim nicht. Wahrscheinlich war das der Grund, warum sie nur einen kleinen Schluck von der gelblichen Flüssigkeit nahm. Ja, Brunst hatte recht; sie schmeckte ganz anders als Wasser, viel würziger, voller und irgendwie nahrhafter. Trotzdem hielt sie sich zurück. Weil Finn keine Anstalten machte, ihm zu helfen, hatte Carlo unterdessen selbst mehrere Flaschen geöffnet und füllte die leeren Schüsseln wieder auf.

»Ich glaube kaum, dass es Dörthe gefallen wird, ihre Schweine betrunken über die Wiese torkeln zu sehen«, meinte Finn. »Wo bleibt sie überhaupt? Wann genau hat sie angerufen?«

»Sie kommt nachher«, erklärte Carlo vage.

»Wo ist Edy?«, rief Swara. Sie wirkte nun deutlich amüsierter. »Kommt er auch zu unserer Party?«

»Edy ist ein Idiot«, erwiderte Carlo, als wäre das eine Antwort. Er ging zu dem Tisch, füllte den anderen ihre Gläser und reichte sie ihnen. Die drei stießen an. Sie tranken keine gelbliche, sondern eine tiefrote Flüssigkeit, wie Kim erkannte.

»Auf Friede, Freude, Eierkuchen!«, erklärte Carlo und lachte abermals dröhnend. Er schien wirklich furchtbar guter Laune zu sein. Offenbar machte er sich keine Sorgen mehr um Dörthe und das fehlende Geld. »Wir sollten uns wieder vertragen. Jetzt, wo die Bullen weg sind und hoffentlich wegbleiben …« Die beiden anderen sagten nichts, sondern nickten lediglich. Dann stießen sie noch einmal mit den Gläsern an.

Im nächsten Moment entfuhr Brunst ein Rülpser, der selbst für seine Verhältnisse eine ungeheuere Lautstärke hatte. Die Menschen wandten erschreckt die Köpfe. »O, was für ein herrliches Gesöff!«, grunzte er und warf einen hastigen, versonnenen Blick zum Himmel, der allmählich dunkler wurde.

Doktor Pik hob nur kurz den Kopf und beugte sich sogleich wieder vor, und von Cecile sah man kaum mehr als ihr Ringelschwänzchen, das noch hektischer auf und ab hüpfte als sonst.

»Den Schweinen schmeckt es anscheinend«, bemerkte Carlo, während er den anderen höflich nachschenkte. »Ich möchte, dass wir unsere kleinen Meinungsverschiedenheiten vergessen«, fuhr er fort. »Ich war zugegeben ein wenig gereizt – wegen Dörthe und wegen des Stücks … Sonst bin ich eigentlich nicht so.«

»Was für ein Stück probt ihr eigentlich?«, fragte Swara. Eine leichte Röte hatte sich auf ihre Wangen geschlichen.

»Ach – das weißt du nicht?« Carlo breitete die Arme aus, als wolle er Swara für diese Frage liebkosen. »Ich schreibe über Bornstein, meinen Verleger, einen notorischen Betrüger... Er macht windige Geschäfte, hat Menschen in die Pleite getrieben, hat ihnen ihre Häuser genommen, sie ruiniert...«

»Handelt er mit Drogen?«, unterbrach Swara ihn.

»Das wohl nicht, aber er ist ein Verbrecher, wie er im Buche steht.« Carlo erging sich in wortreichen Beschreibungen über Bornsteins Schlechtigkeit, dessen Gier nach Macht und Geld und dessen Fähigkeit, Menschen zu täuschen und zu betrügen.

Als Che sich von der Schüssel löste, wirkte sein Blick ein wenig glasig. »Endlich ein Mensch, der es gut mit uns meint«, grunzte er und rülpste ebenfalls, allerdings nicht annähernd so laut wie Brunst.

Cecile begann zu kichern. »Es kitzelt mich in meinem Rüssel und in meinem Hals und in meinen Augen...«, brabbelte sie vor sich hin.

»Ihr solltet aufhören zu trinken«, rief Kim, obwohl sie wusste, wie sinnlos diese Aufforderung war. »Heute Nacht«, fügte sie hinzu, »gibt es Sternschnuppen am Himmel. Da kann sich jeder von euch etwas wünschen.«

»Das hier ist viel besser als irgendeine blöde Sternschnuppe!«, brüllte Brunst. »Ein saugutes Gesöff!« Als er Kim anschaute, schwankte er ein wenig, und seine Hinterläufe knickten ein. Trotzdem beugte er sich erneut über die Schüssel, um sich auch den Rest seiner zweiten oder dritten Portion bis auf den kleinsten Tropfen einzuverleiben.

Auch Doktor Pik begann zu rülpsen, dreimal hintereinander, jedoch zurückhaltender als die anderen. »Es ist nichts als Bier, gutes Bier«, sprach er vor sich hin, aber Kim wusste, dass die Worte ihr galten. Der alte Eber war zu schuldbewusst, um sie anzuschauen. Auch er trank gierig weiter.

Cecile fiel als Erste um. Sie lag neben der Schüssel auf dem Rücken und strampelte mit ihren kurzen Beinen in der Luft. »Ich fliege, fliege, fliege«, rief sie kichernd.

Kim konnte es kaum mit ansehen. Als die Menschen das strampelnde Minischwein bemerkten, begannen sie zu lachen, danach stießen sie wieder mit ihren Gläsern an und beglückwünschten sich für irgendetwas. Auch ihre Laune war merklich besser geworden.

Als Cecile nicht aufhörte, wurde Brunst wütend. »Lass den Unsinn!«, brüllte er mit tiefer Stimme. »Du verhöhnst meinen Vater!«

Wie eine kichernde Cecile einen alten, toten Eber verhöhnen konnte, vermochte Kim nicht einzusehen, aber die grimmige Wut, die sich auf seiner Miene abmalte, ließ sie das Schlimmste befürchten. Doch als Brunst sich auf Cecile stürzen wollte, die den Ernst der Lage noch gar nicht bemerkt hatte, stolperte er über seine eigenen Vorderläufe. Er schlug hart mit dem Kopf auf der staubigen Erde auf und blieb reglos und mit offenen, starren Augen liegen.

Die Menschen fanden das Schweinetheater zunehmend amüsanter. »Na, habe ich zu viel versprochen?«, rief Carlo. Swara lachte, und selbst Finn, der sich bisher zurückgehalten hatte, schaute sich nicht mehr um, ob Dörthe endlich auf den Hof fuhr. Er sprang sogar auf, nahm eine Flasche Bier und füllte die Schüssel wieder, die Che japsend geleert hatte.

»Ich fordere die Menschen auf, sich endlich zu ergeben!«, rief Che mit schwankender Stimme, dann gab er einen Laut von sich, der wohl ein Knurren sein sollte. Es klang jedoch, als würde er jeden Moment ersticken.

Die Menschen lachten, auch als Che wie von einer Kugel getroffen auf die Seite fiel und sich nicht mehr rührte. Nur seine Augen glitten hin und her. Angst war in ihnen zu lesen und ein dummes Nichtbegreifen. Sein betrunkenes Gehirn fragte sich anscheinend, was soeben mit ihm geschah, und konnte keine Antwort darauf finden.

Als Cecile aufhörte zu kichern, wurde es mit einem Schlag still auf der Wiese. Doktor Pik war – wie es seine Art war – still und klaglos zusammengesunken. Von ihm kamen immerhin laute, regelmäßige Atemzüge.

Kim begann sich zu schämen. Was waren sie nur für hirnlose, gierige Wesen! Man warf ihnen etwas vor die Klauen, und sie stürzten sich darauf, ohne nachzudenken und irgendwelche Folgen zu berücksichtigen. Aber sie würde wach bleiben, würde auf die Sternschnuppen warten und sich wünschen, dass Dörthe zurückkehrte.

Plötzlich, nachdem Cecile ein letztes Quieken von sich gegeben hatte und gleichfalls reglos auf die Seite gefallen war, fiel ihr auf, dass auch von den Menschen kein Laut mehr kam.

Finn hockte in seinem Stuhl, sein Mund war halb geöffnet, der Kopf war ihm auf die Brust gesunken. Wie die Schweine auf der Wiese rührte auch er sich nicht mehr.

Swara hatte den Kopf auf den Tisch gelegt, neben sich ein halbvolles Glas. Von Carlo hingegen war nichts zu sehen.

Vorsichtig schlich Kim zum Gatter und stieß einen Grunzer aus, aber weder Finn noch Swara reagierten. Sie glaubte jedoch im Zwielicht ausmachen zu können, dass sich Finns Brust hob und senkte. Er lebte also noch.

Mit einer Tasche unter dem Arm und einer Taschenlampe in der Hand kam Carlo aus dem Haus. Er wirkte völlig verändert. Sein Gesicht war starr und entschlossen und kein bisschen betrunken. Er warf einen argwöhnischen Blick auf Finn und Swara, die sich beide nicht gerührt hatten, und verschwand mit eiligen Schritten hinter dem Stall. Kim überlegte, ihm zu folgen, entschied sich dann jedoch dagegen. Es könnte gefährlich sein, Carlo allein gegenüberzutreten. Außerdem meinte sie zu wissen, was er hinter dem Stall vorhatte. Da stand Swaras Zelt – wahrscheinlich suchte er doch noch nach dem Koffer mit dem gestohlenen Geld.

In der gespenstischen Stille, die herrschte, hörte sie nach einer Weile ein Telefon klingeln. Dann Carlos Stimme, die laut und voller Missmut aus dem Stall drang.

»Ja, ich brauche noch ein wenig Zeit… Machen Sie sich keine Sorgen… Alles läuft bestens… Sie kriegen, was Sie wollen.«

Mit einem Fluch auf den Lippen trat er aus dem Stall und lief über die Wiese an den ohnmächtigen Schweinen vorbei zum Hof. Kim legte sich ebenfalls auf die Seite, als hätte sie zu viel getrunken. Aus den Augenwinkeln beobachtete sie, wie er seine Taschenlampe anschaltete und sich erst über Swara, dann über Finn beugte und ihre Kleidung abtastete. Die beiden Menschen regten nicht den kleinen Finger, so tief schliefen sie.

»Verdammte Scheiße!« Carlo richtete sich auf und strich sich durch sein schwarzes Haar. Jede Fröhlichkeit war von ihm abgefallen. Verzweifelt sah er aus, verzweifelt und vollkommen ratlos. Er drehte sich einmal um sich selbst, dann blickte er zum Himmel, als erwartete er, dass von dort irgendeine Art von Hilfe auftauchte.

Er weiß nicht, was er tun soll, dachte Kim. Eigentlich hätte sie darüber lachen wollen, aber dann fiel ihr Dörthe ein und dass sich von der Rotte immer noch niemand gezeigt hatte, obwohl die Dämmerung längst hereingebrochen war. Das konnte nur eines bedeuten: Dörthe befand sich nicht mehr in diesem Wald, sondern weit weg, an einem Ort, wo niemand sie aufstöbern würde.

Mit einem neuerlichen Fluch verschwand Carlo im Haus. Kim rückte wieder näher zum Zaun und beobachtete, wie in Munks altem Atelier die Lichter ansprangen, erst eins, dann zwei, dann drei. Wie ein Gespenst eilte

Carlo in dem weitläufigen Raum umher, lief von einer Wand zur nächsten. Er besah sich die Bilder, die dort hingen. Nach Munks Tod waren viele abtransportiert worden, doch ein paar waren geblieben. Eines zeigte eine nackte rothaarige Frau mit kantigen Gesichtszügen. Wahrscheinlich sollte das Dörthe sein, obwohl sie in Wirklichkeit viel schöner war. Auf einem anderen ritt eine Frau mit einer roten, wehenden Mähne auf einem Schwein.

Carlo berührte die Bilder mit den Fingern, tippte sie an und lief hektisch von einem zum anderen. Was sollte das? Kim konnte sich keinen Reim darauf machen. Hatte er Angst, die Bilder könnten sich von alleine bewegen oder würden vielleicht plötzlich von der Wand fallen? Sein Gesicht wirkte fahl und sehr konzentriert, als würde ihm dieses Tun große Anstrengung abverlangen. Dann trat er ganz nah an das Bild der nackten Dörthe heran. Er packte es links und rechts und hob es vorsichtig in die Höhe. Als er es ein Stück von der Wand genommen hatte, blieb er reglos stehen, den Kopf gedreht, als lauschte er, als wartete er auf irgendein Geräusch.

Dann fiel es Kim ein. Als Munk noch gelebt hatte, hatte niemand ein Bild einfach so von der Wand nehmen können. Bei der kleinsten Berührung hatte eine Sirene losgeschlagen, ein schrilles Heulen, das durch Mark und Bein ging und jeden im Haus alarmierte. Auf dieses Heulen wartete Carlo offensichtlich, doch es kam nicht. Das Bild in seiner Hand gab keinen Laut von sich.

Erleichtert ließ er das Bild zu seinen Füßen niedersinken und wischte sich über die Stirn.

Einen Moment später wurde im Atelier das Licht gelöscht, und Carlo trat ohne das Bild auf den Hof. Er schaltete eine Lampe über der Eingangstür an und lief auf Finn und Swara zu. Vorsichtig legte er den Kopf der blonden Frau zurück, umfasste sie und hob sie sich auf die Arme. Swara zeigte keine Regung. Ihr Kopf fiel auf ihre Brust, sie räkelte sich lediglich, als fühle sie sich in Carlos Armen wohl. Leise schnaufend schritt Carlo über den Hof in Richtung Stall. Er würde Swara in ihr Zelt verfrachten, damit sie nicht merkte, dass sie plötzlich eingeschlafen war.

Nach einiger Zeit, die Kim endlos vorkam, tauchte Carlo wieder auf. Mit dem schlafenden Finn ging er weniger zimperlich um. Wie es Mats mit dem weißhaarigen Toten gemacht hatte, lud er ihn sich auf die Schulter und schwankte unter seiner Last laut stöhnend zum Haus. Finn murmelte einige unverständliche Worte vor sich hin, öffnete jedoch ebenfalls nicht die Augen. Wie tief die Menschen schlafen konnten! In einem Fenster im oberen Geschoss ging wenig später ein Licht an. Kim sah als Schattenspiel, wie Finn von der Schulter genommen auf ein Bett rutschte. Dann versank das Haus in Dunkelheit.

21

Wie lebende Tote lagen die Schweine auf der Wiese; das heißt, sie zuckten gelegentlich mit den Beinen, aber sonst zeigten sie keinerlei Regung und nahmen nicht das Geringste wahr. Vollkommen wach verharrte Kim auf dem Erdwall. Während sie sich nach allen Seiten umschaute, hatte sie das Gefühl, ganz allein auf der Welt zu sein. Alle Dinge um sie, nicht nur die Schweine und Menschen, schienen in einen tiefen Schlaf versunken zu sein, aus dem sie vielleicht nie mehr aufwachen würden. Eine Ahnung sagte ihr, dass auch Lunke in dieser sonderbaren Nacht nicht auftauchen würde. Als sie einmal kurz die Augen schloss, sah sie ihn mit wirrem Blick und heraushängender Zunge durch den Wald rennen, er hielt seinen Rüssel in die Höhe, in der vagen Hoffnung, irgendetwas von Dörthe zu wittern, doch er witterte nichts.

Kim wartete auf die Sternschnuppen. Sie waren ihre letzte Hoffnung. Man darf sich etwas wünschen, wenn man sie sieht, hatte der schwebende Bertie gesagt.

Mit einem Mal war der Himmel voller Sterne, voller winziger, funkelnder Punkte, doch keiner bewegte sich. Kim war fasziniert. Sicher, sie kannte den Mond, der sich ständig veränderte, und andere, viele kleinere Himmelslichter, doch noch nie hatte sie so intensiv das Firmament betrachtet. Waren diese Lichter lebende Wesen, die eine Bedeutung hatten? Hielt sich Bertie irgendwo hinter diesen Lichtern auf? Ihr schwirrte der Kopf vor so vielen Lichtern. Oder vielleicht lag es auch an den Fragen, die sie sich stellte.

Dann meinte sie sogar, mit den Sternenlichtern klinge Musik durch die Nacht – leise, hauchzarte Klänge, als lösten sich winzige Wassertröpfchen von Blättern und sanken singend zu Boden. Aber das konnte nicht sein – es hatte seit Wochen nicht mehr geregnet. Oder waren diese Lichter nichts anderes als gleißend helle Tropfen, die zur Erde fielen – ein Sternenregen, der auf sie herabprasseln wollte, sie jedoch nicht erreichte.

Sie spürte, dass sie mit offenem Maul dasaß und aufgeregt von dem Schauspiel über ihr ein- und ausatmete. Die anderen, die betrunken auf der Wiese lagen, hatte sie vergessen, auch an Lunke dachte sie nicht mehr.

Und dann geschah es: Ein winziges Licht raste über den Himmel und zog einen gleißenden Schweif hinter sich her.

Kim empfand ein ungeheures Glücksgefühl und hätte beinahe aufgeschrien. Im letzten Moment, kurz bevor die Sternschnuppe sich auflöste und im Nirgendwo verschwand, flüsterte sie ihren Wunsch: »Ich möchte, dass Dörthe wohlbehalten zurückkehrt.«

Kaum hatte sie diese Worte ausgesprochen, glitt ein zweites Licht rasend schnell über das Firmament. Hastig stieß sie einen weiteren Wunsch aus. »Möge Doktor Pik noch einen weiteren Sommer bei uns bleiben!«

Dann begannen sich zwei andere Lichtpunkte zu bewegen. Gebannt schaute Kim zu, wie sie Fahrt aufnahmen. Fast war es, als wollten sie genau auf sie zurasen. Ein weiterer Stern löste sich aus seiner Starre. Wünsche? Hatte sie noch Wünsche? Sie dachte an Lunke, an Che, an Brunst und Cecile. Ihnen sollte es auf ewig gut gehen!

Weitere Lichter sprangen über den Himmel. Es war wie ein wilder Tanz der Sterne. Kim wandte unaufhörlich den Kopf, um neue herumwirbelnde Lichter zu entdecken.

Plötzlich hörte sie Berties fröhliche Stimme: »Schön, nicht wahr?«, hauchte er ihr zu.

»Ja, wunderschön«, flüsterte sie glücklich zurück.

Vor lauter Sternschnuppen kam sie mit dem Wünschen gar nicht mehr nach. Kreuz und quer rauschten die Lichter am Himmel entlang, schlugen Volten, drehten sich wie um sich selbst und verglühten im Irgendwo. Doch kaum war eine Sternschnuppe erloschen, tauchte eine andere auf und verzauberte die Nacht.

Kim war gebannt von diesem Schauspiel. Nichts existierte mehr – nur sie und diese wunderbaren tanzenden Lichter.

Dann, während sie hechelnd und erschöpft dahockte, kroch ein erster zarter Sonnenstrahl über den Horizont, und das Spiel der Sternschnuppen endete abrupt. Konnte es sein, dass es schon Tag wurde? Wie lange hatte sie so staunend dagesessen?

Im ersten Sonnenlicht sah Kim, wie sich die Schweine eines nach dem anderen aufrichteten und beschämt und ohne einen Blick für sie in den Stall zurückschlichen. Erst Che, der noch ziemlich unsicher auf den Beinen war, dann Brunst, der unentwegt leise rülpste, dann Doktor Pik, der immerhin so mutig war, ihr einen kurzen Gruß zuzuraunen. Allein Cecile blieb schlafend auf der Wiese zurück.

»He«, wollte Kim ihnen nachrufen, noch völlig trunken von dem Schauspiel am Himmel, »wisst ihr, was ich gesehen habe? Sternenschnuppen, nichts als Sternenschnuppen, und nun bin ich fast wunschlos…«

Plötzlich bemerkte sie eine Gestalt, die sich ihr näherte. Lunke trottete heran. Er hatte den Kopf eingezogen, was gar nicht seine Art war, und zeigte immer noch ein bekümmertes Gesicht.

Wie kann man in einer solchen Nacht nicht glücklich sein?, dachte Kim, doch dann fiel es ihr ein. Dörthe – Emma und die Rotte hatten die ganze Zeit nach ihr gesucht und sie nicht gefunden.

»Wir waren überall«, sagte Lunke, ohne jede Begrüßung. Er sank neben ihr zu Boden, streckte die Beine und stöhnte, als habe er Schmerzen. »Haben den ganzen Wald abgesucht. Wir hätten sie gefunden, wenn sie…« Er verstummte und blickte mutlos vor sich hin.

Kim nickte. Ihre Euphorie, die sie eben noch gefühlt

hatte, zerstob. Dörthe war verschwunden – die Männer hatten sie ganz woanders hingebracht, jenseits des Waldes, wo niemand sie finden konnte.

»Es tut mir leid«, fügte Lunke hinzu.

Kim rieb ihren Kopf an seinem. »Danke, dass ihr es versucht habt«, sagte sie leise. So niedergeschlagen hatte sie ihn noch nie gesehen.

Lunke gab einen Laut von sich, den sie nicht einordnen konnte – irgendetwas zwischen einem tiefen Seufzen und einem wohligen Stöhnen.

»Ich mag dich«, flüsterte er mit einschmeichelnder Stimme, »und ich glaube, meine Mutter … sie mag dich auch … Wir haben alles versucht, sind sogar bis zu der Festung der Blutsauger gelaufen …«

Kim schnellte zurück. »Wohin seid ihr gelaufen – zur Festung der Blutsauger?«

Beleidigt sah Lunke sie an. »He, es war gerade so gemütlich. Warum machst du mit deiner Fragerei jede Stimmung kaputt?« Er wandte den Kopf und blickte zu Cecile hinüber, die im Schlaf zu zucken und leise zu quieken begonnen hatte.

»Sag schon – welche Festung meinst du?« Kim gab sich Mühe, freundlich und einfühlsam zu klingen.

Lunke schnaubte. »Ich bin wirklich müde«, sagte er. »Bin die ganze Nacht herumgerannt – für dich und deine Menschenfrau …«

Kim lehnte sich wieder gegen ihn. »Ich weiß zu schätzen, was du für mich getan hast«, flüsterte sie ihm ins Ohr. »Ehrlich.«

Hellrot kletterte die Sonne empor. Für einen Moment musste Kim an Bertie denken, und ihr Herz krampfte sich zusammen.

»Diese Festung liegt mitten im Wald. Umgeben von einem gefährlichen Zaun, nicht von so ein paar lächerlichen Drähten, wie ihr sie hier habt. Früher haben die Menschen da schießen geübt, meine Mutter hat den furchtbaren Krach noch miterlebt, aber nun gehört das Anwesen den Blutsaugern.«

Kim spürte, wie sich ihr vor Neugier die Borsten am Nacken aufrichteten; sie versuchte jedoch ruhig zu bleiben, um Lunke nicht wieder aus seinem Redefluss zu bringen.

»Als ich klein war, hat meine Mutter mir erzählt, dass ich auf keinen Fall zu dieser Festung laufen darf«, fuhr er in äußerst ernstem Tonfall fort. »Fliegende Mäuse mit scharfen, gefährlichen Zähnen leben da; wenn man sie stört, stürzen sie sich auf einen und saugen einem das Blut aus den Adern, bis man tot umfällt.« Lunke schüttelte sich, und plötzlich klang seine Stimme klein und jung. Er wandte den Kopf. »Oder glaubst du, meine Mutter hat mir das nur erzählt, damit ich nicht weglaufe und keine Dummheiten mache?«

»Hast du diese fliegenden Mäuse schon mal gesehen?«, fragte Kim. Sie nahm sich fest vor, diese Festung aufzusuchen – am besten noch, bevor es richtig hell geworden war.

»Manchmal sieht man sie in der Dämmerung«, erwiderte Lunke, »aber sie haben sich zum Glück noch nie auf mich gestürzt. Sie flattern meistens nur rasend schnell um einen herum.« Er zog ein Gesicht, als begriffe er zum ersten Mal, dass seine Mutter ihn möglicherweise zum Narren gehalten hatte, damit er ihr gehorchte.

»Würdest du sie mir zeigen?«, fragte Kim sanft.

»Die fliegenden Mäuse oder die Festung?«, brummte Lunke schläfrig.

Kim sah, dass er die Augen geschlossen hatte. Im Gegensatz zu ihm war sie hellwach.

»Beides«, erwiderte sie so freundlich sie konnte. »Und am besten auf der Stelle.«

Lunke schlug abrupt die Augen auf. »Du meinst, jetzt sofort?«

Kim nickte.

»Aber das wird dich etwas kosten.« Er blinzelte sie an. »Du musst dich mit mir im See suhlen – heute, morgen und den Tag danach.«

»Also übermorgen?«

»Ja, auch übermorgen.« Lunke lächelte, und seine Augen blitzten auf. »Keine Widerrede!«

»Also gut.« Kim zog ihren Kopf zurück. »Aber nur, wenn wir keine Zeit verlieren und sofort loslaufen.«

Als sie die Wiese verließen, sah Kim, wie im Haus ein Licht anging – im ersten Stock, in dem Zimmer, in dem Carlo wohnte. Was hatte er die ganze Nacht gemacht? Geschlafen? Aber warum hatte er dann Swara und Finn betaubt, wenn er sich nur schlafen legen wollte? Kim spürte immer noch eine seltsame Kraft in sich – als hätten die Sternschnuppen auch mit ihr etwas angestellt. Ja, ein wenig von dem Himmelslicht war auch auf sie übergegangen, und dann, während sie mit einem mürrischen, schweigsamen Lunke in den Wald lief, entdeckte sie einen riesigen weißen Schwan, der über ihnen in Richtung Sonne flog.

»Du sollst dich übrigens nicht immer an den jungen Eichen reiben«, sagte sie und schaute Lunke an. »Bekommt ihnen nicht gut – soll ich dir ausrichten!«

Er schnaubte missmutig. »Was soll das nun schon wieder? Wer behauptet so etwas?«

»Bertie hat es mir erzählt.«

»Der tote Bertie! Schon wieder redest du so einen Unsinn!« Lunke blieb unvermittelt stehen. »Kim«, sagte er, »du bist mir unheimlich.«

Kim lächelte. Wann war es mal vorgekommen, dass er ohne Spott ihren Namen ausgesprochen hatte? Also stimmte es: Er rieb sich gerne an jungen Eichen, wahrscheinlich buddelte er sie sogar heimlich aus und fraß sie mit Stock und Stiel auf.

»Hör einfach auf damit«, sagte sie und lief weiter, obwohl sie den richtigen Weg gar nicht kannte.

Lunke schob sich schnaufend neben sie. »Meine Mutter … sie hat mich gefragt, ob du dir vorstellen könntest, eventuell, ganz eventuell zu uns … überzusiedeln.« Verlegen warf er ihr einen Blick von der Seite zu.

»Ich weiß nicht«, erwiderte Kim, nun plötzlich ernst. »Falls Dörthe nicht zurückkommt, wird der Hof bestimmt aufgegeben. Könnte sein, dass wir dann alle im Schlachthof landen.« Sie musste unwillkürlich schlucken.

Lunke legte seinen mächtigen Rüssel in Falten.

Ganz weit oben schrie ein Vogel, ein anderer antwortete ihm. Der Wald erwachte.

»Dann kommst du zu uns in den Wald – so machen wir es!«, rief Lunke aus. Mit einer heftigen Bewegung bog er in einen schmalen Seitenpfad ein und verschwand in einer Tannenschonung.

Mit einem eigentümlichen Gefühl folgte Kim ihm. Wenn er es nun darauf anlegte, ihr diese Festung nicht zu zeigen, damit sie Dörthe gar nicht fanden? Aber wieso glaubte sie auch, dass sie klüger war als eine ganze Rotte Schwarzer? Bertie, dachte sie, Bertie muss mir helfen. Vielleicht hätte sie sich doch schlafen legen und auf einen Traum warten sollen. Nein, sie hatte ihren großen Wunsch, dass Dörthe zurückkommen möge, in die Nacht hineingewünscht, deshalb würde er auch in Erfüllung gehen.

Ächzend lief Lunke voraus. Kim konnte ihm ansehen, dass es ihm Mühe machte, das Tempo zu halten, aber vor ihr wollte er keine Schwäche zeigen.

»Wenn du nicht mehr kannst, können wir auch gerne eine Pause machen!«, rief sie ihm zu, doch er antwortete nur mit einem verächtlich »Pah, ich brauche keine Pause.«

Sie liefen so lange, bis das Sonnenlicht in jeden Winkel des Waldes gekrochen war. Auch alle Vögel waren längst erwacht, und auf einer breiten Asphaltstraße, die sie überqueren mussten, fuhren schon große, schwere Autos entlang.

Kim spürte, dass das Licht der Sternschnuppen in ihr verblasste, da deutete Lunke mit dem Rüssel nach vorne.

»Hinter der nächsten Biegung liegt die Festung der Blutsauger«, erklärte er und bedachte sie mit einem langen Blick.

Plötzlich begriff sie, dass er tatsächlich Angst hatte, dass da eine Frage in seinen braunen Augen stand: Kann ich vielleicht hierbleiben und auf dich warten?

»Danke«, sagte sie. »Von mir aus kannst du dich gerne etwas hinlegen. Ich will mir die Festung nur mal kurz ansehen.«

Er scharrte mit den Klauen im trockenen Waldboden. »Ich glaube, dass die Blutsauger bei Tag schlafen – so gesehen besteht eigentlich keine Gefahr. Außerdem sind wir zu zweit. Könnte sein, dass sie das abschreckt.«

Kim unterdrückte ein Lächeln. Emma hatte mit ihrer Geschichte von den fliegenden blutgierigen Mäusen ganze Arbeit geleistet.

Gemeinsam gingen sie weiter.

Der Weg bestand aus tiefem Sand. Deutlich war zu sehen, dass hier Menschen mit Autos entlanggefahren waren. Nur wann genau, ob gestern oder vor ein paar Wochen – das vermochte sie nicht zu sagen.

Nach einer leichten Kurve lag vor ihnen die Festung in einer Senke – drei graue, langgestreckte Betonblöcke, einer davon hatte ein rotes Dach aus Ziegeln, die anderen waren flach. Die Fensterscheiben waren schmutzig, einige waren auch kaputt. Um die Gebäude lief ein Zaun, der viel höher war als der Draht um ihre Wiese. Das Anwesen sah furchterregend aus, und irgendwie lag auch ein unangenehmer Geruch in der Luft – nach Benzin und altem Metall, aber es roch auch nach morschem Holz und frischem Gras. Und da war noch etwas anderes: Zigaretten, ja, jemand war hier gewesen und hatte eine oder mehrere Zigaretten geraucht.

»Riechst du das auch?«, fragte Kim.

Lunke hob den Kopf, er war immer noch eingeschüchtert. »Blut?«, meinte er. »Riechst du Blut?«

Kim schüttelte den Kopf. »Nein.« Langsam ging sie näher und hob dabei ihren Rüssel in den sanften Morgenwind. Noch ein weiterer Geruch lag in der Luft. Kaffee – manchmal war Dörthe nicht nur mit einer Zigarette, sondern auch mit einer großen Tasse abends in den Stall gekommen, hatte sich auf den Zaun gesetzt und mit ihr geredet. »Liebe Kim, glaubst du, dass es die eine richtig große Liebe gibt? Dass man wahrhaft glücklich sein kann?« Ja, solche Fragen hatte Dörthe sich und ihr gestellt. Eine Antwort war sie allerdings meistens schuldig geblieben.

Lunke blieb ein wenig zurück. »Nun hast du einen Blick auf die Festung geworfen – wie du wolltest«, meinte er unwillig. »Der Zaun ist zu hoch, und es ist auch niemand zu sehen. Ich finde, wir sollten jetzt wieder verschwinden.«

»Gleich«, sagte Kim. Sie schritt so nah an den Zaun heran, dass sie ihn mit dem Rüssel berühren konnte. Der Draht war alt und verrostet, doch ziemlich scharf. Lunke hatte recht, so einfach würde man hier nicht hereinkommen, aber sie müsste es versuchen. Der Duft von Zigaretten wurde noch intensiver.

»Ich hoffe, du vergisst dein Versprechen nicht wieder«, meinte Lunke nörgelig. »Dass wir im See baden, heute, morgen und den Tag danach.«

Kim achtete nicht weiter auf ihn. Aufmerksam strich sie an dem Zaun entlang. Auf der anderen Seite war der Boden mit Betonplatten bedeckt, aus dem Gräser und kleine Bäume wuchsen und auf dem man keine Spuren finden konnte. Zwei rostige olivgrüne Autos standen da, an denen ebenfalls die Fenster kaputt waren, dann noch ein anderes rostiges Ungetüm, aus dem ein langes Rohr starrte und sie anblickte. Hier stank es überall ekelhaft nach Öl. Glasscherben lagen herum. Hinter den rostigen Autos befand sich eines der langgestreckten grauen Gebäude. Kim erkannte, dass an einer Stelle das Dach eingestürzt war. Der Geruch von Zigaretten verlor sich – sie lief demnach in die falsche Richtung. Hier hatten sich in letzter Zeit keine Menschen aufgehalten.

»Da«, sagte Lunke leise. Er stand plötzlich hinter ihr. »Da, aus dem kaputten Dach fliegen die Blutsauger heraus, wenn sie auf die Jagd gehen. Hat meine Mutter jedenfalls gesagt.«

»Ja«, erklärte Kim abwesend. Irgendetwas hatte ihre

Aufmerksamkeit erregt. Sie hob den Rüssel hoch und kniff ihre Augen zusammen.

»Wir sollten jetzt wirklich gehen«, quengelte Lunke. »Ich war die ganze Nacht auf den Beinen, und wer weiß, ob nicht doch noch Blutsauger auftauchen, und wenn sich zwei oder mehr auf uns stürzen …«

Feigling!, wollte sie ihm zuraunen, doch im nächsten Moment begriff sie, was sie so irritiert hatte. Ihr Herz tat einen kräftigen Stoß. Hinter der kaputten Scheibe direkt vor ihnen blinkte etwas knallgelb auf. Diese grelle Farbe hatte Kim bisher erst an einem Ding gesehen.

»Lunke«, sagte sie mit einem Hochgefühl und hätte ihm am liebsten über den Rüssel geschleckt, »ich glaube, wir haben Dörthes Kabriolett gefunden.«

22

Lunke teilte ihre Begeisterung überhaupt nicht, ganz im Gegenteil.

»Wie schön«, sagte er, »dann weißt du jetzt ja Bescheid. Ich schlage trotzdem vor, dass wir jetzt wieder gehen. Die Blutsauger machen keinen Spaß, wenn sie ...«

Sie baute sich vor ihm auf und schaute ihm in die Augen.

»Lunke«, sagte sie streng, »lass mich für einen Moment mit deinen Blutsaugern in Ruhe. Jede Mutter erzählt ihren Kindern Schauergeschichten, um ihnen Angst einzujagen. Meine hat immer von einem schwarzen Raben zählt. ›Pass auf, gleich holt dich der schwarze Rabe.‹« Sie ahmte die viel tiefere ungeduldige Stimme ihrer Mutter nach. Kurz spähte sie zum Himmel und hoffte, dass Paula sie da oben nicht irgendwo gehört hatte.

»Der schwarze Rabe?« Lunke kniff die Augen zusammen. »Du meinst wirklich, meine Mutter hat mich angelogen ...«, aber Kim hatte sich bereits wieder zum

Zaun umgedreht. Kein Zweifel, aus dem kaputten Fenster blinkte es grellgelb herüber. In der Dunkelheit hatten Emma und die Rotte das nicht bemerkt, oder sie hatten es gar nicht gewagt, sich der Festung so weit zu nähern.

»Wir haben eine erste Spur«, sprach Kim nachdenklich vor sich hin. »Nun müssen wir nur noch herausfinden, wie wir auf das Gelände gelangen können, um Dörthe aufzuspüren und zu befreien.«

»Du willst tatsächlich …« Lunke schnaufte entrüstet.

Kim lächelte ihn süßlich an. »Ja, klar, ich will mich umsehen. Auch wenn ich nur ein kleines rosiges Hausschwein bin«, fügte sie hinzu, um ihn herauszufordern.

Ohne eine Antwort abzuwarten, lief sie am Zaun entlang, genau in die Richtung, aus der sie den Geruch von Kaffee und Zigaretten erwartete. Als sie über die Schulter blickte, sah sie, dass Lunke wahrhaftig zögerte, ob er ihr folgen sollte.

Komm schon, Lunke, flüsterte sie stumm, lass mich jetzt nicht im Stich.

Würde sie es wagen, allein auf das Gelände vorzudringen? Plötzlich war ihr mulmig zumute, nicht wegen dieser fliegenden Mäuse, vor denen hatte sie keine Angst, aber sie hatte in den letzten Tagen zwei tote Menschen, einen toten Schwan und ein totes Schwein gesehen. Es könnte gefährlich werden, nach Dörthe zu suchen.

Nach etwa zwanzig Schweinslängen beschrieb der Zaun einen Bogen. Kleine Büsche wuchsen auf der anderen Seite. Durch die Zweige konnte sie auf ein großes rotes Tor blicken, das in das langgestreckte graue Gebäude führte, das allerdings geschlossen war. Von Menschen war nichts zu entdecken, und riechen konnte sie auch nichts mehr. Keine Zigaretten, kein Kaffee.

»Ich weiß nicht, wie du hier durch den Zaun kommen willst«, maulte Lunke. »Fliegen können Schweine ja nun mal leider nicht.«

Kim war erleichtert. Er hatte es doch nicht übers Herz gebracht, sie allein zu lassen.

Hinter dem langgestreckten Gebäude lag das Haus mit dem Ziegeldach. Es war viel kleiner, bestand aus groben roten Steinen. Auch hier waren die Fenster eingeschlagen, doch irgendwie meinte Kim eine Bewegung wahrzunehmen. Saß da jemand in dem Raum hinter der zerbrochenen Glasscheibe?

»Was hältst du davon, wenn wir heute Abend wiederkommen?« Lunke schob sich neben sie. »Wir ziehen uns zu einem Schläfchen zurück, suhlen uns dann im See, und danach laufen wir her und gucken nach, ob sich etwas getan hat.«

»Ich dachte, du hast Angst vor den fliegenden Mäusen, die hier abends umherflattern«, entgegnete Kim. Sie drückte sich ein wenig gegen den Zaun, schreckte aber sofort zurück, weil sich die Zinken tief und schmerzhaft in ihr Fleisch gruben.

Lunke antwortete nicht. Missmutig begann er in der Erde zu scharren und etwas Unverständliches vor sich hin zu murmeln.

Kim schaute sich weiter um. Nirgendwo war ein kaputtes Tor oder ein anderer Durchlass zu erkennen. Verdammt, sie brauchte eine Idee. Der Zaun war hoch und massiv; es würde nichts nützen, wenn Lunke sich dagegen werfen würde.

Bertie, dachte sie, wenn du irgendwo da hinter dem blauen Himmel bist – die Nacht mit den Sternschnuppen war wirklich schön, aber nun könnte ich deine Hilfe noch einmal gut gebrauchen.

»Weiß gar nicht, warum ich mich mit dir abgebe«, brummte Lunke vor sich hin. »Ich tue alles für dich, aber was machst du? Suchst irgendwelche Menschen und beachtest mich gar nicht … Weißt nicht zu schätzen, was ich alles für dich tue …« Er klang in höchstem Maße beleidigt.

Kim starrte auf das Loch, das er immer tiefer aushob, während er vor sich hin grummelte.

Plötzlich stieß sie einen hellen, freudigen Grunzer aus. »O wunderbarer Bertie!«, rief sie und eilte auf Lunke zu, um ihm über das Gesicht zu schlecken.

Abrupt hielt er inne und starrte sie aus geweiteten Augen an. »Was soll das nun schon wieder!«

»Du bist so klug«, sagte sie mit einem leicht spöttischen Unterton. »Klar, das ist die Lösung. Ein Loch graben – nur müsstest du es da vorne tun, direkt am Zaun, damit wir darunter durchkriechen können.«

Lunke blickte voller Erstaunen auf das Loch vor sich, dann auf seine Klauen, die nun wie festgefroren waren.

»Du meinst, ich soll am Zaun ein Loch graben?«

223

Kim lächelte. »Du sagst es, mein Lieber«, hauchte sie ihm zu.

Lunke grub, erst missmutig, dann schien es ihm sogar Spaß zu machen. Er sagte jedoch kein Wort dabei, verzog das Gesicht voller Konzentration und bedachte Kim mit keinem Blick.

Sie hob den Rüssel in den Wind. Sie roch auch hier Gräser, altes Öl und rostiges Metall. Davon schien es jenseits des Zauns eine Menge zu geben, aber nichts, was darauf hindeutete, dass sich hier kürzlich Menschen aufgehalten hatten. Hatte sie sich den Geruch von Kaffee und Zigaretten nur eingebildet?

Während Lunke immer weiter buddelte, legte sie sich vor den Zaun und blickte zu dem Haus hinüber. Plötzlich kam Dörthe heraus, aber sie war vollkommen verändert. Sie hatte immer noch leuchtend rote Haare, trug jedoch keine Kleider mehr, weil ihre Haut mit gelbem Fell überzogen war. Obwohl sie auf zwei Beinen ging, hatte sie sich in ein Wesen verwandelt, das Bertie ähnelte. Kim durchzuckte ein riesiger Schreck. War das eine dunkle Ahnung? Bedeutete das, Dörthe war auch tot, genau wie Bertie?

»He!« Lunke stieß sie an. »Ich mache hier die ganze Arbeit, und du legst dich hin und schläfst. Du hast sogar geschnarcht.«

Kim schreckte auf. Sie blickte zum Haus, aber da war niemand – nur eine graue Tür, an der die Farbe abgeblättert war, und ein kaputtes Fenster, hinter dem irgendein Schatten lauerte. Sie schüttelte den Kopf und spürte ihre Müdigkeit. Die Nacht mit den Sternschnuppen war lang und anstrengend gewesen.

»Sollte tief genug sein, damit du durchkriechen kannst!« Stolz wies Lunke auf das Loch, das er ausgehoben hatte.

»Sehr schön!« Kim richtete sich auf. Er hatte Sand und kleine Steine beiseitegeschaufelt und war bis zu einer dunklen bräunlichen Erdschicht vorgedrungen. Sie schaute ihn an. Seine Klauen waren voller Dreck. Insgeheim wirkte er jedoch überaus zufrieden mit sich. »Du willst nicht mitkommen?«

»Bin nicht so scharf darauf, mit den Blutsaugern Bekanntschaft zu machen«, erwiderte er. »Außerdem muss ich mich ein wenig ausruhen. Hast du ja schon gemacht.«

Wortlos nickte Kim. Dann beugte sie sich vor und ließ sich in das Loch hinab. Tatsächlich war es tief und breit genug für sie. Lunke hatte sich sogar bis auf die andere Seite des Zauns vorgearbeitet. Sie musste nur aufpassen, dass sich ihre empfindlichen Ohren nicht im Draht verfingen.

Plötzlich lachte Lunke tief und kehlig. »He, Babe, sieht superblöd aus, wie du da durch die Erde kriechst!«

Sie dachte noch über eine passende Erwiderung nach, als sie es hörte – ein Motor, weit entfernt, aber sie irrte sich nicht. Da war für Momente ein Motor zu hören gewesen.

Auf der anderen Seite des Zauns kroch sie aus dem

Loch und schüttelte die Erde ab. Sie zwang sich, Lunke keinen fragenden oder unsicheren Blick zuzuwerfen. Mochte er bleiben und sie alleine gehen lassen. Scheinbar furchtlos bewegte sie sich auf das rote Haus zu. Überall lagen Scherben auf dem rissigen Betonboden, der nach einem kurzen Streifen Sand begann. Nach drei Schritten lauschte sie. War der Motor noch zu hören? Nein, alles war still, doch irgendwie hatte sie das Gefühl, eine Grenze überschritten zu haben. Hier waren merkwürdige Dinge vorgegangen. Es war, als würden längst vergangene Geräusche durch die Luft wehen – Menschen hatten geschrien, waren in schweren Stiefeln umhergeschritten, hatten Schüsse abgegeben. Diese Klänge der Vergangenheit, die noch nicht wirklich vergangen waren, hatten Emma dazu gebracht, Lunke und den anderen die Geschichte von den Blutsaugern zu erzählen, um sie davon abzuhalten, hier herumzulaufen.

Solche Orte gab es, magische Orte, die über viele Jahre etwas festhielten. Ihre Mutter hatte ihr einmal von einer Glücksquelle erzählt, einer Stelle auf ihrer Wiese, wo Wasser einfach aus dem Boden geflossen war; jeden, der dieses Wasser getrunken hatte, hatte es glücklich gemacht.

Lunke blieb tatsächlich stocksteif vor dem Zaun stehen und blickte ihr nach.

Nun, sie würde sich keine Blöße geben, nahm Kim sich vor. Sie würde keine Furcht zeigen, jedenfalls würde sie nicht nach ihm rufen.

Sie musste einer alten rostigen Dose ausweichen,

dann stand sie vor dem Haus. Eine Treppe führte zu der grauen Tür, die halb offen stand, wie sie nun erkannte. Oben auf der Schwelle lag ein roter Stoffschuh. Kim blinzelte. Sie kannte den Schuh, obwohl sie ihn bisher nie wirklich wahrgenommen hatte. Vorsichtig erklomm sie die Stufen, dann reckte sie den Rüssel vor.

Dörthes Geruch haftete an dem Schuh – daran gab es keinen Zweifel.

Sie spürte, wie ihr Herzschlag sich beschleunigte. Lunke hatte sich immer noch nicht gerührt. Bestand seine Absicht darin, sie auf die Probe zu stellen – ob sie wirklich so mutig war, wie sie tat?

He, wollte sie ihm zurufen, ich habe Dörthes Schuh gefunden, du solltest auch kommen, aber sie wusste, dass ihn dieser Schuh kein bisschen interessierte.

Sie stieß mit dem Rüssel die Tür auf, die mit einem lauten, schrecklichen Knarren, das sie zurückweichen ließ, nachgab. Ein widerlicher Geruch schlug ihr entgegen. Moder, Fäulnis, irgendetwas in der Art. Sie liebte es, brackiges abgestandenes Wasser zu riechen oder einen Erdhaufen voller Würmer, aber dieser Gestank ließ ihre Borsten im Nacken in die Höhe schießen.

Irgendetwas war hier ganz und gar nicht in Ordnung.

Bertie, flüsterte sie stumm vor sich hin, pass wenigstens du auf mich auf! Gib mir ein Zeichen, wenn es gefährlich wird.

Auf dem Steinboden hier drin lagen ebenfalls schmutzige Glasscherben. Der Schatten, den sie von draußen hinter der eingeschlagenen Fensterscheibe gesehen hatte, war ein Stuhl, über dem eine graue Decke hing. Der Abdruck auf der Decke verriet, dass dort vor kurzem noch jemand gesessen hatte. Frische Zigarettenkippen neben dem Stuhl bestätigten diesen Verdacht.

Kim hielt die Luft an.

Ein zweiter Stuhl, der nur noch drei Beine hatte, befand sich ein Stück rechts von dem Fenster. Auf die Sitzfläche hatte jemand einen Kaffeebecher und eine erloschene Kerze gestellt.

Zigaretten und Kaffee – waren die Gerüche aus diesem Raum gedrungen, die sie draußen wahrgenommen hatte? Einerseits sah es eindeutig so aus, andererseits wurde sie auf einmal unsicher. In dem Haus herrschten andere Gerüche vor.

Kim hatte sich immer noch nicht von der Tür wegbewegt, damit sie jederzeit fliehen konnte.

Ein Tisch befand sich auch noch in dem Zimmer. Über ihm hingen ein paar alte verblichene Bilder, auf denen lächelnde Menschen in olivgrüner Kluft zu sehen waren, zwei von ihnen präsentierten voller Freude ihre Gewehre. Kim schüttelte sich. Eine zweite graue Decke war über dem Tisch ausgebreitet worden. Unter dem Stoff zeichnete sich deutlich eine Form ab, die eigentlich nur eines sein konnte.

Sie wollte diesen Gedanken gar nicht denken, doch er stellte sich ganz von selbst ein.

Da, von dem Stoff verdeckt, lag ein Mensch – ein Mensch, der sich nicht regte und auch nicht atmete.

Dörthe fiel ihr ein – draußen ihr roter Schuh, hier ihr

kalter Leichnam, nur von einer schmutzigen Decke verhüllt.

Der Schrei nach Lunke steckte in ihrer Kehle fest.

Ganz langsam und ohne mit ihren Zehen auf dem Steinboden ein Geräusch zu verursachen, löste sie sich von der Tür. Rechts von ihr gähnte sie ein tiefes Loch an, da führte eine Treppe in eine konturlose Dunkelheit. Direkt vor ihr erspähte sie noch eine Tür, die offen stand und den Blick in ein weiteres Zimmer freigab, in dem es muffig roch, doch Kim versuchte sich auf den Tisch mit dem verhüllten Körper zu konzentrieren.

Es kann nicht Dörthe sein, die da liegt, sagte sie sich, und wenn sie es ist, schläft sie nur … atmet zu leise, als dass ich sie hören könnte … Die Sternschnuppen … sie hatte sich doch gewünscht, dass Dörthe kein Leid geschah …

Sie stieß einen leisen Grunzer aus, als müsse sie sich selbst ankündigen, was sie als Nächstes tun würde, dann nahm sie die Decke ins Maul und zupfte daran.

Eine Hand kam zum Vorschein – sie war so fahl, dass sie gar nicht mehr wie die Hand eines Menschen aussah. Alte welke Möhren, die aber immer noch gut schmeckten, konnten so eine Farbe haben. Hatte Dörthes Hand sich dermaßen verändert, dass sie so hässlich geworden war?

Kim zog vorsichtig weiter an der Decke. Das Tuch schien jedoch plötzlich Widerstand zu leisten, als sperrte es sich dagegen, freizugeben, was es verbarg. Den widerwärtigen Stoff im Maul atmete Kim einmal durch, dann zerrte sie die Decke so heftig zurück, dass sie sich aufblähte, zu Boden fiel und dabei den Stuhl mit dem Becher und der Kerze umriss. Ein hohler Knall hallte durch den Raum, als der Becher zersprang.

Gegen ihren Willen zuckte Kim zusammen und wandte den Kopf. Am liebsten hätte sie die Augen ganz fest geschlossen.

»Was tust du da?«, raunte Lunke hinter ihr. Er blickte sie ernst an.

Ein Gefühl der Erleichterung überwältigte sie beinahe. Lunke hatte es doch nicht über sich gebracht, sie allein in dieses seltsame Gebäude gehen zu lassen.

»Ist es Dörthe?«, fragte sie leise.

Er schnaubte leicht verärgert, als wäre sie ein kleines dummer Ferkel. »Stimmt mit deinen Augen etwas nicht? Sieh doch selbst hin!«

Lunke schob sich an ihr vorbei, und dann wagte sie wieder, sich umzudrehen.

Sie sah die weißen Haare von Sven, sah sein totes, wächsernes Gesicht, die Zunge hing ihm nicht mehr aus dem Mund, und er trug kein Gestell vor den Augen, aber er wirkte auch so furchterregend genug.

»Das ist der Mann, der immer um den Hof geschlichen ist – er hat auch den toten Schwan auf den Pfahl gelegt«, sagte Lunke.

Kim brachte kein Wort heraus, sondern nickte nur. Für einen winzigen Moment hatte sie vor Augen, wie der andere Mann, der Mats hieß, sich den weißhaarigen Toten über die Schulter geworfen hatte und mit ihm

weggegangen war. Aber warum hatte er ihn ausgerechnet hierhergebracht? Die Antwort war einfach: damit
ihn niemand fand und auf dem Hof herumstöberte.

»Wir sollten wieder gehen«, sagte Lunke beschwö-
rend. Seine braunen Augen fixierten sie. »Ich habe kein
gutes Gefühl.«

Er hatte recht – kein Zweifel! Dann jedoch hörte sie
den Motor wieder, immer noch weit entfernt, aber so
deutlich in der frühen Morgenluft zu vernehmen, dass
auch Lunke zusammenzuckte.

»Komm!« Sie versuchte zu lächeln. Auch wenn er ein
wilder Schwarzer war – jetzt war sie es, die Zuversicht
und Furchtlosigkeit ausstrahlen musste. »Unsere Suche
ist noch nicht zu Ende!«

23

Einmal noch dröhnte der Motor auf – irgendwo auf der anderen Seite des langgestreckten Gebäudes, glaubte Kim zu erkennen. Dann trat wieder tiefe unbehagliche Stille ein.

Lunke rührte sich nicht von der Stelle. Seine Kiefer mahlten, und für einen winzigen Moment erinnerte er an den gefräßigen, missmutigen Brunst.

»Wir sollten nicht länger warten«, erklärte Kim zaghaft. Sie vermied es, den toten Sven anzusehen. Seine Augen waren von braunen Schatten umgeben, und selbst aus seinem weißen Haar war jedes Leben gewichen. Hatte Bertie ihr nicht gesagt, es sei nicht so schlimm, tot zu sein? Nun, bei Sven wirkte es tieftraurig und irgendwie endgültig.

Sie entschied sich, nicht über den Weg, den sie gekommen war, nach draußen zu gehen, sondern schlich vorsichtig durch die zweite Tür ins Innere des Gebäudes. Leise kratzten ihre Zehen über den Steinboden.

»Ich habe Angst um dich«, rief Lunke ihr nach. »Du solltest das nicht tun. Wenn dir etwas zustößt, dann...«

»Was dann?« Kim blickte sich um.

»Dann werde ich nie wieder glücklich sein«, flüsterte Lunke. »Ich glaube, du bist mein Glück.«

Fast erschreckten sie diese Worte mehr als der Anblick des toten Sven vorhin. Lunke sprach von ihr – und von seinem Glück! Am liebsten wäre sie zu ihm hingerannt, hätte ihren Rüssel an seinem gerieben, aber dann dachte sie daran, warum sie hier waren. Sie hatte sich geschworen, Dörthe und ihr Kind zu retten.

»Lunke, können wir nachher darüber reden? Uns wird nichts passieren – Bertie hat es mir gesagt.«

»Der verdammte Bertie!« Er schnaubte und verzog den Rüssel, dann reckte er den Kopf vor. »Du redest lieber mit Toten als mit mir, hörst auf sie …« Er schritt an ihr vorbei, lief eilig durch den nächsten Raum, in dem ein weiterer Tisch und ein paar Schränke standen, die ganz von Spinnweben überwuchert waren. Neben den Schränken gähnte eine Öffnung in der Wand. Dunkelheit schien wie Nebel aus diesem Durchlass zu steigen. Kim ahnte, wohin sie da gelangten – in das langgestreckte Gebäude, in dem Dörthes Wagen abgestellt war.

Lunke verharrte, als er die erste Klaue durch die Öffnung gesetzt hatte. Seine Augen waren auf die Decke gerichtet, die in völlige Dunkelheit gehüllt war.

»Da oben hängen sie«, sprach er vor sich hin. »Die gierigen, gefährlichen Blutsauger – können jeden Moment zustoßen!«

Kim nahm nur einen veränderten Geruch wahr, sehen

konnte sie keine einzige der fliegenden Mäuse. Einmal
nur meinte sie ein leises Zirpen wahrzunehmen, aber
vielleicht war es auch eine richtige Maus gewesen, die
sie aufgestört hatten.

Mit eingezogenem Kopf tappte Lunke langsam weiter. Kim schritt ihm nach. Zwei, drei Sonnenstrahlen
fielen durch einen Spalt im Dach, sonst waren lediglich
zwei winzige Lichtpunkte am anderen Ende des Gebäudes auszumachen.

Unvermittelt blieb Kim stehen. Ein neuer Geruch
war ihr in die Nase gedrungen. Sie wandte den Kopf
und meinte schemenhaft an der Wand neben ihr eine
Decke wahrzunehmen – und einen zweiten Schuh, der
nach Dörthe roch. Sie eilte darauf zu, prallte gegen einen Stuhl, den sie in der Dunkelheit nicht bemerkt
hatte, und stieß erneut einen Kaffeebecher um. Flüssigkeit platschte auf den Betonboden.

»Was tust du da?«, zischte Lunke ärgerlich.

»Hier«, erwiderte sie aufgeregt und deutete auf die
Decke, »an dieser Stelle hat sie gelegen – hierhin haben
sie Dörthe gebracht.«

Die Decke lag auf einer alten, stinkigen Matratze, ein
Handtuch hatte Dörthe als weitere Unterlage gedient.
Ein Hauch von Schweiß war in das Handtuch gedrungen – und noch etwas anderes, das Kim nicht einordnen
konnte. Es roch irgendwie nach Medizin. Ja, Doktor Pik
und Cecile hatten einmal nach einer Wurmkur ähnlich
widerwärtig gerochen.

Tief steckte Kim ihren Rüssel in das Tuch. Der

Schweißgeruch war noch recht frisch, sehr lange konnte Dörthe noch nicht aufgestanden sein. Also lebte sie vermutlich noch.

Zu ihrem Schrecken löste sich ein Schatten aus der Schwärze über ihnen und flatterte über sie hinweg.

Eine fliegende Maus! Im letzten Moment riss Kim den Kopf zurück.

»Du musst leiser sein!«, knurrte Lunke. »Du weckst die Blutsauger auf!«

Sie nickte schuldbewusst.

Dann gingen sie vorsichtig weiter, zum anderen Ende der Halle und auf die Lichtpunkte zu.

Das Gebäude war ungefähr so lang wie ihre Wiese. Nach dreißig Schritten hörte Kim auf zu zählen.

Schließlich wurde es heller.

Sie passierten das erste Fenster, das sogar noch heil war. Schmutz und Spinnweben ließen jedoch kaum Licht herein.

Weitere vier Schritte, und sie waren an Dörthes Kabriolett angelangt.

Die Erleichterung, die Kim draußen, als sie den Wagen entdeckt hatte, gespürt hatte, wollte sich nicht mehr einstellen. Im Gegenteil, nun war ihr beklommen zumute, der Wagen drückte Verlassenheit aus.

»Hier!« Lunke schnüffelte über den Boden. »Hier riecht es ekelhaft nach Benzin.« Er deutete auf einen frischen Fleck neben dem Kabriolett.

Ein anderer Wagen hatte dort vor kurzem noch gestanden.

Hatten die Männer Dörthe gerade eben erst weggebracht? Kamen Lunke und sie wieder zu spät?

»Schnell!« Ohne auf die fliegenden Mäuse zu achten,
die möglicherweise auch hier von der Decke hingen, obwohl es in diesem Teil der Halle längst nicht mehr so
dunkel war, lief Kim los. Am Ende des Gebäudes befand
sich ein riesiges Tor, das jemand zwar geschlossen hatte,
allerdings fiel durch einen Spalt in der Mitte ein breiter
Balken Licht.

»Warte!«, rief Lunke warnend. »Das ist alles viel zu
gefährlich!«

Atemlos steuerte Kim auf das Tor zu. Dabei schrapp-
ten ihre Klauen so laut über den Boden, dass es von den
Wänden widerhallte, doch nun war es ihr gleichgültig,
wie viel Lärm sie verursachte. Wenn Dörthe noch da
draußen war, würde sie die Männer aufhalten.

Als Kim vor dem Tor abbremste, lief Lunke in sie hinein, so dass sie mit voller Wucht gegen das Metall prall-
ten. Ein lautes Quietschen erklang, das jeden im Um-
kreis von zehn Schweinslängen aufschrecken musste.
Kim reckte neugierig den Kopf vor, um durch den Spalt
zu blicken. Vor dem Gebäude lag ein Betonplatz genauso
wie auf der anderen Seite.

»Was ist?«, flüsterte Lunke hinter ihr. »Was siehst
du?«

Eine schmale Teerstraße, die sie draußen nicht be-
merkt hatten, führte in einer langen Windung zu diesem
Gebäude, und am Ende der Straße parkte der schwarze
Kastenwagen, in dem Mats und Michelfelder Dörthe

mit einem Sack über dem Kopf abtransportiert hatten. Weil die Scheiben getönt waren, konnte Kim nicht erkennen, ob jemand in dem Wagen saß.

»Nun sag schon!«, drängte Lunke sie. Gleichzeitig versuchte er sie zur Seite zu schieben, um selbst etwas sehen zu können.

»Da steht der schwarze Wagen«, erklärte Kim und verlagerte ihr Gewicht, so dass er sie nicht beiseitedrücken konnte. »Keine Ahnung, ob da jemand drinsitzt …« Im nächsten Moment verstummte sie.

Ein grüner Jeep, den sie allzu gut kannte, fuhr langsam die Straße hinauf. Er hatte dem toten Maler Munk gehört, doch nun saß Carlo hinter dem Steuer. Der Wagen rollte langsam heran, blieb zögernd stehen und setzte sich erneut in Bewegung. Offenbar war Carlo unschlüssig, wo er anhalten sollte. An dem schwarzen Kastenwagen rührte sich nichts, aber Kim war nun sicher, dass sie alle da drinhockten – Mats, Michelfelder und hoffentlich auch Dörthe.

Carlo schaltete einmal das Licht an und aus, als müsse er sich zu erkennen geben, dann öffnete er die Fahrertür.

»Was hat das zu bedeuten?« Lunke hatte sich auf Kim gestemmt und dadurch seinen Kopf über ihren gebracht.

Kim antwortete nicht, sondern versuchte ihren Blick zu schärfen.

Carlo stieg mit bedächtigen Bewegungen aus und blickte unsicher zu dem Kastenwagen hinüber. Er hob die Hände und rief: »Ich bin bereit. Von mir aus können wir jetzt reden.«

Er wartete, aber nichts geschah. Keine Reaktion vom Kastenwagen. Weder sprang der Motor an, noch wurde eine Tür geöffnet.

Sie ließen Carlo schmoren, weil sie wussten, dass er Angst hatte.

Plötzlich fiel Kim etwas ein – sie hatten hinter dieser Metalltür einen schönen, sicheren Posten, aber was war, wenn sie Dörthe zu Hilfe eilen mussten? Konnten sie sich durch den Spalt zwängen? Sie reckte den Kopf vor. Nein, da würde allenfalls eine magere Katze durchkommen.

Sie blickte zu Lunke hoch, der sich immer noch schwer auf sie stützte, und versuchte ihn abzuschütteln.

»Kannst du das Tor aufmachen?«, fragte sie.

Er starrte ihr in die Augen. Sie konnte seinen heißen Atem riechen.

»Ich will das Tor gar nicht aufmachen«, erwiderte er flüsternd. »Finde es ganz gut so, wie es ist.«

Kim zwängte sich zurück, so dass er wohl oder übel von ihr ablassen musste.

»Könnte aber sein, dass wir Dörthe befreien müssen.«

Lunke schnaubte abfällig. »Befreien? Ich will niemanden befreien.«

Carlo hielt immer noch die Arme in die Höhe, während er um den Jeep herumging, wobei er seinen Blick stets auf den Kastenwagen gerichtet hielt.

»Leider müssen wir das Programm ein wenig ändern«, rief er mit abgehackter Stimme. Seinen Worten ließ er ein mattes, verlegenes Lächeln folgen. »Das mit dem Geld… hat nicht so geklappt. Ich gebe zu, ich hatte das Geld, habe es im Wald vergraben, aber nun ist es weg… Keine Ahnung, wer es geklaut har. Doch ich habe etwas viel Besseres für euch.«

Kim begriff, dass er Stärke zeigen wollte, aber es misslang ihm völlig. Seine Stimme schwankte, und seine Bewegungen waren fahrig und unkonzentriert.

Er denkt, dass man ihn umbringen könnte, dachte Kim, genau wie den Mann in dem gelben Auto und den weißhaarigen Sven. Aber nein, von dem weißhaarigen Toten wusste er ja nichts.

Carlo öffnete die hintere Klappe am Jeep und holte etwas heraus. Am Kastenwagen rührte sich immer noch nichts.

Es dauerte einen langen Moment, bis Carlo hinter dem Jeep wieder zum Vorschein kam. Kim sah, dass er zwei Bretter in der Hand hielt. Nein, es waren keine Bretter, sondern die zwei Bilder von Robert Munk, die Carlo am Abend zuvor, nachdem er Swara und Finn außer Gefecht gesetzt hatte, von der Wand genommen hatte. Die nackte Rothaarige mit dem kantigen Gesicht und die Rothaarige, die mit fliegenden Haaren auf einem Schwein ritt.

»Was macht der Kerl da?«, knurrte Lunke, der von Bildern noch weniger verstand als Kim.

»Diese Bilder«, rief Carlo, während er an dem Jeep vorbeischritt, »sind viel mehr wert. Ein Vermögen! Garantiert! Damit sollten meine Schulden mehr als beglichen sein, und ihr könnt Dörthe freilassen. Wir werden auch kein Wort zu irgendjemandem sagen. Großes Indianerehrenwort!«

Er hob die beiden Gemälde hoch, aber noch immer regte sich niemand in dem schwarzen Kastenwagen.

Unschlüssig legte Carlo die Bilder auf der Motorhaube des Jeeps ab.

»Wir sollten leicht zu einer Einigung kommen«, sagte er und klatschte in die Hände. »Wie vernünftige Menschen, die auch mal fünf gerade lassen können.«

Seine Worte schienen irgendwo in der Totenstille, die den Platz beherrschte, zu verwehen.

Kim hielt unwillkürlich den Atem an. Gleich musste etwas passieren. Sie dachte an einen Schuss, daran, dass der Kastenwagen plötzlich einen Satz nach vorne machte. Stattdessen jedoch erklang eine mechanische Stimme aus dem schwarz glänzenden Gefährt.

»Wer hat Sven umgebracht?«, dröhnte es scheppernd heraus.

Carlo verzog das Gesicht und hob automatisch wieder die Hände. »Sven? Ich weiß nichts von einem Sven, der umgebracht wurde. Da gab es diesen Toten in dem Wagen im Wald… Diesen Rupert…« Fahrig wischte er sich über das Gesicht und trat von einem Bein aufs andere. »Wenn ihr glaubt, dass ich jemanden umgebracht haben könnte, dann irrt ihr euch gewaltig…«

Kim sah, dass er zum ersten Mal wirklich begriff, worauf er sich eingelassen hatte. Er stand hier mit zwei bunten Bildern Leuten gegenüber, die ihn kaltblütig umbringen könnten – und weit und breit keine Hilfe.

»Du solltest wirklich versuchen, das Tor ein wenig weiter aufzumachen.« Kim warf Lunke einen hastigen Blick zu.

Er reagierte nicht sofort, schob dann jedoch seine Schnauze vor und versuchte sich durch den Spalt zu zwängen. Leise quietschend gab das Metall ein wenig nach.

Carlo machte zwei zögerliche Schritte auf den Kastenwagen zu. Aus irgendeinem Grund war Kim nicht mehr so sicher, dass er keine Waffe bei sich trug. Vielleicht war sie tief in seiner viel zu weiten grauen Hose verborgen.

»Immerhin bin ich gekommen, wie ihr es gewollt habt«, rief Carlo. »Wäre ich gekommen, wenn ich einen von euren Leuten umgebracht hätte? Doch wohl nicht! He, ich bin kein Mörder – nicht mal für Geld. Ich bin Schriftsteller – meine Waffe ist die Feder…« Er schluckte, als hätte er plötzlich einen ganz trockenen Mund.

Wieder passierte nichts. Nicht einmal ein Vogel traute sich, über den Betonplatz zu fliegen.

Als es aussah, als würde Carlo im nächsten Augenblick auf dem Absatz kehrtmachen, wurde endlich die Beifahrertür des Kastenwagens geöffnet.

Ein kleiner unförmiger Mann stieg aus, der so ungelenk war, dass er sich oben an der Tür festhalten musste. Kim sah ihn nur von hinten - schwarzer Anzug, schwarze Schuhe, Hände, die sorglos herabbaumelten. Seine Haare waren lockig und zogen sich in einem Kranz um seinen Kopf.

»Wir wollen wissen, wer Sven getötet hat!«, rief der Mann.

Carlo lächelte matt. Es schien ihn zu beruhigen, dass er nun ein Gegenüber hatte.

»Du musst noch weiter schieben.« Kim stieß Lunke an. Er war von dem Geschehen so gebannt, dass er reglos nach draußen starrte.

Der unförmige Mann trat vor den Kastenwagen, verharrte dort einen Moment und schritt dann weiter, so dass er Kim sein bärtiges Profil präsentierte. Er steckte sich eine Zigarette an und blies den Rauch des ersten Zuges zu Carlo hinüber – abfällig und überlegen.

Kim hatte den Mann schon mehrmals gesehen – zum ersten Mal in der Zeitung, die Cecile angeschleppt hatte, als sie lesen lernen wollten, dann nachts mit Michelfelder im Wald. Er hatte übel nach Parfüm gestunken, was er nun eigenartigerweise nicht tat.

»Wir wollen wissen, wer Sven getötet hat!«, wiederholte der Mann.

Carlo schüttelte den Kopf. »Bornstein«, sagte er. »Es ist alles ein Missverständnis – wir sollten wie vernünftige Menschen miteinander reden. Ich habe den Toten im Wald gesehen, dann den toten Schwan und das komische Fusselschwein. Das wart ihr, nicht wahr? Den Schwan und das Schwein habt ihr uns hingelegt?«

Der Mann nahm einen weiteren Zug. »Wir reden hier nur über den blonden Sven.«

Carlo drehte sich zu dem Jeep um und deutete auf die Bilder. »Hier ist mein Einsatz, und außerdem habe ich

242

noch etwas … wird dich freuen, Bornstein.« Nervös griff er in seine Jackentasche.

Kim beobachtete, wie der dicke Mann zusammenzuckte und seine rechte Hand in seinem Anzug nach einer Waffe tastete.

»Ich würde auch auf mein Stück verzichten – schweren Herzens. Hab sechs Monate daran gearbeitet.« Carlo brachte ein Bündel weißer Papiere zum Vorschein. »Dörthe muss zurückkehren – wenn nicht, habe ich spätestens heute Mittag die Polizei am Hals.«

Bornstein lachte spöttisch und schnippte seine Zigarette nach den Papieren. »May, deine Schmierereien interessieren mich nicht mehr. Die ganze Welt weiß, dass du ein Scheißkerl bist. Hast du ja jetzt wieder mal bewiesen. Beklaust ohne jeden Skrupel einen Toten. Was ist eigentlich mit dem Heroin? War der Stoff noch im Auto?«

Empörung malte sich auf Carlos Gesicht ab. Er riss den Mund zu einer heftigen Erwiderung auf, doch dann steckte er lediglich die Papiere in seine Jacke zurück. »Bornstein«, sagte er nach einem Moment des Zögerns, »mit eurem Heroin will ich nichts zu tun haben. Wusste gar nicht, dass du auch als Dealer Geld verdienst.«

Der dicke Mann lachte wieder, doch nun klang es humorlos und gefährlich.

»Gleich gibt es Ärger«, flüsterte Kim vor sich hin. Dafür hatte sie einen untrüglichen Sinn.

»May«, erklärte Bornstein, »du bist ein Idiot, wenn du glaubst, dass ich auf den Deal eingehe. Was soll ich mit diesen Kleckereien anfangen? Mir in die gute Stube hängen, wo jeder sie sieht? Nein, so blöd bin ich nicht. Ich gebe dir vierundzwanzig Stunden, um das Geld aufzutreiben – oder den Stoff, das ist mir egal. Und jetzt kannst du die hübsche rothaarige Lady mitnehmen. Wir verstehen uns hoffentlich, auch ohne dass wir sie weiter bei uns beherbergen müssen.« Er drehte sich um und gab den anderen, die noch im Auto saßen, einen herrischen Wink.

Die Fahrertür und die linke hintere Tür wurden sogleich geöffnet. Michelfelder und Mats stiegen aus. Michelfelder war blass und schwitzte in seinem schwarzen Anzug. Man sah ihm an, wie unwohl er sich fühlte. Mats hatte ein ernstes, verschlossenes Gesicht. Er wirkte übernächtigt.

Sie nickten Bornstein zu, der sie allerdings gar nicht beachtete, weil er Carlo im Blick behielt, und gingen zur hinteren Klappe des Wagens.

Plötzlich erstarrte Michelfelder mitten in der Bewegung – er stierte vor sich hin, die Augen genau auf Kim gerichtet. Sie zuckte zurück und stieß auch Lunke an, es ihr gleichzutun.

Hatte er sie entdeckt? Er kniff die Augen zusammen, blinzelte.

»Was ist?«, fragte Mats ihn unfreundlich.

»Bringen wir es endlich hinter uns«, antwortete Michelfelder und schüttelte den Kopf.

Sie öffneten die Klappe und beugten sich in den Wagen.

Neugierig machte Kim wieder einen Schritt vor. Die

beiden Männer luden etwas aus – einen chromglänzenden Stuhl mit zwei großen Rädern. An Michelfelders Stirn traten die Adern hervor, so sehr musste er sich anstrengen. Auch Mats schnaufte, doch offenbar eher, weil ihm das alles nicht behagte.

Kim konnte zwischen den Männern einen roten Haarschopf erkennen, dann, als der Rollstuhl gedreht wurde, sah sie ein rotes Kleid, blasse Waden, nackte, schmutzige Füße.

Ein tiefer Schrecken durchfuhr sie vom Kopf bis in die Schwanzspitze.

Dörthe saß da in diesem Stuhl – oder besser gesagt eine Person, die Dörthe vage ähnelte. Der Kopf war ihr auf die Brust gesunken, Speichel lief ihr aus dem schiefen Mund, mit offenen Augen glotzte sie vor sich hin. Sie war lebendig – und wirkte doch wie tot.

»Bertie«, flüsterte Kim voller Entsetzen. »Das kann nicht sein!«

Auch Lunke schnaufte angespannt auf.

»Wir mussten sie ein wenig betäuben – damit sie uns nicht erkennt«, bemerkte Bornstein, als er Carlos vor Schreck geweitete Augen sah. »Verstehst du sicher.« Mit einer befehlenden Handbewegung bedeutete er Michelfelder und Mats, den Rollstuhl zu Carlo zu schieben. »Kannst die Lady jetzt mitnehmen. Das Kabriolett bringt Mats dir später.«

»Ich weiß nicht«, stammelte Carlo. »Ich bin mir nicht sicher, ob das eine so gute Idee ist. Seid ihr sicher, dass sie in Ordnung ist?«

»Keine Sorge, wir haben alles im Griff.« Bornstein lachte erneut humorlos auf.

Kim spürte heiße Wut in sich aufsteigen, dann dachte sie an ihren Schwur und an das Kind, das in Dörthe heranwuchs.

Im nächsten Augenblick, während die Wut sie buchstäblich zittern ließ, geschah jedoch etwas, das die vier Männer in vollkommenes Erstaunen versetzte.

Dörthe erhob sich mit einem jammervollen Seufzen, sie machte eine Geste, als wollte sie vor ihren Peinigern wegrennen – oder als wollte sie sich vor ihnen verneigen, ganz war das nicht auszumachen, denn einen Wimpernschlag später, kaum hatte sie einen schwankenden Schritt getan, stürzte sie und fiel, ohne einen weiteren Laut von sich zu geben, frontal auf ihr Gesicht.

»Lunke, ich kann nicht mehr warten!«, schrie Kim und stürmte aus ihrem Versteck auf den Betonplatz.

24

Wenn sie ehrlich war, hatte sie schon oft davon geträumt – von einem imposanten Auftritt in einer Manege, so wie Doktor Pik es ihr von seinem Wanderzirkus erzählt hatte, wenn sie nachts im Stall gelegen hatten und nicht schlafen konnten, weil ihnen der Vollmond ins Gesicht schien. Ein Vorhang öffnete sich, wunderbare Musik erklang, und sie trat heraus, Kim, die Rampensau, hatte ihren Auftritt, bewegte sich ins gleißende Licht, Applaus der Menschen brandete auf, und alle Augen waren erwartungsvoll auf sie gerichtet. Welche Kunststücke würde sie vorführen – mit welchen artistischen Einlagen würde sie ihr Publikum in Atem halten?

In ihrem Rücken hörte Kim nur ein lautes »Nein!«, das Lunke ihr hinterherschleuderte.

Über dem Platz hing das Gesicht von Bertie. Er nickte ihr lächelnd zu. Ja, es war richtig, was sie tat.

Kim grunzte übermütig, knurrte dann, beinahe als wäre sie ein gefährlicher Hund.

Die Männer stoben wild gestikulierend und völlig überrumpelt auseinander.

Hinter ihr rief Lunke noch einmal »Nein« – und »Das ist doch Wahnsinn!«, aber sie würde es nicht zulassen, dass diese Männer sich weiterhin an Dörthe und ihrem Kind vergriffen.

Zuerst nahm Kim sich Bornstein vor. Sie biss ihn ins Bein, so dass er mit einem lauten Schrei zurückwich. Michelfelder floh ängstlich in den schwarzen Kastenwagen, wie sie aus dem Augenwinkel wahrnahm, während Mats in seine Tasche griff und eine schwarze Waffe hervorholte. Er gab einen lauten Schuss in die Luft ab, von dem Kim sich jedoch nicht einschüchtern ließ. Mit einem heftigen Kopfstoß und einem weiteren schrillen Grunzer trieb sie Bornstein endgültig von dem Rollstuhl weg, der in dem Tumult umgekippt war. Dörthe lag immer noch am Boden, hatte die Augen geschlossen, doch ein seliges Lächeln erhellte ihr Gesicht und ließ es wieder lebendiger erscheinen, als würde sie spüren, dass Kim zu ihrer Rettung gekommen war.

»Schafft mir diese Bestie vom Hals!«, brüllte Bornstein nach Kims zweitem Angriff.

Kim bemerkte, dass Mats die Waffe tatsächlich auf sie gerichtet hielt.

Bertie, dachte sie, du hast versprochen, dass alles gut geht. Doch mit einem Schlag verließ sie alle Kraft. Die Knie wurden ihr weich, ihr Herz pumpte offenbar kein Blut mehr, sondern nur noch heiße Luft. Was habe ich für eine Dummheit gemacht?, war der letzte Gedanke, der ihr durch den Kopf ging.

Der Knall war noch lauter als der erste, Bornstein und Mats schrien gleichzeitig auf, und Lunke grunzte kehlig.

Als Kim sich umdrehte, sah sie, dass beide Männer sich am Boden wälzten. Offensichtlich hatte Lunke beschlossen, ihr zur Hilfe zu kommen, und Mats mit seinen Eckzähnen attackiert und umgerannt. Aber warum wälzte sich auch Bornstein im Dreck?

Kim konnte vor Aufregung gar nicht mehr denken. Sie registrierte vage, wie Lunke herumwirbelte und erneut an ihr vorbeiwischte, ein böser, wild grunzender Schatten. Nun nahm er sich Carlo vor, den sie völlig aus den Augen verloren hatte. Ein weiterer Schuss erklang, der nicht von Mats stammen konnte, weil der noch dabei war, sich mühsam aufzurappeln. Bornstein hielt sich das linke Bein, das blutete. Er wimmerte, dann blickte er mit schreckensbleichem Gesicht auf und schrie Mats heiser an: »Nun erschieß dieses Monsterschwein endlich!«

Im nächsten Moment heulte der Motor des Kastenwagens auf. Offensichtlich wollte Michelfelder die Flucht ergreifen.

Vielleicht solltest du nun auch besser verschwinden, sagte plötzlich der ewig lächelnde Bertie in ihrem Kopf.

He, erwiderte Kim stumm. Dieses gefährliche Durcheinander hast du mir eingebrockt.

Orientierungslos drehte sie sich einmal um sich selbst. Wo war Dörthe? Lag sie noch neben ihrem Rollstuhl? Carlo schrie auf. Kim beobachtete, wie ihm im Fallen seine Pistole aus der Hand fiel. Er schlug so hart

249

auf dem Rücken auf, dass es klang, als würde irgendwo ein Ast brechen. Lunke kannte jedoch kein Pardon. Er stürzte sich furchterregend fauchend abermals auf ihn.

Irgendwo in der Ferne war schwach eine Sirene zu hören.

»Schieß endlich!«, schrie Bornstein erneut.

Kim wandte sich panisch um. Mats stand wieder auf den Beinen, er schwankte, sein Gesicht war aschfahl. In der Hand hielt er die Pistole. Er schaute zu Bornstein, der versuchte, sich aufzurichten. Der Blutfleck an seinem Bein wurde immer größer.

Lunke brüllte: »Kim, hau ab!«, aber sie konnte sich nicht bewegen. Drei dunkle Augen starrten sie an – zwei gehörten Mats, das dritte war in seiner Hand und gehörte zu der Pistole.

Die Sirene flog immer lauter heran. Der Kastenwagen rumpelte los, vorbei an Mats, der ebenso erstarrt zu sein schien.

»Schieß endlich!«, wiederholte Bornstein mit schriller Stimme.

Plötzlich musste Kim an ihre Mutter denken. Irgendwo jenseits des blauen Himmels wartete die fette Paula auf sie, und gleich würde ihre Seele ihr – hoffentlich weiß und unbefleckt – entgegentreiben. Dagegen konnte sie nun nichts mehr unternehmen. Mats würde schießen, daran bestand kein Zweifel, und es war ein Fehler gewesen, auf den lächelnden Bertie zu hören.

»Kim – beweg dich!«, brüllte Lunke.

Paulas Gesicht in ihrem Kopf schien alles zu verdrängen, jeden Gedanken an Flucht oder Rettung. Ihre Mutter lächelte nicht, sondern blickte mürrisch und unduldsam vor sich hin, als würde sie sich keineswegs auf ihr baldiges Wiedersehen freuen.

Dann explodierte der Schuss.

Kim fiel auf die Seite, ja, es riss ihr förmlich die Beine weg. Ein heftiger Schmerz jagte durch ihren Körper.

»Verdammt!«, grunzte Lunke an ihrem Ohr. Seine braunen Augen starrten in ihre. Sie sah sich selbst, klein und schwach, und begriff, dass er sich auf sie gestürzt hatte. Sie war gar nicht getroffen worden. Lunke hatte sie gerettet.

»Verdammt«, sagte er noch mal, leiser nun und mit schmerzverzerrtem Gesicht. Er versuchte auf die Beine zu kommen, weg von ihr, damit auch sie aufstehen konnte. Er ruckte zurück, ein Zittern lief durch seinen Körper, und er sank wieder zusammen.

Voller Entsetzen sah Kim, dass Blut aus seinem Fell tropfte.

Er ist getroffen! Dieser Gedanke schlug wie ein Blitz in ihrem Kopf ein. Voller Angst blickte sie sich um. Dörthe lag weiterhin ohne jede Regung am Boden, immerhin hatte sie nun die Augen geöffnet. Bornstein hingegen hatte sich mittlerweile in eine sitzende Position gebracht und zerrte wütend an seiner blutigen Hose herum, während Carlo die Flucht ergriffen hatte. Auf allen vieren kroch er Richtung Teerstraße. Auch er schien zu bluten.

»Kim …« Lunke stöhnte voller Schmerzen auf. »Wir

sollten vielleicht…« Er verstummte, und sein Kopf sank zurück.

Als sie sich umwandte, sah sie Mats. Mit wildem Blick ragte er über ihr auf. Die Pistole erneut auf sie gerichtet. In seinen Augen stand Angst – und Mordlust.

Kim gab den lautesten Grunzer von sich, den sie jemals ausgestoßen hatte, dann sprang sie vor, flog förmlich über den blutenden Lunke hinweg genau auf Mats zu. Den Knall der Pistole hörte sie noch. Dann stürzte sie in eine tiefe, lautlose Dunkelheit.

»Es ist leider so«, sagte der lächelnde Bertie mit sanfter Stimme. »Auch ich kann mich mal irren. Aber da, wo ich jetzt bin, haben Irrtümer keine Bedeutung. Auch Raum und Zeit zählen nicht mehr, sind sozusagen überflüssig geworden.« Er blickte in die Ferne, an Kim vorbei.

War da irgendwo ein Licht am Himmel – ein besonders großer Stern? Und hörte sie Musik, oder war das nur der Wind, der um sie strich?

»Was zählt denn da, wo du jetzt bist?«, fragte sie zaghaft.

»Oh«, sagte er. »Das ist leicht. Unsere Aura zählt.«

»Aura?«

»Was wir ausstrahlen! Wer wir sind! Ich zum Beispiel habe die Aura des freundlichen Ratgebers – hatte ich auf der Erde schon, aber nun ist sie viel echter und tiefer.«

»Auch wenn deine Ratschläge zu Irrtümern führen?«, wagte Kim einzuwenden.

»Nun ja…« Bertie verlor sein ewiges Lächeln und

verzog das Gesicht. »Gegen einen Irrtum ist niemand gefeit…«

Plötzlich wurde der Wind lauter, erhob sich zu einem Dröhnen, dann blies er ihr so heftig ins Gesicht, dass es sie förmlich durchschüttelte.

Was sollte das? Missmutig schlug Kim die Augen auf, und der zerknirschte Bertie verschwand augenblicklich.

Eine blonde Frau hockte neben ihr und strich ihr über das Fell. Dieses Lächeln, dieser Geruch … Kim brauchte einen tiefen Atemzug lang, um zu begreifen, dass Swara sie anschaute.

»Na, kluge Kim«, sagte sie besänftigend. »Was für eine Aufregung, nicht wahr?«

Kim hob den Kopf. Sie lag auf der Seite, umringt von Männern in Uniformen, die aufgeregt umherliefen. Was war passiert? Warum war sie ohnmächtig geworden?

Sie schüttelte sich, und Swara wich zurück. Marcia Pölk, die Polizistin mit den dunkelroten Haaren, kam zu ihr und kauerte sich neben sie.

»Kollegin«, sagte sie, »lassen Sie das Schwein am besten wieder auf den Hof bringen. Und dann kümmern Sie sich bitte um Frau Miller. Die Saukerle haben die gute Frau mit K.o.-Tropfen betäubt.«

Swara nickte und griff nach ihrem silberfarbenen Apparat, während die Polizistin sich wieder erhob. Kim nutzte die Gelegenheit, sich aufzurichten. Ihre Beine waren so schwach, dass sie sich kaum halten konnte. In ihrem Kopf dröhnten noch immer die Schüsse nach, aber allmählich klärte sich zumindest ihre Sicht. David

Bauer, der Polizist, lief ebenfalls umher und gab lautstark Anweisungen. Carlo stand mit zwei Männern an einem Polizeiwagen. Man hatte ihm die Hände gefesselt. Mats wurde gleichfalls von Polizisten umringt. Er musste seine Hände auf das Autodach legen, und sie tasteten ihn ab und forderten ihn auf, seine Taschen zu leeren. Nur Bornstein kauerte noch am Boden. Jemand hatte seine Hose aufgerissen und umwickelte sein blutiges Bein mit einem leuchtend weißen Verband.

Wo waren all die Leute so schnell hergekommen?, fragte Kim sich. Waren sie mit den Sirenen herangeflogen?

Michelfelder hatte doch nicht fliehen können. Der schwarze Kastenwagen stand mit offenen Türen quer auf der Straße. Dörthes früherer Geliebter saß auf dem Rücksitz, neben sich eine Polizistin. Er sagte kein Wort, sondern wischte sich ständig mit einem Tuch über das Gesicht, als wäre ihm zu heiß.

Aber wo war Dörthe?

Swara wandte sich Kim wieder zu und strich ihr behutsam über den Kopf. »Na, mein Schweinchen«, flüsterte sie ihr ins Ohr. »Keine Sorge – es ist alles gut. Gleich kommst du wieder auf deine Wiese und hast deine Ruhe.«

Kim gab einen leisen dankbaren Grunzer von sich. Am liebsten hätte sie sich obendrein noch an Swara geschmiegt. Merkwürdig, dass anscheinend auch sie auf einmal zu den Polizisten gehörte. Im Vorbeigehen klopfte ihr Bauer auf den Rücken und sagte: »Gut, dass du uns sofort alarmiert hast. Leider haben wir noch keine Drogen gefunden. Fehlanzeige bisher.« Er wartete keine Erwiderung ab, sondern lief zu dem jammernden Bornstein weiter.

Kim reckte den Hals. Dörthe musste doch irgendwo sein. Ja, da saß sie in dem Rollstuhl, den man wieder aufgerichtet hatte. Die rothaarige Polizistin flößte ihr etwas zu trinken ein und schob ihr eine Haarsträhne aus dem Gesicht. Dörthe glotzte immer noch vor sich hin, doch dann nickte sie leicht und versuchte den Arm zu heben, als Zeichen, dass sie die Polizistin verstanden hatte.

Vor Erleichterung atmete Kim tief ein. Sie hatte es geschafft – sie hatte Dörthe gerettet, genau, wie sie es sich geschworen hatte, und anscheinend war auch dem Kind in Dörthes Bauch nichts passiert. Jedenfalls machten weder Marcia Pölk noch die anderen Polizisten einen sonderlich beunruhigten Eindruck.

Bertie, flüsterte Kim vor sich hin und blickte kurz zum Himmel auf, tut mir leid, wenn ich dir Unrecht getan habe.

Carlo und Mats wurden von vier Polizisten zu einem größeren Wagen geführt, dessen Fenster vergittert waren. Mit erschöpften, mutlosen Gesichtern stiegen sie ein, dann wurde die Tür zugeschlagen, und auf ein Zeichen von Bauer setzte sich der Wagen in Bewegung. Als Letztes registrierte Kim, wie Carlo durch das Fenster starrte, die Augen voller Hass geradewegs auf sie gerichtet. Sollte er sie ruhig hassen – er war keine Gefahr mehr, sie würde ihn niemals wiedersehen.

255

Plötzlich, während sie zaghaft den ersten Schritt tat, bemerkte sie das Blut auf dem rissigen Beton vor ihr. In dem Durcheinander war es ihr nicht aufgefallen, aber einer fehlte – einer, der vorhin noch da gewesen war, war nirgends zu entdecken.

Wo war Lunke?

Kim wandte sich mit zitternden Beinen um, drehte sich einmal um sich selbst, so schnell sie konnte. Verdammt, Lunke, wo bist du abgeblieben? Lag er irgendwo verblutet an einem Wagen? Hatte man ihn schon weggeschafft, um ihr den Anblick zu ersparen? Nein, so feinfühlig waren die Menschen nicht.

Sie glaubte eine Blutspur auszumachen, die zu dem Metalltor führte, aber als sie ihr folgen wollte, um nach Lunke zu suchen, wurde sie von Swara gepackt.

Kim quiekte auf, als hätte ihr jemand einen Tritt versetzt, doch diesmal wich die blonde Frau nicht zurück.

»Keine Panik, Kim!«, rief sie lachend, als wäre das Ganze ein fröhliches Spiel. »Dir passiert nichts. Wir bringen dich zurück in deinen Stall.«

Nein, wollte Kim schreien, ich will nicht zu den anderen zurück, nicht, solange ich nicht weiß, was mit Lunke passiert ist.

Doch kaum hatte sie versucht, sich aus Swaras Griff zu befreien, hatten vier andere Hände sie ergriffen und hielten sie eisern fest, bis ein Wagen mit einem Anhänger vorfuhr, in den man sie unsanft verfrachtete.

25

»Schwein Nummer vier, du solltest unbedingt etwas fressen.« Che strich um sie herum und schaute sie mitleidig an.

Die Sonne stand hoch am Himmel. Kim lag unter ihrem Apfelbaum. Hatte sie geschlafen oder nur düsteren Gedanken nachgehangen? Sie wusste es nicht. Sie fühlte sich müde und ausgelaugt, und die Trauer um Lunke setzte ihr zu. Er hatte sie gerettet. Wenn sie nicht so töricht gehandelt hätte, wäre ihm nichts passiert. Aber sie hatte ja unbedingt ihren großen Auftritt haben müssen...

»Lass mich in Ruhe, Che«, murmelte sie vor sich hin. »Und hör auf, mich Nummer vier zu nennen!«

Mürrisch verzog er den Rüssel, doch richtig böse schien er ihr nicht zu sein.

»Schweine müssen fressen«, sagte er leise. »Fressen hilft gegen Kummer und Trauer und...«

»Brunst kann meine Portion haben«, unterbrach Kim ihn. Wenn Che den Verständnisvollen mimte, war er ihr ganz und gar nicht geheuer.

Mit einem unverständlichen Gruß drehte Che ab und trabte zu den anderen, die gebannt zu ihnen herübergeblickt hatten.

Kim sah, dass die Polizisten sich noch immer im Haus aufhielten. Dörthe saß unter einem Sonnenschirm. Finn hatte ihr Kaffee gebracht und ihr eine Decke über die Beine gelegt, obwohl es gar nicht kalt war. Mit einem Lächeln hatte sie seine Fürsorge quittiert, und er hatte kurz ihre Hand ergriffen. Während Marcia Pölk und Swara sich mit Dörthe besprachen, schaute sich Bauer oben in dem Zimmer um, in dem Carlo gewohnt hatte. Ein-, zweimal konnte Kim seine Silhouette ausmachen. Dann öffnete er das Fenster und rief hinunter. »Drogen hat er hier oben nicht versteckt, aber er hat Gedichte geschrieben. Über Sie, Frau Miller, und Ihre Schweine. Er hat sie seine ›Sauhirtin‹ genannt und ›Schweinemaid‹. Echt poetisch!« Bauer lachte und klappte das Fenster wieder zu.

Kim hätte gerne gehört, was Dörthe zu sagen hatte, über ihre Entführung und die Männer, aber sie konnte sich nicht aufraffen, sich zum Zaun zu schleppen.

Nach Che trippelte Cecile heran und versuchte sie aufzuheitern. Kim schickte sie mit einem barschen Grunzer weg.

Klar, die anderen waren neugierig, sie wollten wissen, was ihr widerfahren und warum Dörthe zurückgekehrt war, doch Kim wäre es wie ein Verrat an Lunke vorgekommen, jetzt über ihn und ihr Abenteuer zu sprechen. Außerdem schnürte es ihr die Kehle zu, wenn sie nur an ihn dachte. Er hatte geblutet, und er war so schwach gewesen, dass er kaum noch den Kopf hatte heben können.

Eigentlich konnte das nur eines bedeuten: Sie hatte ihn umgebracht – wegen ihr war er nun tot. Vielleicht hatte er es noch geschafft, sich irgendwo in eine Ecke zu schleppen, um da einsam und ohne ihren Trost zu sterben. Und gleich, wenn es dunkel geworden war, würden die fliegenden Mäuse sich auf ihn stürzen, würden ihn auffressen, ihn zerfleischen, ihm das Blut aussaugen, bis nichts mehr von ihm übrig war …

Immer düsterere Gedanken türmten sich in ihrem Kopf.

Eigentlich hätte sie sich aufmachen müssen, ihn suchen – und sie müsste es seiner Mutter sagen, müsste Emma gegenübertreten und ihr alles erklären – der Schuss, das Blut. Lunke … Fritz, Ihr Sohn … er ist leider … hat sich geopfert, um … Ach, sie würde es nicht einmal schaffen, der Bache zu gestehen, dass sie beide entgegen ihrer Warnung zu der Festung der Blutsauger gelaufen waren.

Kim schloss die Augen. So viel Trauer und Verzweiflung hatte sie noch nie gespürt.

Bertie, dachte sie, du könntest mir wenigstens ein Zeichen geben, doch sie empfing nichts. Kein Wollschwein tauchte mit tröstenden Worten in der Dunkelheit auf, die sie einhüllte.

Als sie hörte, wie ein Auto vom Hof fuhr, öffnete Kim die Augen wieder. Nun saßen Finn und Dörthe allein da. Sie tranken rote Flüssigkeit aus gewölbten, kostbar aussehenden Gläsern. Dörthe konnte sogar schon wieder lachen, und Finn beugte sich vor und küsste sie auf den Mund.

»Ich weiß nicht genau, was geschehen ist«, sagte Doktor Pik, der plötzlich neben ihr lag, »aber ich weiß, dass es etwas sehr Schlimmes gewesen sein muss. Du bist klug, Kim, allerdings auch sehr verletzlich. Da ist das Leben nicht immer einfach.«

Kim nickte unmerklich. Es tat gut, Doktor Piks sonore Stimme zu hören. Die Sonne begann hinter den Baumwipfeln zu verglühen. Über ihnen sangen harmlos die Vögel.

»Habe ich schon einmal erzählt, wie ich mich unsterblich verliebt habe?« Doktor Pik wartete ihre Antwort gar nicht ab. »Ich war noch jung, sah ziemlich gut aus und hatte gerade in meinem Zirkus angefangen. Plötzlich, als ich morgens zum Training in die Manege kam, stand sie da. Sie hieß Anna und sah dir ein wenig ähnlich, Kim. Ich habe mich auf der Stelle in sie verliebt. Wir sollten zusammen auftreten. Das war der Plan, doch Anna war zu verträumt. Sie verpasste ständig ihren Einsatz. Ich habe ihr geholfen, so gut ich konnte. Trotzdem klappte es nicht. Bei jedem Auftritt hatte ich Angst um sie. Wir waren Tag und Nacht zusammen, haben nachts nebeneinandergelegen und uns Geschichten erzählt. Sie roch so wunderbar, und ihre Haut – sie hatte eine Haut, die mich magisch angezogen hat. Ich war so froh, nicht mehr einsam zu sein.« Doktor Pik verstummte für einen Moment, in der Erinnerung versunken. »Eines Tages dann

260

war sie verschwunden. Ich hatte allein trainiert, und als ich zurückkam, war sie nicht mehr da. Das letzte Bild, das ich von ihr habe, war, wie sie auf unserer winzigen Wiese stand. Es war Winter, und es schneite, große Flocken fielen vom Himmel, und sie stand da im Schneelicht und sah mir traurig nach, als wüsste sie, was ihr bevorstand.«

»Flocken, die vom Himmel fielen, und Schneelicht?«, fragte Kim. »Was ist Schneelicht?«

Doch Doktor Pik antwortete nicht. Er schluckte und fuhr fort: »Später bin ich darauf gekommen, dass meine Liebe sie vertrieben hat. Sie war guter Hoffnung, hätte Ferkel gekriegt, da hat mein Herr sie weggegeben. Ich war wieder allein und wäre am liebsten gestorben. Stattdessen habe ich abends meine Kunststücke aufgeführt, als wäre nichts geschehen. Vergessen habe ich Anna nie. Noch heute sehne ich mich jede Nacht nach ihr.« Doktor Pik seufzte. Er sah sie betrübt an. »Bist du dir sicher, dass Lunke etwas zugestoßen ist?«

Sie nickte. »Er hat geblutet, konnte nicht mehr aufstehen …« Mit wenigen Worten beschrieb sie Doktor Pik, was an der Festung der Blutsauger vorgefallen war.

»Vielleicht kann ein schönes, erfülltes Leben für uns doch nur in Träumen stattfinden«, sagte er, dann warf er ihr einen Blick zu, der eher traurig als aufmunternd war, und lief in den Stall.

Auch Brunst gesellte sich für einen Moment zu ihr. Er kaute an einem langen Kanten Brot und baute sich vor ihr auf, als wollte er eine Rede halten. Den Kopf hielt er in die Höhe, wie Che es bei seinen Ansprachen immer tat. Doch er grummelte nur: »Lunke ist erst dann tot, wenn du ihn tot vor dir siehst.« Dann rülpste er laut und verschwand wieder.

Merkwürdigerweise waren ihr diese Worte ein größerer Trost als die Geschichte von Anna, die Doktor Pik ihr erzählt hatte.

Lunke ist erst dann tot, wenn du ihn tot vor dir siehst. – Verstohlen blickte sie immer wieder zum Wald hinüber. Was müsste sie tun, damit der wilde Schwarze plötzlich wieder auftauchte?

Bertie, flüsterte sie stumm, kannst du mir heute Nacht nicht wieder ein paar Sternschnuppen schicken, damit ich mir etwas wünschen kann?

Doch Bertie zog es vor, nicht zu antworten. Vielleicht hatte er Angst vor einem weiteren Irrtum.

Als es dunkel wurde, trotteten die anderen in den Stall. Sie bewegten sich langsam und verzagt, als hätte Kim sie mit ihrer Trauer angesteckt. Finn und Dörthe hatten ein paar Kerzen auf den Tisch vor sich gestellt und unterhielten sich noch, doch auch sie wirkten plötzlich ernster und nicht mehr so ausgelassen. Irgendwann war Finn dann auch verschwunden, und Dörthe kam allein über die Wiese auf Kim zu. Zu ihrem großen Erstaunen hockte sie sich neben sie auf den Boden, ohne auf ihre Kleider zu achten, und hielt ihr eine lange Möhre hin. Eigentlich hatte Kim überhaupt keinen Hunger, aber sie wusste, dass sie Dörthe enttäuschen würde, wenn sie nicht zubiss, also streckte sie ihre Schnauze vor und pflückte ihr die Möhre vorsichtig aus der Hand.

262

»Ich bin dir dankbar«, sagte Dörthe nachdenklich, während sie zum Haus hinüberstarrte. Die Kerzen brannten, sonst war alles dunkel. Keine Spur von Finn. »Ich habe zwar nicht viel mitgekriegt, aber ich weiß, dass du mich gerettet hast. Seltsam, aber du bist ja auch ein besonderes Schwein.«

Dörthe legte den Arm um sie, und Kim grunzte leise.

Plötzlich begriff sie, dass Che fürchterlich unrecht hatte – Menschen und Schweine waren gar keine Feinde. Nun, zumindest waren nicht alle Menschen Schweinen feindlich gesinnt. Dörthe wusste, dass Leben an sich kostbar war, nicht nur ihr eigenes oder das ihrer Artgenossen.

Kim schloss die Augen und räkelte sich neben Dörthe, und für ein paar Momente war es ihr, als könnte sie die Menschenfrau neben sich verstehen: dass sie selbst nicht wusste, was sie mit ihrem Leben anfangen sollte – wie würde sie weiterleben, wenn ihr Kind auf der Welt war, sollte sie Finn an sich heranlassen, könnte sie ihn vielleicht sogar lieben?

Ich glaube, sagte Kim ihr stumm, es könnte eine gute Idee sein, Finn zu lieben. Niemand sollte vor der Liebe davonlaufen, und vielleicht hätte auch ich mich auf Lunke einlassen sollen, statt ihn … Bei diesem Gedanken wurde ihr ganz mulmig zumute, und sie konnte nicht mehr weiterdenken.

Dörthe blickte sie an, als hätte die Gedankenübertragung tatsächlich funktioniert.

»Ja«, sagte sie. »Finn ist nett – er ist bestimmt auch

sehr kinderlieb.« Dann stand sie auf, klopfte sich die Erde von ihrem Kleid und ging zum Haus zurück. Sie löschte die Kerzen auf dem Tisch und verschwand lautlos in der Dunkelheit.

Nun lag Kim wieder allein da. Sie blickte zum Himmel. Viele winzige Lichter blinkten dort, doch keine einzige Sternschnuppe wischte über sie hinweg.

Bertie, dachte sie, darf man sich auch ohne Sternschnuppe etwas wünschen?

Sie schloss die Augen und wünschte sich Lunke herbei. Als sie die Augen wieder öffnete und zum Durchlass herüberschaute, war da jedoch niemand – nur leere, trostlose Schwärze.

»Weißt du jetzt wenigstens, wer das Wollschwein umgebracht hat?«, fragte Che am nächsten Morgen. Er scharwenzelte schon eine Weile um sie herum, nachdem Edy ihn aus dem Stall gejagt hatte, weil er frisches Stroh herangefahren hatte.

»Bertie«, erwiderte Kim missmutig, »das Wollschwein hieß Bertie. Du kannst ruhig seinen Namen nennen.«

Che legte seinen Rüssel in Falten und rollte mit den Augen. »Und du weißt, wer von den Menschen der Mörder war?«

»Kann schon sein«, sagte sie vage. Eigentlich hatte sie darüber noch gar nicht nachgedacht, aber da Bornstein nicht darüber hatte sprechen wollen, hatten vermutlich der weißhaarige Sven und Mats die Drahtschlinge um

Berties Hals gelegt und zugezogen. Bei dem Gedanken daran krampfte sich ihr leerer Magen zusammen.

»Wir wollen von nun an freundlicher miteinander umgehen«, versuchte Che es weiter. »Wir könnten dich aufmuntern … Brunst möchte dir seinen schönsten Kohlkopf bringen, und Cecile möchte dir von ihren Träumen erzählen – wie sie einmal mit einem laut krächzenden Raben um die Welt geflogen ist. Und ich …« Er verstummte.

Kim schaute ihn an. »Ja?«, fragte sie. Wollte Che ihr nun gestehen, dass er sie insgeheim liebte? Besser nicht – solche Bekenntnisse wollte sie gar nicht hören.

Die ganze Nacht hatte sie auf dem Hügel verbracht und auf Sternschnuppen gewartet. Irgendwann war sie erschöpft eingeschlafen. Sie hatte geträumt, dass man sie auf einen Transporter verladen und auf einer endlosen Wiese freigelassen hatte. Da hatte sie allein gestanden und sich gefürchtet. Zum Glück war in dem Traum kein toter Lunke vorgekommen.

»Nun«, fuhr Che verlegen fort. »Ich habe mir überlegt, wie ich dir helfen kann … jetzt, wo der wilde Schwarze anscheinend das Zeitliche gesegnet hat …« Er brach ab und blickte zum Hof.

Ein größerer Wagen fuhr vor, aus dem zwei olivgrüne Männer mit Hunden sprangen. Auch Marcia Pölk und Bauer tauchten auf, und dann begann einer der Hunde den Hof abzuschnüffeln. Der andere wurde ins Haus geführt. Anscheinend suchten die Polizisten immer noch nach dem Geld.

Als Kim sich wieder umdrehte, war Che zum Stall zurückgelaufen. Nun, das war auch besser so. Er sollte sich nicht einbilden, dass sie sich auf ihn einlassen würde, nur weil Lunke nicht mehr da war.

In der Nacht war sie einmal aufgeschreckt, weil sie geglaubt hatte, Lunke habe im Durchlass gestanden.

Reglos beobachtete Kim, wie Finn und Dörthe mit Marcia Pölk sprachen, und dann war auch Swara plötzlich da. Sie trug ganz andere Kleidung, eine schwarze Bluse und eine rote Jeans, und sie hieß auch gar nicht Swara, jedenfalls wurde sie auf einmal von allen Sandra genannt. Sie ging auf die Wiese im Gemüsegarten, um ihr Zelt abzubauen. Edy half ihr dabei, aber nicht einmal bei dieser Arbeit nahm er die silbernen Knöpfe aus dem Ohr. Swara küsste ihn auf die Wange, was er irgendwie gleichgültig hinnahm. Dann trat sie mit dem gepackten Rucksack auf dem Rücken an den Zaun und winkte Kim zu.

»Auf Wiedersehen, kleines Wunderschwein!«, rief sie.

Kim grunzte einen leisen Gruß zurück, den Swara – oder wie sie hieß – jedoch nicht beachtete. Sie umarmte Dörthe und strich ihr über den Bauch.

»Ich hoffe, dass mit deinem Kind alles gut geht«, sagte sie.

Dörthe lächelte. »Dauert ja noch einige Zeit, bis es so weit ist.«

»Michelfelder wird eine Anklage kriegen – zumindest wegen Beihilfe bei einer Entführung.« Swara machte ein ernstes Gesicht.

»Michelfelder war eigentlich immer ein Mistkerl.«

Dörthe stieß ein unechtes Lachen aus. »Außerdem gibt es jetzt ja …« Sie wandte sich zu Finn um, der gestenreich mit Bauer redete.

»Verstehe«, erwiderte Swara und umarmte Dörthe noch einmal, dann ging sie zu einem grünweiß lackierten Wagen, den Kim bisher nicht bemerkt hatte, und stieg ein. Mit einem lauten Hupen drehte sie eine Runde auf dem Hof, winkte aus dem offenen Seitenfenster und bog in die Teerstraße ein, die zum Dorf führte.

Wenigstens ist Dörthe nun glücklich, dachte Kim. Und dem Kind in ihrem Bauch war nichts passiert.

Che kam mit einem Kohlkopf im Maul heran und warf ihn ihr vor die Klauen.

»Du musst was fressen!«, knurrte er. Es sollte gewiss freundlich klingen, wirkte jedoch wie ein Befehl.

Kim verzog angewidert den Rüssel. »Ich habe keinen Hunger«, stieß sie barsch hervor. Sollte er sich doch zum Teufel scheren! Sein Mitleid konnte sie nun gar nicht gebrauchen.

»Es geht immer weiter«, erklärte Che, »unser Kampf gegen die Menschen, wir dürfen uns nicht unterkriegen lassen. Sie sind Mörder – das hast du ja jetzt selbst erlebt.«

»Che, hör mit diesem Gerede auf!«, grunzte sie. Dann kam ihr ein Gedanke, der für einen Moment stärker als ihre Trauer war. »Wenn du mir helfen willst, kannst du mich heute Abend begleiten. Ich muss mit Emma sprechen und ihr erzählen, wie Lunke umgekommen ist – und dass er mich vorher gerettet hat.«

»Ist es noch weit?«, fragte Che, kaum dass sie den Durchlass durchquert hatten.

Kim blickte sich wütend um. »Bist du so ein elender Feigling, oder tust du nur so?«

Es war noch nicht einmal richtig dunkel, Vögel sangen hoch über ihnen ihr Abendlied.

Wenn sie mit Lunke zusammen gewesen war, hatte er immer die Führung übernommen. Nicht selten hatte sie sein bestimmendes Gehabe gestört, nun hätte sie sich gewünscht, dass Che etwas entschiedener auftreten würde. Er zog es jedoch vor, ihr stets eine halbe Länge Vorsprung zu lassen.

»Bist du sicher, dass die wilden Schwarzen friedlich bleiben werden?«, fragte er, nachdem sie den Wald erreicht hatten.

Kim versuchte sich zu orientieren, dann warf sie ihm einen abschätzigen Blick zu.

Klar werden die Schwarzen friedlich bleiben, war sie im Begriff zu erwidern, wir sind ja lediglich unterwegs, um ihnen mitzuteilen, dass einer aus ihrer Rotte von einem Menschen erschossen wurde. Stattdessen sagte sie: »Wäre mir lieb, wenn du eine Weile die Schnauze halten würdest – ich muss mich konzentrieren, um den Weg zu finden.«

Che verzog beleidigt das Gesicht und trottete weiter ein Stück hinter ihr.

Alle zwanzig Schweinslängen blieb Kim stehen, um ihren Rüssel in den Wind zu halten. Konnte sie irgendwo eine Spur von den wilden Schwarzen ausmachen? Nein, nichts – irgendein Tier war hier kürzlich entlanggelaufen, aber keines aus Lunkes Rotte.

Was sollte sie Emma überhaupt sagen? Schönen guten Abend, ich möchte nur kurz mitteilen, dass Ihr Sprössling Lunke … Nein, eigentlich hieß Lunke ja Fritz. Also, dass Fritz so bald nicht mehr zur Rotte zurückkehren wird, das heißt, wenn man es genau nimmt, wird er wohl niemals mehr zurückkehren, ihn hat nämlich eine Kugel erwischt, als er sich vor mich geworfen hat, um mich zu schützen. Nun, ich hatte mir eingebildet, mich gegen vier Menschen stellen zu können, um meine Herrin zu befreien … Habe mich leider geirrt, und diesen Irrtum hat Lunke, also Fritz mit seinem Leben bezahlt. Tut mir echt leid das Ganze – und jetzt Adieu und ein schönes Leben noch …

»Riechst du das auch?«, fragte Che. Er klang nun beinahe so piepsig wie Cecile.

»Was soll ich riechen?« Kim blieb abrupt stehen. Che ging ihr auf die Nerven; es war keine gute Idee gewesen, ihn mitzunehmen. Er kannte sich nicht aus, und vor irgendjemandem verteidigen würde er sie auch nicht.

»Wilde Schwarze – ganz in der Nähe!«

Kim hob den Rüssel und kniff die Augen zusammen. Der Weg vor ihnen endete auf einer Wiese, auf der ein Rest Sonnenlicht sich aufzulösen schien. Sie roch aber nichts.

Che neben ihr zuckte plötzlich zusammen, und einen Moment später erscholl eine schneidende Stimme. »Was wollt ihr in unserem Revier?«

Keine zehn Schweinslängen vor ihnen tauchte die fette, majestätische Emma im hohen Gras auf -- und mit ihr drei wilde Schwarze, die sie eskortierten. Sie hatten die Augen zusammengekniffen und stierten sie feindselig an.

Kim trat einen Schritt vor. »Oh, hallo«, stammelte sie und bemerkte selbst, wie kraftlos und einfältig sie klang. Dann wusste sie zu allem Überfluss nicht mehr weiter.

Emma senkte den Kopf. »Macht ihr beiden Hübschen einen kleinen Abendspaziergang? Wollt wohl ungestört sein, was?« Sie zeigte ihre krummen Zähne. Wenn man gutwillig war, konnte man ihr das als ein höfliches Lächeln auslegen.

Eine der jungen Bachen stieß ein kurzes albernes Kichern aus, die anderen beiden glotzten weiter vor sich hin, wirkten allerdings so angespannt, als würden sie mit einem Angriff rechnen.

Kim drehte sich zu Che um, der den Kopf eingezogen hatte und eine Miene machte, als überlegte er, ob nicht augenblicklich die Flucht antreten sollte.

»Abendspaziergang?«, wiederholte sie fragend. Dann erst begriff sie, dass Emma annahm, sie würde sich irgendwo an einem heimlichen Plätzchen mit Che vergnügen wollen. »Nein, wir … ich meine, ich wollte mit euch reden – wegen Lunke … also wegen Fritz …«

Emma fixierte sie streng. »Wieso wegen Fritz?«, fragte sie und stieß ein furchterregendes Schnauben aus. Wurde sie wütend, weil sie bereits wusste, auf welche schreckliche Art und Weise Lunke ums Leben gekommen war?

»Nun«, begann Kim zaghaft. »Es gibt eine Neuigkeit ... nichts, das ich euch gerne mitteile, aber ...«

Plötzlich ertönte eine andere, ehrlich empörte Stimme aus dem hohen Gras. »Was macht dieser Schlappschwanz hier? Kim, wieso läufst du mit so einem Spacko durch unseren Wald?«

Kim wurde schwindlig. Ihr knickten die Vorderläufe ein. Vage nahm sie Getrappel hinter sich wahr: Die geisterhafte Stimme hatte nicht nur sie erschreckt. Che ergriff die Flucht und preschte davon.

Einen Moment später erhob sich ein mächtiger schwarzer Kopf über dem hohen Gras.

Lunke grinste über das ganze Gesicht, und Kim machte vor Überraschung und Erleichterung unter sich, aber in diesem Moment registrierte sie es nicht einmal.

»Lunke!«, schrie sie mit bebender Stimme. »Du lebst?«

»Nein«, sagte er ungerührt, »das sieht nur so aus.«

Mit ungelenken Bewegungen schob er sich vor. Kim starrte ihn atemlos an. Er hinkte schwer, bemerkte sie, und über dem linken Vorderlauf hatte er eine breite, blutig verschorfte Wunde.

»Fritz«, sagte seine Mutter in einem freundlichen, aber bestimmten Tonfall. »Du weißt, dass du dich noch schonen musst! Fang hier nicht an, herumzuhüpfen, nur weil du deinem kleinen Hausschwein imponieren willst.«

Lunke nickte mit einem kurzen Blick auf seine Mutter, doch das Grinsen wich nicht aus seinem Gesicht.

Endlich vermochte Kim sich aus ihrer Erstarrung zu lösen, sie trippelte auf ihn zu, betrachtete die üble Wunde und stöhnte auf.

»Das war alles meine Schuld«, sagte sie leise.

»Klar!« Lunke lachte und biss sie sanft ins Ohr. »Deshalb musst du auch mindestens zehnmal mit mir suhlen gehen«, flüsterte er.

Kim nickte. »Alles, was du willst«, flüsterte sie glücklich zurück.

26

Che zog es am nächsten Tag vor, ihr aus dem Weg zu gehen, um seinen schmählichen Rückzug nicht rechtfertigen zu müssen. Als Brunst ihn darauf ansprach, begann er etwas von heftigen, krampfartigen Bauchschmerzen zu faseln, die ihn schlagartig überfallen hätten. Seine eigenen Worte ergriffen ihn so sehr, dass er auf dem Hügel niedersank und hechelnd seinen Rüssel in den Wind hielt.

»Wahrscheinlich bin ich sterbenskrank«, murmelte er vor sich hin, gerade laut genug, dass ihn die anderen hören konnten.

Kim warf ihm einen abfälligen Blick zu. Wie anders hatte Lunke sich da verhalten! Die Kugel, die Carlo abgefeuert hatte, hatte ihn zwar nur gestreift, jedoch eine schlimm blutende Wunde hinterlassen. Wortreich hatte er beschrieben, wie er sich in einen Winkel der Festung der Blutsauger zurückgezogen und vor den Polizisten versteckt hatte. Die Verletzung hatte anfangs so stark geblutet, dass er gefürchtet hatte, die fliegenden Mäuse würden von dem Geruch aufwachen und sich auf ihn stürzen. Doch rechtzeitig, bevor es dunkel geworden war, hatte er sich in den Wald schleppen können. Da hatten die Polizisten Dörthe und die anderen längst weggebracht.

Am Nachmittag begann Che auf seinem Hügel lauthals zu jammern. »Mein Bauch!«, rief er. »Ich halte das nicht mehr aus – diese Schmerzen.«

Doktor Pik lächelte Kim zu. »Seine Feigheit schlägt ihm auf den Magen«, erklärte er ungewohnt boshaft. Ohne dass Kim auch nur ein Wort gesagt hatte, schien er zu ahnen, was im Wald passiert war.

Auch Brunst kümmerte sich nicht um Che, sondern machte sich über den welken Salat her, den Edy ihnen auf die Wiese geschaufelt hatte. Einzig Cecile trabte gelegentlich zu Che hinüber, um ihn zu bedauern, aber auch sie hielt es nicht sonderlich lange bei ihm aus.

»Was ist ein Testament?«, fragte sie Kim, als es bereits wieder dunkel wurde.

»Testament? Warum willst du das wissen?«, erwiderte Kim.

»Che ist ganz sicher, dass er stirbt. Er will ein Testament oder so etwas Ähnliches machen«, piepste das Minischwein.

Kim lachte, dann trabte sie zum Durchlass und lief in den Wald. Sie hatte Lunke versprochen, jeden Tag nach ihm zu sehen, doch als sie auf die Lichtung kam, lag er in seiner Senke und schlief. Für eine Weile legte sie sich neben ihn. Die anderen wilden Schwarzen waren unterwegs, daher konnte sie nicht widerstehen, sich ein wenig an ihn zu schmiegen. Der Himmel war von einem tiefen dunklen Blau, vereinzelt hörte man noch einen Vogel rufen. Sie genoss die Stille und den Frieden. Vielleicht sollte sie doch im Wald bleiben, sinnierte sie, bei den wilden Schwarzen, frei und ungebunden, aber dann fielen ihr Doktor Pik ein und Cecile. Nein, die anderen brauchten sie, selbst der mürrische Che, der nun den Sterbenden spielte, um von seiner Feigheit abzulenken.

Als Kim sich erhob, weil es Zeit wurde, zum Stall zurückzukehren, schlug Lunke die Augen auf.

»Habe gar nicht gewusst, dass du so zärtlich sein kannst«, murmelte er zufrieden lächelnd vor sich hin. »Muss mich nur beinahe erschießen lassen, damit du mir zeigst, was du für mich …«

Kim verzog das Gesicht. Er hatte gar nicht geschlafen, sondern ihr nur etwas vorgemacht!

»Behalte für dich, was du sagen wolltest!«, rief sie ihm zu. »Sonst komme ich morgen nicht wieder.«

Mittlerweile fand sie den Weg zurück auch in der Dunkelheit, obwohl ihr wegen all der Nachtgeräusche, die sie im Wald umgaben, noch ein wenig mulmig zumute war. Die anderen hatten sich schon zum Schlafen in den Stall begeben, nur Che fabulierte noch vor sich hin.

»Mein Testament … mein Vermächtnis an die Nachgeborenen«, hörte sie ihn sagen, »lautet folgendermaßen: Alles Leben ist Revolution, und jeder wahre Revolutionär ist einzig der Revolution verpflichtet. Und wenn die Zeit für die Revolution endlich reif ist, wird der Revolutionär als Krone der Schöpfung zu Ehren kommen und das Schicksal der Schweine…«

Kim stürzte sich förmlich auf ihn. »Che«, zischte sie ihm ins Ohr. »Noch ein Wort über deine verdammte Revolution, und ich sage allen, dass du diesen ganzen Zauber nur abziehst, weil du in Wahrheit in mich verliebt bist.«

Als hätte ihm jemand einen harten Tritt verpasst, stöhnte Che auf und verstummte. Er wagte nicht, sie anzuschauen, sondern wandte den Blick zum Haus, wo Dörthe und Finn wieder bei Kerzenlicht unter dem Sonnenschirm saßen. Sie küssten sich, und dann begann Finn mit der Zunge an ihrem Arm herumzulecken, und sie schloss die Augen und gab merkwürdige Geräusche von sich.

Kim drehte sich wieder zu Che um. »Ab morgen frisst du wieder ganz normal«, sagte sie und hatte das Gefühl, beinahe so streng wie die fette Emma zu klingen, »und ich vergesse, dass du überhaupt mit mir in den Wald gegangen bist.«

Sein Nicken wirkte klein und zaghaft.

Lunke ging es mit jedem Tag besser. Kim hatte den Verdacht, dass er es sogar geschafft hatte, mit Emma eine Verabredung zu treffen, denn meistens waren sie allein, wenn sie am frühen Abend in den Wald lief, um nach ihm zu sehen, wie sie es versprochen hatte.

Er wartete schon auf sie, hockte im hohen Gras und begann ihr immer neue Versionen seiner Heldentat zu erzählen. Mal hatte er Carlo die Waffe geradezu aus der Hand geschlagen, mal hatte er ihn auf seine Eckzähne genommen und gegen den Kastenwagen geschleudert. Oder er hatte ihn und die anderen über den Betonplatz um den Kastenwagen herumgejagt. Kim lächelte darüber, wie sehr Lunke sich an seiner Rolle als Held und Retter begeistern konnte. In einer Version hatte er es sogar mit dem toten Sven aufgenommen, den er kurzerhand mit zu den Angreifern gezählt hatte, weil ihm vier Gegner nicht mehr ausreichten.

Amüsiert hörte Kim zu, doch währenddessen wurde ihr eines immer klarer: Sie hatte es mit Lunkes Hilfe geschafft, Dörthe und das Kind zu retten, aber eigentlich wusste sie nichts. Wer hatte den weißhaarigen Sven umgebracht, und wo war das Geld, das Carlo vergraben hatte?

Diese Fragen stellte sich offenbar niemand mehr.

Marcia Pölk kam nur noch einmal zu einem kurzen Besuch auf den Hof; Dörthe schien ganz in ihrer jungen Liebe zu Finn aufzugehen. Jeden Morgen frühstückten die beiden zusammen, und dann sah sie ihm bewundernd zu, wie er mit nacktem Oberkörper auf einen Sandsack einprügelte, den er an einem Metallpfosten im Hof aufgehängt hatte. Merkwürdige Dinge taten die Menschen. An einem Tag wurde sogar ein neuer Korb mit einem Ballon angeliefert. Aufgeregt standen Dörthe, Finn und sogar Edy um das seltsame Fluggerät herum, machten allerdings keine Anstalten, sich in die Luft zu erheben. Hatte Finn dieses Gerät vielleicht angeschafft, um vom Himmel herunter nach dem Geld zu suchen?

Kim spürte eine seltsame Unruhe. Sollte sie noch einmal zu der Festung der Blutsauger laufen und nachgucken, ob sie das Geld irgendwo fand? Ach nein, was sollte sie mit bunten Papieren, die man zu nichts gebrauchen konnte? Und doch – sie konnte es schlichtweg nicht ausstehen, wenn irgendwelche Fragen unbeantwortet blieben. Und was war mit dem toten Sven passiert? Vielleicht lag er auch noch da und wartete darauf, dass ihn jemand abholte.

Lunke durfte sie mit all diesen Fragen nicht behelligen. Er schwelgte in seinen Heldentaten, und mittlerweile, nachdem sie ihm zehn Besuche abgestattet hatte, wartete er nicht mehr im Gras auf der Lichtung, sondern kam schon am Nachmittag zum Durchlass. Er streckte seinen linken Vorderlauf vor und grinste breit. Die Wunde war verheilt, nur das dunkle Fell war noch nicht richtig nachgewachsen.

»Könnte Bäume ausreißen«, rief er ausgelassen. »Oder Katzen und Hunde jagen. Aber nein!« Er grinste so breit, dass seine schiefen Zähne zu sehen waren. »Heute ist der Tag, an dem ich mit meinem Babe suhlen gehe!«

Kim verzog das Gesicht. »Nenn mich nicht Babe!«, erwiderte sie unfreundlich. »Sonst kannst du das gemeinsame Suhlen gleich vergessen!«

Lunke ließ sich die gute Laune nicht verderben. »Du hast es versprochen«, sagte er. »Und ich kann mir nicht vorstellen, dass ein kleines rosiges Hausschwein sich nicht an seine Versprechen halten will.« Er lachte so laut, dass Che und Brunst sich auf der Wiese umdrehten und zu ihnen herüberblickten.

»Achtung, Schlappschwänze«, rief Lunke ihnen zu. »Jetzt zeige ich meinem Babe, was es heißt, mit dem wilden Lunke ein Bad zu nehmen.«

Im nächsten Moment versetzte er ihr einen Stoß und preschte ins Dickicht davon.

Kim folgte ihm. Er hinkte noch ein wenig, obwohl er sich Mühe gab, es zu verbergen, aber schnell waren sie im Wald und dann an einem Abzweig, der ins Dorf führte.

Halt, falsche Richtung, wollte Kim ihm zurufen, aber da brüllte Lunke auch schon: »Vorher fressen wir noch ein paar Blumenzwiebeln!«

Er wollte tatsächlich ins Dorf rennen, und das am helllichten Tag.

Plötzlich stand Bertie auf dem Weg vor ihnen, breitbeinig, den Kopf ins Sonnenlicht gereckt, genau wie an dem Morgen vor seinem schrecklichen Tod.

Kim hielt mitten in der Bewegung inne. Sie wusste, dass Bertie nicht wirklich da war, dass sie sich ihn nur einbildete und dass Lunke ihn nicht sah, aber sie fragte sich unwillkürlich, warum er ihr erschien. Wieso tauchte Bertie nun in ihrem Kopf auf, wo sie doch in all den letzten Tagen nicht einmal an ihn gedacht hatte? Sollte sie ein schlechtes Gewissen haben, weil sie ihn vergessen hatte? He, tut mir leid, wollte sie schon rufen, mich um Lunke zu kümmern hat mich wirklich vollauf beschäftigt, doch im nächsten Augenblick sah Bertie sie an und deutete mit dem Kopf in eine Richtung. Einen Moment später war er verschwunden.

Lunke war ein paar Schweinslängen vor ihr stehen geblieben. »Was ist?«, rief er ungeduldig. »Kannst du nicht mehr? Bin ich dir zu schnell?«

Zuerst sah sie nur einen Lichtreflex, ein mattes Schimmern, dann Turnschuhe, blaue Jeans, einen Mann, der sich bewegte.

Kim kniff die Augen zusammen und versuchte durch die Bäume zu spähen.

Der Mann war nicht allein, neben ihm, fast vollständig verdeckt, schritt noch jemand die schmale Teerstraße entlang.

Waren Dörthe und Finn auf dem Weg ins Dorf?

Nein, die zweite Gestalt war auch ein Mann; er trug blaue Stoffschuhe und eine weiße Hose. So viel war durch das Laub zu erkennen.

»Was soll das?«, fragte Lunke unwirsch. »Warum kommst du nicht? Ich habe ein Loch im Bauch und freue mich schon die ganze Zeit auf schmackhafte Käfer und Blumenzwiebeln.«

»Leise!«, zischte Kim ihm zu. Sie schritt vorsichtig weiter, bemüht, auf derselben Höhe wie die beiden Männer zu bleiben.

»He!«, versuchte es Lunke erneut. »Du hast versprochen, mit mir...«

Kim warf ihm einen bitterbösen Blick zu, der ihn tatsächlich zum Schweigen brachte.

»Ich kann immer noch nicht an ihn denken, ohne dass mir die Tränen kommen«, sagte der eine Mann. Dumpf klang seine Stimme hinter den Bäumen hervor. Die Antwort des anderen konnte Kim nicht verstehen. »Ich habe ihn wirklich geliebt«, fuhr der erste fort. »Für ihn hätte ich alles getan – sogar einen Mord begangen. Das habe ich ihm in unserer ersten gemeinsamen Nacht gesagt – seltsam, nicht wahr?«

»Der Weißhaarige hatte es verdient«, erklärte nun der zweite Mann.

Beleidigt trottete Lunke neben ihr her. »Bin ich dir also doch nicht wichtig«, grummelte er. »Immer hast du etwas anderes im Kopf.«

»Hörst du nicht?«, fragte sie ihn vorwurfsvoll. Die Bäume neben ihr standen nun so dicht, dass sie die beiden Männer nicht einmal mehr als Schemen erkennen konnte. Auch was sie sagten, bekam sie nicht mehr mit. »Die haben von einem Mord geredet.«

»Ist mir doch egal, ob die Menschen sich gegenseitig umbringen«, erwiderte er missgestimmt.

Kim achtete nicht mehr auf ihn, sondern trabte weiter, um die Männer neben sich nicht zu verlieren. Plötzlich meinte sie zu wissen, wohin sie gingen – gar nicht ins Dorf, sondern auf den Friedhof, dorthin, wo Menschen ihre Toten vergruben.

Dann musste sie innehalten. Vor ihr beschrieb die Teerstraße einen Bogen, und die Bäume hörten auf. Dort befand sich ein leerer Parkplatz, und dahinter lag eine hohe Backsteinmauer.

»Ich komme um vor Hunger!«, stöhnte Lunke. »Weißt du nicht, dass ich noch geschwächt bin? Dass ich dringend etwas zur Stärkung brauche?«

»Hab noch ein wenig Geduld«, murmelte Kim, ohne ihm weiter Beachtung zu schenken.

Gleich würden die Männer den Parkplatz überqueren müssen, wenn sie auf den Friedhof wollten. Sie war hier schon einmal mit Lunke gewesen und kannte die Örtlichkeiten.

Wieder war da dieser Lichtreflex, den sie vorhin schon zwischen den Bäumen wahrgenommen hatte. Der eine Mann hatte einen Metallkoffer in der Hand, auf dem sich die Strahlen der Sonne spiegelten, die sich allmählich zum Horizont neigte.

Kim hielt den Atem an, den Blick starr auf den Koffer gerichtet. Sie kannte diesen Metallkasten – Carlo hatte in so einem Ding das Geld, das er gestohlen hatte, im Wald vergraben.

»He«, sagte Lunke und stieß sie an. »Ist das nicht dieser Kerl, der euch euren Fraß auf die Wiese wirft?«

Lunke hatte recht: Edy steuerte mit dem Koffer auf den Friedhof zu. Ganz gegen seine Gewohnheit hatte er keine silberfarbenen Knöpfe im Ohr.

Neben ihm lief Finn. Beide hatte es offenkundig eilig.

Wie kam ausgerechnet Edy an diesen Metallkoffer? Und wieso war Finn bei ihm? Die beiden hatten auf dem Hof bisher kaum ein Wort gewechselt, so dass es fast den Eindruck machte, als könnten sie sich nicht leiden.

»Ich finde, wir haben genug gesehen«, meinte Lunke.

»Nun sollten wir die Biege machen und uns ins Dorf schleichen. Oder wenn du unbedingt willst, können wir auch gleich suhlen gehen.« Auffordernd grinste er sie an, doch Kim ließ die beiden Männer keinen Atemzug lang aus den Augen. Wie erwartet schritten sie durch ein schmales Eisentor und betraten den Friedhof.

»Lunke«, sagte sie, »wenn du nicht mitkommen willst, kannst du hier warten. Ich muss nur rasch etwas herausfinden.« Sie nickte ihm zu und trabte dann den Männern hinterher.

Lunke knurrte etwas vor sich hin, das sie nicht verstand, das jedoch wohl ein Fluch gewesen war. Sie hörte seine kratzenden Klauen auf dem Asphalt.

Vorsichtig schob Kim das Eisentor auf, das laut und verräterisch quietschte, aber zum Glück waren Edy und Finn nicht mehr in der Nähe.

Kim brauchte einen Moment, um sich zu orientieren. Vor ihr war ein steinernes Becken, in dem Wasser sprudelte. Eine ebenfalls steinerne Gestalt mit Flügeln, die eindeutig kein Vogel war, schaute sie traurig an. Links und rechts des Wegs reckten sich andere, eckige Steine in die Höhe.

Wohin waren Edy und Finn verschwunden?

Plötzlich vernahm sie hinter sich ein Grunzen. Panisch wirbelte sie herum. Lunke wühlte laut schmatzend Erde auf.

»Köstlich, Babe«, grunzte er mit vollem Maul. »Hier gibt es auch Blumenzwiebeln. Brauchen wir gar nicht bis zum Dorf zu laufen.«

Ohne auf ihn zu achten, lief sie weiter. Links von ihr ging ein Weg ab, auf dem zwei Schatten entlangglitten. Hier waren die beiden Männer also eingebogen. Auch wenn sie wusste, dass sie nun keine Deckung mehr hatte, folgte Kim ihnen.

Ihr Herz begann heftiger zu schlagen. Bei Schweinen auf einem Friedhof verstanden Menschen keinen Spaß. Aber umkehren, ohne zu wissen, was Edy und Finn vorhatten, konnte sie auch nicht.

Lunke grunzte immer lauter, während er die Erde aufwühlte. Hoffentlich verriet er sie nicht.

Am Ende des Wegs geriet Kim auf eine schmale Rasenfläche, und da konnte sie die zwei Männer sehen. Sie drückte sich hinter einen dornigen Busch, wo sie zumindest ein wenig Schutz fand.

Edy stellte den Metallkoffer ab und neigte den Kopf vor einem winzigen Flecken Erde mit einem Holzkreuz, auf dem sich eine Plakette mit einem Bild befand. Kim musste sich furchtbar anstrengen, um zu erkennen, was dieses Bild zeigte: das Gesicht eines lachenden jungen Mannes.

»Er hätte den Unsinn lassen sollen – Bornsteins Leute abkassieren zu wollen war von vornherein Wahnsinn. Hätte ihm jeder gesagt«, erklärte Finn. Er beugte sich vor und hatte plötzlich eine kleine Schaufel in der Hand. Vorsichtig, weil er sich offenbar nicht schmutzig machen wollte, begann er ein Loch zu graben.

Edy schaute Finn zu, ohne sich zu rühren.

»Rupert wollte mir das Geld geben – für unsere gemeinsame CD. Ich komponiere meine Musik, und er verkauft sie. Das war immer sein Plan. Weißt du, was eine richtig gute Produktion kostet? Da musst du mindestens eine Woche ein Studio mieten und einen echten Könner am Mischpult haben.« Auch wenn sie sein Gesicht nicht sehen konnte, wusste Kim, dass Edy traurig war. So hatte seine Stimme noch nie geklungen. Aber eigentlich redete er auch nie, sondern hatte stets seine silbernen Knöpfe im Ohr.

Dann begriff sie, wer der Mann auf dem Holzkreuz war – Rupert, der Tote aus dem Auto, der Mann, der noch einmal die Augen aufgeschlagen hatte, als sie mit Lunke in der Nacht zu ihm gekommen war.

Bertie, dachte sie aufgeregt, was geht hier vor sich?

Finn hatte mittlerweile ein kleines Loch ausgehoben. Er bedeutete Edy, ihm den Metallkoffer zu reichen, und legte ihn in das Loch hinein.

Dann geschahen zwei Dinge gleichzeitig. Vollkommen unvorsichtig trabte Lunke heran, so dass man ihn unmöglich überhören konnte, und im selben Moment begann eine Hupe zu dröhnen, ein ähnliches *Töt-Töt-Töt* wie in der Nacht im Wald.

Edy und Finn zuckten herum, versuchten zu orten, woher das Gehupe kam.

Kim konnte hinter ihrem Busch noch rechtzeitig in Deckung gehen, und auch Lunke zog so rasch den Kopf ein, dass die Männer ihn nicht entdeckten.

Das *Töt-Töt-Töt* irritierte sie. War es eine Warnung? Wollte sie jemand aufschrecken? Finn sagte etwas zu

Edy, der daraufhin nickte und Anstalten machte, den Weg hinunterzugehen, geradewegs auf Kim zu, doch einen Atemzug später hörte das Hupen abrupt auf. Wohltuende Stille breitete sich wieder über dem Friedhof aus. Kim meinte sogar, das ferne, friedliche Plätschern des Wassers vom Eingang zu hören.

Edy zuckte mit den Schultern, und Finn griff wieder nach der Schaufel, weil das Loch noch nicht tief genug für den Metallkoffer war.

»Können wir endlich abhauen?«, knurrte Lunke ihr ins Ohr. »Ich habe immer noch Hunger!«

»Gleich«, erwiderte Kim. Warum versteckten sie den Koffer hier? Weil hier, wo ein Toter vergraben war, niemand danach suchen würde? Und war in dem Koffer das Geld, das alle haben wollten?

»Liebst du Dörthe eigentlich?«, fragte Edy plötzlich. »Ist sie gut im Bett? Oder fickt sie genauso mittelmäßig wie die anderen?«

Finn schaute überrascht auf. »Warum willst du das wissen? Ich denke, du interessierst dich nur für Männer?«

Edy wandte sich mit fragender Miene um, dann sah Kim, wie er schreckensbleich wurde, und sie erkannte, dass er es gar nicht gewesen war, der Finn diese Fragen gestellt hatte.

Hinter einem Baum trat eine andere Gestalt hervor, ein Mann, von dem sie sicher gewesen war, ihn niemals mehr wiederzusehen.

Carlo hatte längere Haare, er war ganz in Schwarz gekleidet, Hose, Jacke, Schuhe. Auch die Waffe in seiner Hand war schwarz.

»Ja«, sagte er. »Ihr habt gedacht, ich wäre noch im Knast… Was ein guter Rechtsanwalt so alles ausrichten kann!« Er lächelte und richtete dann die Pistole auf Finn. »Nun, mein ewig grinsender Ballonfahrer, leg mal schön vorsichtig deinen Klappspaten beiseite.«

»Nicht schon wieder!«, stöhnte Lunke und stieß ihr seinen heißen Atem ins Ohr. »Babe, meine Wunde tut immer noch weh. Ich finde, wir sollten uns verziehen.«

Sie nickte, machte jedoch keine Anstalten, auch nur eine Klaue zu bewegen. Stur hielt sie den Blick auf die Männer gerichtet.

»Kim«, raunte Lunke, »willst du uns schon wieder ins Unglück stürzen?«

Finn warf den Spaten vor sich auf den schmalen Weg. Dann hob er die Hände, aber richtig ängstlich wirkte er nicht.

»Was soll das Theater, Carlo?«, fragte er mit einem angedeuteten Grinsen. »Hast du vor, uns umzubringen?«

Carlo antwortete nicht sofort. Er bedeutete Edy, neben Finn zu treten. »Du also hast mir das Geld geklaut«, sagte er und pfiff einmal. »Edy, der grenzdebile Gitarrist – das nenne ich eine Überraschung.«

Edy sagte nichts, sondern verzog verächtlich das Gesicht. Auch er schien von der Pistole nur mäßig beeindruckt zu sein.

»Ich will das Geld«, sagte Carlo. »Es gehört mir. Ich habe es gefunden.«

»Du, Saukerl, hast es einem Toten geklaut.« Edy spuckte ihm die Worte förmlich vor die Füße.

»Kim«, sagte Lunke und klang beleidigt. »Ich will nur, dass du Bescheid weißt. Ich gehe jetzt. Ich lasse mich nicht noch einmal erschießen.«

Sie blickte ihn kurz an. »Niemand hat dich erschossen«, erwiderte sie. »Du hast dir einen Streifschuss eingefangen. Das ist alles.« Ohne seine Reaktion abzuwarten, wandte sie sich wieder den Männern zu.

Carlo wedelte mit der Pistole. »Gib mir den Koffer! Dann verschwinde ich!«

Edy schüttelte den Kopf. Er wagte es sogar, einen Schritt zurückzumachen und seinen rechten Fuß auf den Koffer zu stellen.

»Bedaure«, sagte er. »Dieses Geld hat mein Freund mir vererbt. Er ist dafür gestorben. Es gehört mir.« Er schaffte es sogar, offen und ehrlich zu lächeln. »Nur über meine Leiche.«

Finn hingegen legte die Stirn in Falten. Er machte auf einmal keinen so zuversichtlichen Eindruck mehr.

Carlo verzog den Mund. »Diese Pistole«, sagte er, »hat einen vorzüglichen Schalldämpfer. Da hört man nur ein leises Plopp – scheucht nicht einmal ein paar Vögel auf.«

»Ich konnte dich nie leiden«, sagte Edy. Er starrte an Carlo vorbei, und Kim hatte das sichere Gefühl, dass er sie entdeckt hatte und auffordernd die Augenbrauen in die Höhe zog. »Du und dein blödes Theaterstück. Dörthe spielt nicht in deiner Liga. Sie hat Klasse, aber du bist nur ein mieser Schmierfink, der …«

»Ich zähle«, unterbrach ihn Carlo ruhig. »Bei drei hast du den Koffer ganz brav und friedlich auf den Weg gestellt.«

Von der winzigen Kirche aus dem Friedhof klang eine Kirchenglocke herüber. Vögel sangen keine mehr. Sie schienen zu spüren, dass etwas Bedrohliches in der Luft lag.

»Babe«, versuchte Lunke es noch einmal. »Du solltest nun vernünftig sein…«

Carlo begann zu zählen – sehr langsam und deutlich. »Eins…«

Edy lächelte erneut, doch nun wirkte es gequält. Finn blickte ihn auffordernd an.

»Zwei…«

»Edy«, sagte Finn. »Okay, er ist ein Scheißkerl, aber vielleicht sollten wir ihm doch den Gefallen tun…«

Noch einmal schaute Edy zu Kim herüber. Erwartete er tatsächlich, dass sie etwas unternahm? Aber offensichtlich hatte er ja das geklaute Geld geklaut, und hatte er nicht auch den weißhaarigen Sven auf dem Gewissen, weil der vermutlich auf Rupert geschossen hatte? Allerdings war es auch Edy gewesen, der sich in den letzten Wochen fast jeden Tag um sie gekümmert und ihnen ihr Fressen gebracht hatte. Das musste sie zu seinen Gunsten bedenken.

»Drei!« Nun klang Carlos Stimme schneidender.

Auffordernd hob und senkte sich die Pistole. Als Edy keine Anstalten machte, nach dem Koffer zu greifen, war ein Geräusch zu hören, das in Kims Ohren wie ein recht leiser Rülpser klang, wie ihn Brunst nachts im Schlaf manchmal ausstieß.

Im nächsten Moment erblühte eine Blume aus Blut auf Edys Bein, und er sackte zusammen.

Kim spürte heiße Wut in sich aufsteigen. Nein, sie würde es nicht zulassen, dass dem Menschen, dem sie ihr Fressen verdankte, vor ihren Augen ein Leid geschah.

Ohne richtig nachzudenken, blickte sie sich um, riss ein hölzernes Kreuz heraus, das neben ihr in einem Flecken Erde steckte, und stürmte damit bewaffnet auf Carlo zu.

»O nein!«, brüllte Lunke heiser. »Babe, stürz uns nicht ins Unglück!«

Das Stück Holz lag schwer in ihrem Maul, und fast wäre sie ins Stolpern geraten, aber nur einen Atemzug später verlieh ihr eine geheime Macht ungeahnte Kräfte. Sie tat einen Sprung, das Holz vorgereckt, als wäre es ein scharfer Eckzahn, wie Lunke ihn besaß. Aus der Pistole in Carlos Hand drang ein weiterer Rülpser, der Finn ins Schwanken brachte. Er griff sich an die Brust und kippte nach hinten. Dabei stieß er einen gurgelnden Laut aus und riss das Holzkreuz mit dem freundlich lachenden Rupert darauf um.

»Du Scheißwichser!«, schrie Edy voller Wut und Schmerz. Kim nahm aus den Augenwinkeln wahr, dass er am Boden kauerte und sich das blutige Bein hielt.

Mit einem zweiten waghalsigen Sprung war sie bei Carlo angelangt. Bevor das Kreuz in ihrem Maul ihn in seinem Unterleib traf, wandte er sich zu ihr um. Sein

Mund formte ein lautloses O, und seine Augen weiteten sich vor Erstaunen.

Dann klappte er zusammen, als hätte ihn irgendetwas in der Mitte durchgeschnitten. Er stöhnte auf und sank zur Seite. Kim wich zurück, ohne das Kreuz freizugeben, das sich tief in ihn gebohrt hatte.

»Babe, was tust du?« Lunke tauchte neben ihr auf und stierte sie an, als wäre sie wahnsinnig geworden.

Wo war die Pistole? War sie Carlo nicht in hohem Bogen aus der Hand geglitten? Kim schaute sich panisch um, konnte das schwarze Ding jedoch nirgendwo entdecken. Die Männer krümmten sich nun in verblüffender Eintracht am Boden. Edy hielt sich dabei an dem Metallkoffer fest, als könnte er seine Rettung bedeuten.

»He, die kriegen Verstärkung!« Lunke stieß sie in die Seite. »Wir müssen abhauen! Sofort!«

Kim drehte den Kopf. Sie hatte das Gefühl, keine mehr Luft zu bekommen, weil sie sich förmlich in das Holzkreuz verbissen hatte.

Ein Mann eilte über den schmalen Weg auf sie zu. Er hatte lange graue Haare und trug ein schwarzes wehendes Gewand, das ihn beim Laufen behinderte. Ein Geruch von Feuer und alten Kräutern umgab ihn, und schrille Laute, die sich nicht zu Worten formen wollten, flogen ihm aus dem Mund, aber das war es nicht, was Kim in Bann nahm. Verwundert starrte sie auf die rechte Hand des Mannes. Als wollte er sie mit ihren eigenen Waffen bekämpfen, hielt er ihr ein braunes Holzkreuz entgegen.

»Satan!«, schrie er, kaum dass er die schmale Rasenfläche erreicht hatte. »Weiche von uns, Satan!«

Erst als er nur noch zwei Schritte entfernt war und
sie drei andere, ebenfalls schwarz gekleidete Menschen
hinter ihm wahrnahm, begriff Kim, dass er tatsächlich
gegen sie heranstürmte. Sie ließ das Kreuz los und tat
einen langen Atemzug, um schließlich Lunke zu folgen,
der schon mit wilden Grunzern den Rückzug angetre-
ten hatte.

Epilog

»Na«, sagte der ewig lächelnde Bertie, »was habe ich dir gesagt? Ist doch alles gut gegangen, oder?«

Kim bemerkte, dass sie wieder auf ihrer Wiese lag. Sie hatte allerdings keine Ahnung, wie sie dorthin gekommen war. Geflogen war sie wohl kaum, also musste Lunke ihr vom Friedhof den Weg gezeigt und sie begleitet haben. Doch sie hatte keinerlei Erinnerung daran. Sie war völlig erschöpft, und noch immer hatte sie den Geschmack des Holzkreuzes im Maul.

Es war alles gut gegangen? Bevor der Schwarzgewandete sich mit dem Kreuz auf sie stürzen konnte, hatte sie gesehen, wie die drei Männer sich blutend und stöhnend auf dem Boden gewälzt hatten. Einzig Edy hatte sie angeschaut und ihr etwas hinterhergerufen, das wie ein Fluch geklungen hatte. Er würde wohl nun auch eine lange Zeit nicht mehr zu ihnen kommen und sich um sie kümmern.

Doktor Pik, Brunst, Che und Cecile trabten auf die Wiese und begannen sofort nach Fressen Ausschau zu halten.

Fressen? Kim hatte das Gefühl, nie mehr auch nur einen Grashalm schlucken zu können.

Dann beobachtete sie, dass der dunkelblaue Wagen, den sie schon so gut kannte, auf den Hof fuhr. Marcia Pölk sprang heraus und klingelte an der Haustür. Fragend warf sie Kim einen Blick zu und schien die anderen Schweine zu zählen – ob sie alle auf der Wiese waren.

Als Dörthe in der Tür erschien, reichte die Polizistin ihr die Hand, dann redeten die beiden miteinander, und plötzlich sank Dörthe zusammen, ging buchstäblich in die Knie.

»Finn – dieser verdammte Mistkerl«, rief sie stöhnend aus, ehe sie kraftlos auf das Pflaster sackte.

Voller Angst rannte Kim zum Zaun und grunzte ihre Besorgnis heraus. Marcia Pölk hielt Dörthes Kopf ein wenig in die Höhe und sprach dabei in den silberfarbenen Apparat hinein, den sie sich ans Ohr hielt.

»Ja, Bertie«, sagte Kim leise vor sich hin. »Hast recht, es ist alles gut gegangen – nur dass Dörthe anscheinend von einem Moment auf den anderen schwerkrank geworden ist.«

Eine kleine Weile später, in der die Polizistin beruhigend auf Dörthe einredete, raste ein rot-weißer Wagen mit Blaulicht auf den Hof. Ein Mann in einem weißen Kittel, den ein Geruch von Chemie und Krankheit umgab, sprang heraus und half zusammen mit der Polizistin Dörthe auf die Beine, um sie zu der hinteren Tür des Wagens zu führen, die von innen geöffnet wurde. Kim konnte einen Blick in das Innere erhaschen – und da sah sie ihn: Klein und schreckensbleich hockte der Schwarz-gewandete da, nun ohne Kreuz in der Hand. Als er Kim erblickte, hob er seine rechte Hand, deutete mit wirrem Blick auf sie und stammelte: »Da … da ist der Satan.«

Glücklicherweise zog im nächsten Moment der Mann im weißen Kittel die Tür zu, ohne dem Gestammel des Mannes Beachtung zu schenken.

»Bist du ein Satan?«, fragte Cecile, die plötzlich neben ihr stand. »Was ist denn ein Satan? Wieso hat der Mann das gesagt?«

»Keine Ahnung«, erwiderte Kim einsilbig und wandte sich ab.

Großartig, Bertie, sprach sie stumm in sich hinein, ich bin ein Satan – was wohl eine Art Unschwein sein musste –, und Dörthe ist auch noch weg. Niemand ist mehr auf dem Hof, der sich um uns kümmern kann.

Doch der Bertie, den sie vor sich sah, lächelte nur.

Die anderen Schweine liefen über die Wiese, als wäre nichts geschehen. Nicht einmal Doktor Pik stellte ihr eine Frage – über Lunke, die abermals verschwundene Dörthe und wo Kim gewesen war.

Frieden, dachte Kim, es sieht nach Frieden aus. Nur dass man uns vergessen hat. Wir müssen ausbrechen – oder wir werden elendig verhungern und verdursten.

Ihre Stimmung war am Nullpunkt angekommen. Was war mit Dörthe und dem Kind – warum hatte sie all die Strapazen auf sich genommen, sie zu retten?

Gegen Abend erst regte sich wieder etwas auf dem

Hof. Ein Wagen rollte langsam heran. Kim kniff die Augen zusammen. Dörthe stieg schwankend aus, ein Mann, der leicht gebückt ging, sprang ihr zur Seite. Kim spürte, wie ihr Herz zu rasen begann. Sie musste sich irren: Robert Munk war tot! Wie konnte er plötzlich wieder neben ihr stehen?

Doch dann erinnerte sie sich, dass der Maler einen Bruder gehabt hatte, der genauso ausgesehen hatte wie er. Dieser Zwilling führte die kranke Dörthe, indem er sanft ihren Ellbogen umfasst hielt, und verschwand mit ihr im Haus. Keiner hatte sich jedoch nach ihr umgesehen, wie Kim traurig registrierte.

»Es wird alles gut«, sagte jemand neben ihr. Sie schrak zurück. Bertie – wieso tauchte er nun wieder auf? Nein, sie brachte schon alles durcheinander. Es war Doktor Pik, der milde lächelte.

»Du musst dich entspannen, Kim«, fuhr er nachsichtig fort, als wüsste er doch von ihrem Abenteuer an der Festung der Blutsauger. »Friss etwas! Du hast den ganzen Tag noch nichts zu dir genommen. Brunst hat recht: Schweine müssen fressen.«

Kim nickte, aber dann sah sie, dass Lunke am Durchlass stand – ein stolzer, großer Schatten im Abendlicht.

Sie konnte nicht anders – ihr Herz machte vor Freude einen Satz.

»Hallo, wahnsinnige Kim!«, rief er herüber. »Gehen wir suhlen – oder willst du wieder Menschen jagen?« Er lachte so laut, dass es wie ein Donnergrollen über die Wiese hallte.

Wahnsinnige Kim? Was redete er da? Na, ganz unrecht hatte er nicht, wenn sie an ihren Angriff dachte – wie sie Carlo das Holzkreuz in den Unterleib gerammt hatte. Fast alle Männer, die in der letzten Zeit auf dem Hof gewesen waren, waren entweder tot oder verletzt, fiel ihr auf, aber Dörthe und ihr Kind lebten. Das war das Wichtigste. Also war wirklich alles gut.

Sie lächelte zufrieden vor sich hin, dann nickte sie Doktor Pik zu.

»Ich muss noch mal los«, sagte sie und wandte den Blick zu Lunke, dem reglosen Schatten am Durchlass. »Ich habe es ihm versprochen, weil er mir geholfen hat und weil ich ihn …«

Doktor Pik räusperte sich. »Kluge Kim, weißt du, was du tust? Bist du tatsächlich in ihn …« Er verstummte verlegen.

Kim lächelte den alten Eber an. Plötzlich wurde ihr warm ums Herz. Ich führe ein gutes Leben, dachte sie, mit Doktor Pik und den anderen – und mit einem wilden Schwarzen.

»Nein«, flüsterte sie, »ich bin nicht in ihn verliebt – jedenfalls nicht richtig.«

Dann lief sie Lunke entgegen.

»Babe, heute Nacht«, rief er so dröhnend, dass jeder es auf dem Hof hören musste. »Wird die schönste und längste Nacht deines Lebens – so wahr ich Lunke heiße.«

Lügner – du heißt doch eigentlich Fritz, wollte Kim schon erwidern, unterdrückte den Impuls jedoch und folgte ihm laut grunzend in den Wald.

Wenn Sie wissen wollen,
wie alles begann und Kim und Lunke
sich zum ersten Mal begegneten, lesen Sie

Saubande

von **Arne Blum**
(Blanvalet Taschenbuch 37479)

Kim führt ein recht unbekümmertes Leben auf dem Hof von Robert Munk, einem gefeierten Maler, und dessen Freundin und Muse Dörthe. Doch dann, mitten in der Nacht, fällt Munk Kim buchstäblich vor die Füße: In seinem Rücken steckt ein Messer, und er schafft es eben noch, ihr ein letztes Wort – Klee – zuzuhauchen, bevor er stirbt. Ein Mord in ihrem Stall? Kim ist erschüttert. Zusammen mit dem verwegenen Lunke, der Kim seit Tagen schöne Augen macht, folgt sie ihrem Riecher – und wühlt dabei einen allzu menschlichen Bodensatz aus Habgier, Erpressung und Mord auf…

Arne Blum erzählt seine wunderbar schräge Story so selbstverständlich und amüsant, als würden Schweine täglich Mörder jagen. Prima Stoff!« *PETRA*

1

»Man müsste etwas aus seinem Leben machen«, sagte Kim leise vor sich hin. »Fliegen lernen – zum Beispiel fliegen lernen.« Lag es an dem vollen Julimond, der durch die kaputte Fensterscheibe fiel, oder an dem Duft von frischem Gras, dass ihr so seltsam zumute war? Oder lag es daran, dass sie sich verliebt hatte? Nein, sie hatte sich nicht verliebt, überhaupt nicht. Sie fand ihn, den Schwarzen, nur… interessant, weil er so anders war. Was würde er wohl davon halten, wenn sie ihm etwas vom Fliegen vorschwärmen würde? Wie wäre das – Wolken berühren und den vorlaut krächzenden Raben hinterherjagen?

»Wieso fliegen lernen?«, quietschte die kleine Cecile. »Wie kommst du darauf, fliegen zu wollen?« Sie war die Jüngste von ihnen und besonders neugierig. Nie war man vor ihr und ihren Fragen sicher.

»Wir können nicht fliegen«, sagte Che mit seiner ewig mürrischen Stimme. »Die Verhältnisse sind nicht so. Erst müssten sich mal die Verhältnisse ändern. All das Elend, die Ausbeutung… Anständiges Fressen für alle – das wäre ein Anfang!«

»Könnt ihr nicht endlich die Klappe halten?«, knurrte Brunst. Er hatte die Augen geschlossen, kaute aber immer noch an einem welken Kohlkopf herum, den er vor den anderen in Sicherheit gebracht hatte. »Ich will schlafen. Bei eurem ewigen Gerede wird einem ja ganz schwindlig.« Dann rülpste er laut und drehte sich auf die Seite.

Kim rückte ein Stück von den anderen ab. Es war ihr zweiter Sommer, nein, eigentlich der dritte, an den ersten konnte sie sich jedoch nicht mehr erinnern. Der Mond wanderte ein Stück weiter, er fiel auf einen Flecken Stroh und dann auf Doktor Pik. Er war der Älteste von ihnen, nicht ihr Anführer, sie brauchten keinen Anführer, aber wenn er etwas sagte, dann galt es. Che hatte einmal gemeint, dass Doktor Pik schon hundert Jahre alt sei – ein Fossil gewissermaßen. Nun, Che übertrieb meistens, aber es stimmte, dass Doktor Pik vor allen anderen da gewesen war. Deshalb konnte ihn auch nichts mehr aufregen. Meistens schlief er irgendwo auf ihrer Wiese unter einem der fünf Apfelbäume. Einmal hatte Kim ihn dabei ertappt, dass er Wolken zählte oder ihnen zumindest nachsah.

»Was ist nun mit dem Fliegen?«, quengelte Cecile und schob sich mit ihrem rosigen Rüssel an Kim heran. »Meinst du, man kann es lernen? Kannst du es mir beibringen?«

»Ich glaube nicht«, sagte Kim. »War nur so ein Gedanke.«

Sie schloss die Augen, aber sie konnte nicht einschlafen. Der Schwarze ging ihr nicht aus dem Sinn. Groß

und allein hatte er dagestanden und zu ihr herüber-
geschaut. Er hatte nach feuchten Blättern und leicht
modrigem Wasser gerochen.

Plötzlich hörte sie eine aufgeregte Stimme aus dem
hinteren Teil des Hauses, da, wo Robert Munk und
Dörthe wohnten. Gelegentlich kam einer von beiden
nachts noch zu ihnen herein – las etwas oder rauchte
oder stand einfach nur da. Kim tat dann immer, als
schliefe sie. Munk setzte sich meistens auf ihr Gatter
und steckte sich eine Zigarre an, ein großes unförmiges
Ding. Der Gestank hing zwar bis in den nächsten Tag in
der Luft, aber irgendwie gefiel er Kim. Nichts sonst, das
sie kannte, roch so scharf und würzig wie diese Zigarre.

Mit einem lauten Krachen wurde die Tür aufgerissen. So ungestüm kamen sonst weder Munk noch
Dörthe herein. Kim richtete sich auf und blickte zur Tür
hinüber.

In dem Licht, das durch die geöffnete Tür fiel, sah sie,
dass Munk taumelte. Unsicher setzte er einen Schritt
vor den anderen. Dabei murmelte er etwas vor sich
hin, das sie nicht genau verstehen konnte. Es klang wie
»Nein, niemals«.

Er hatte die kleine Lampe, die neben der Tür hing,
nicht angeschaltet, und als er ihr Gatter erreichte,
merkte sie, dass er anders roch als gewöhnlich, nicht
nach scharfem Tabak oder frischer Farbe. Die Hand, die
er auf das hölzerne Gatter legte, war voller Blut.

Einen Moment blickte er Kim in die Augen, so als
würde ihm endlich klar werden, dass sie ihn verstand.

Seine Wangen, die mit einem kurzen, grauen Bart überzogen waren, spannten sich wie unter einer großen Anstrengung, und der schmale Mund formte ein Wort. Kim
richtete ihre Ohren auf und kniff die Augen zusammen.
Die Borsten auf ihrem Rücken sprangen in die Höhe, so
angespannt lauschte sie. Was sagte Munk da, und wieso
war seine Hand blutig? Sie wagte jedoch nicht, einen
Schritt näher zu gehen, als könnte das Mondlicht, in
dem sie stand, sie beschützen.

»Klee«, formte Munks bleicher Mund. Ja, dieses Wort
kannte sie – kaum etwas mochte sie lieber als saftigen
grünen Klee, der leider auf ihrer Wiese nirgendwo mehr
wuchs, weil Brunst ihm den Garaus gemacht hatte.

Dann würgte Munk, und ein Blutschwall drang über
seine Lippen. Mit einer ungeschickten Bewegung öffnete er das Gatter und kippte nach vorn. Er schwankte,
sein Mund öffnete sich erneut, Blut quoll heraus, färbte
seine Zähne tiefrot, er sank auf die Knie und fiel wie ein
Sack mitten hinein in ihren Pferch.

Es geschah alles so schnell, dass Kim nur laut auf-
schnauben konnte. Warum tat Munk das? Noch nie
war er nachts in ihren Pferch gekommen, geschweige
denn dass er auf die Knie gesunken war. Schnell trat sie
einen Schritt zurück. Ihr Kopf zuckte voller Panik in die
Höhe. War da noch jemand? Wo war Dörthe? In der
Tür tauchte ein Schatten auf, der aber sofort wieder verschwand, bevor sie ihn genauer fixieren konnte.

Munk, der Maler, lag im Mondlicht da. Den Kopf
hatte er gedreht, als wollte er Kim anschauen. Sein

Mund formte keine Worte mehr, kein Hauch kam über seine Lippen. Seine bärtigen Wangen waren grau und eingefallen. Er war immer schon recht mager gewesen, aber nun wirkte er sterbenskrank.

Dann entdeckte Kim, dass ein Messer mit einem riesigen schwarzen Griff aus seinem Rücken ragte. Ihr Herz begann so laut zu schlagen, dass es ihr in den Ohren dröhnte.

»Mausetot«, grunzte Che, der plötzlich neben ihr auftauchte. »Ermordet – unser werter Herr und Meister.« So gehässig sprach er oft über Munk.

Kim spürte, dass sie zu zittern begann.

»Ich weiß auch schon, wer es war«, fuhr Che ungerührt fort und begann an dem Messer zu schnüffeln, das in Munks Rücken steckte. »Nur Kaltmann bringt so etwas fertig, der Schlächter aus dem Dorf.«

2

Sie legte sich direkt vor Munk, um ihn zu beschützen. Die Neugier der anderen hatte sich schnell gelegt; jeder war kurz vorbeigekommen, hatte einen Blick auf Munk geworfen und ratlos vor sich hin gegrunzt. Nur Doktor Pik hatte nichts von sich gegeben. Kim aber saß der Schrecken noch immer in den Gliedern, und sie wusste, dass sie nicht tun konnte, als wäre nichts geschehen. Menschen starben nicht einfach so, mit einem langen Messer im Rücken, und schon gar nicht jemand wie Munk. Auch wenn Che immer etwas anderes behauptete, wusste Kim genau, dass Munk ihr Retter gewesen war. Wären er und Dörthe nicht gewesen, wären sie alle längst an jenem dunklen Ort gelandet, wo die meisten ihrer Artgenossen endeten: im Schlachthaus.

Bei dem Gedanken schüttelte sie sich und kroch noch etwas näher an den toten Munk heran. Im Mondlicht sah sie, wie er sich veränderte, wie sein Gesicht eine andere Färbung annahm. Der Blutgeruch stieg ihr in die Nase, und ihr wurde übel. Dann versuchte sie sich auf das Messer zu konzentrieren, es ragte aus sei-

nem groben grauen Flanellhemd, das sich mittlerweile
hässlich rot gefärbt hatte. Auch an dem Griff klebte ein
bestimmter Geruch, doch sie konnte nicht sagen, wonach er roch.

Unvermittelt tauchte Brunst neben ihr auf. Mit seinem massigen Körper versuchte er, sie zur Seite zu drän-
gen. »Wir könnten ihn fressen«, sagte er. »Jetzt – auf
der Stelle. Das wäre mal was ganz anderes.« Er beugte
sich vor und schnüffelte Munks blutige Hand ab, die er
von sich gestreckt hatte, als wollte er auf etwas deuten.

»Verzieh dich!«, giftete Kim ihn an und stieß ihn in
die Seite.

Brunst kicherte leise. »War nur Spaß«, sagte er und
wandte sich ab. Zum Glück war er satt und müde. Sonst
wäre ihm alles zuzutrauen gewesen.

Kim legte sich so, dass sie die anderen im Auge behalten konnte. Cecile war eingeschlafen und hatte sich
ins Stroh gekuschelt. Che schnarchte leise und zuckte
manchmal mit den Hinterläufen. Der helle Streifen auf
seinem Fell, der ihn von den anderen unterschied und
auf den er so stolz war, leuchtete im Mondlicht. Brunst
rührte sich nicht, genauso wenig wie Doktor Pik, aber
bei ihm war Kim sich nicht sicher, ob er sie nicht insgeheim beobachtete.

Gleichzeitig lauschte sie auf Geräusche aus dem
Haus. Wo war der Schatten, den sie in der Tür gesehen
hatte? Und wo war Dörthe? Müsste sie nicht kommen
und merken, dass mit Munk etwas ganz und gar nicht in
Ordnung war?

Eigentlich war Dörthe ihre Retterin. Kim erinnerte sich genau. Sie waren zwanzig gewesen, zwanzig rosige Hausschweine auf einer engen Ladefläche, die sich aneinander rieben. Sie hatten Angst gehabt, und als eines von ihnen angefangen hatte, laut zu schreien, hatten es ihm alle gleichgetan, doch es hatte nichts genutzt. Niemand kümmerte sich um sie, nicht einmal Wasser hatte man ihnen gegeben. Dann aber war der Boden unter ihnen ins Schlingern geraten. Sie wurden hin und her geworfen und stürzten übereinander. Ein lautes Krachen, das gar nicht enden wollte, folgte. Kim hatte vor Panik die Augen geschlossen und den Atem angehalten. Ihr Herz hatte so schnell geschlagen, dass es wehtat. Als sie die Augen wieder öffnete, war der Himmel über ihr gewesen, ein blauer, riesiger Himmel, wie sie ihn noch nie gesehen hatte. Schnell war sie dem Himmel entgegengekrochen, vorbei an den anderen, die tot oder ohnmächtig dalagen. Was war passiert? Das riesige stinkende Gefährt, in das man sie gepfercht hatte, lag auf der Seite. Menschen liefen aufgeregt umher, Motoren heulten. Was sollte sie tun? Sie lief weiter auf den blauen Himmel zu, obwohl ihr Kopf schmerzte, sprang über einen schmalen Graben, über dem Mücken tanzten, rannte und rannte, und schließlich versteckte sie sich, als sie vor Anstrengung kaum noch Luft bekam. Dort, in dem Gebüsch, machte sie sich ganz klein und sah den Vögeln zu.

Und da hatte Dörthe sie gefunden und mitgenommen – irgendwann später. Dörthe, die Frau mit den roten Haaren und den starken Händen, hatte sie einfach in den Arm genommen und weggetragen. Ihr hatte sie auch ihren Namen zu verdanken – Kim, so wie Dörthes Lieblingspuppe geheißen hatte.

Als Kim ihre Augen wieder öffnete, war es hell. Sie lag auf der Seite, hinter ihr zwitscherten Vögel. Verdammt, sie war doch eingeschlafen. Munk hatte sich nicht gerührt. Nun aber konnte sie erkennen, dass er sie ansah – mit starren, weit aufgerissenen Augen. Ein furchtbarer Blick, irgendwie fragend und vorwurfsvoll. Sie schüttelte sich. Dann bemerkte sie etwas anderes. Noch jemand blickte sie an – dunkle, braune Augen, die über das Gatter starrten. Die Augen musterten sie unfreundlich, als wäre Kim schuld an Munks Tod, und zwischen den Augen stieg eine schmale, übel riechende Rauchsäule auf.

Haderer – er war gekommen. Wie gewöhnlich tanzte eine Zigarette zwischen seinen Lippen.

»Großer Gott«, sagte er und stieß die Luft aus. Dann schien er nachzudenken, jedenfalls rieb er sich über sein stoppliges Kinn und runzelte die Stirn unter seiner lockigen, ewig ungekämmten Mähne.

Ein Stück entfernt regte sich jemand; sie hörte Brunsts tiefes wohliges Schnauben. Die anderen schliefen noch, aber gewiss würden auch sie gleich erwachen.

»Hol mich der Teufel«, murmelte Haderer. Offenbar hatte er zu Ende gedacht. »Der Kerl liegt tot bei den Schweinen.«

Dann drehte er sich um und ging ziemlich unaufgeregt davon. Nur dass er die Tür nicht hinter sich schloss, war ungewöhnlich. Darauf hatte Munk bei Dörthe und Haderer immer Wert gelegt. »Macht die Tür hinter euch zu! Ich kann nicht arbeiten, wenn es im ganzen Haus nach Schweinen stinkt!«

Am Anfang war Kim über diesen Ausspruch beleidigt gewesen. Nun würde Munk nie wieder so etwas sagen.

Wenig später kehrte Haderer zurück. Er rauchte eine neue Zigarette und schlug mit der Faust gegen das Holz des Gatters. »He, Saubande!«, rief er. So nannte er sie immer. »Aufstehen! Gleich kommen die Bullen!«

Wieso kommen gleich Bullen, fragte Kim sich. Was sollten die hier? Sie konnte Haderer nicht leiden, aber wenn Dörthe nicht da war, kümmerte er sich um sie. Er war der Gehilfe. Er fütterte sie, mähte das Gras, arbeitete im Garten, schnitt Bäume, und sogar um Munks stinkendes Auto, das er Jeep nannte, kümmerte er sich. Nur eines durfte er nicht: auch nur einen Fuß in den Raum setzen, in dem Munk malte.

Haderer klopfte noch einmal gegen das Holz, Cecile quiekte im Schlaf auf, und dann kletterte er über das Gatter und öffnete die Tür zur Wiese.

»Raus mit euch!«, rief er. »Faule Bande.« Im Vorbeigehen versetzte er Kim einen Tritt, damit sie ja nach draußen lief, und stieß auch Doktor Pik mit dem Fuß an. Nur an Brunst traute er sich nicht ohne weiteres; ihn traktierte er am liebsten mit dem Spaten oder mit einem langen Stock. »Raus!«, wiederholte er. »Man sollte euch alle schlachten! Aber das wird man nun sowieso bald tun!« Er lachte und beugte sich über Munk.

Richtig traurig schien er jedenfalls nicht zu sein, was Kim merkwürdig fand. Zu Munk war er eigentlich freundlich gewesen, meistens jedenfalls, nur hinter dessen Rücken hatte er manchmal leise geflucht.

Langsam richteten sich die anderen auf und folgten ihr auf die Wiese, erst Che, der ihr mürrisch einen Gruß zugrunzte, dann die kleine Cecile, die verschlafen blinzelte, dann Brunst, der laut gähnte. Zuletzt kam Doktor Pik, schweigsam wie immer.

»Was sollen wir tun, jetzt, wo Munk tot ist?«, fragte Kim und sah die anderen an.

Brunst gähnte wieder. »Ich suche mir erst mal was zu fressen«, sagte er uninteressiert und trabte davon. Cecile lief ihm nach. Frühmorgens war die einzige Zeit, wo sie nicht ständig vor sich hin plapperte.

»Ist mir alles egal«, meinte Che. »Ein Tierquäler weniger. Gibt immer noch mehr als genug.«

Doktor Pik schaute sie an. »Wir müssen auf der Hut sein«, sagte er geheimnisvoll.

Kim nickte. Sie spähte in den Stall hinein. Von hier aus waren nur die Füße von Munk zu sehen. Sie waren schmutzig und nackt. Das hatte sie vorher gar nicht bemerkt.

Dann hörte sie eine laute Sirene, dann noch eine, und wenig später fielen lauter Menschen auf dem kleinen Hof ein, Menschen, keine Bullen.

Während die anderen sich über die Kartoffelschalen und die alten Brotkanten hermachten, die Haderer ihnen achtlos hingeworfen hatte, verzichtete Kim auf ihr Fressen und legte sich auf die Lauer. Sie wollte den Stall nicht aus den Augen lassen. Zwei Menschen in weißen Anzügen, die nach nichts rochen, beugten sich über Munk, fotografierten ihn und stellten merkwürdige kleine Schilder auf. Sie sprachen leise und ohne jede Aufregung miteinander.

Später kam der erste Mann, der nicht weiß war. Er verscheuchte die Menschen in den weißen Anzügen und ging neben Munk in die Knie. Er flüsterte etwas in einen kleinen silbernen Apparat hinein, das Kim nicht verstehen konnte, und gelegentlich warf er ihr einen verstohlenen Blick zu, als wäre sie ein Raubtier, vor dem er sich in Acht nehmen müsste.

Ein zweiter Mann trat hinzu, der viel jünger und dünner war, und tippte dem Älteren auf die Schulter. »Hauptkommissar Ebersbach«, sagte er, dann drehte er sich um und deutete auf Kim. »Das Schwein da beobachtet Sie – irgendwie merkwürdig, oder nicht?« Er lächelte, er hatte winzige, braune Zähne und wirkte überhaupt nicht fröhlich.

»Lass mich in Ruhe, Kroll«, knurrte Ebersbach. »Habe ich schon längst bemerkt. Wieso hat der Tote eigentlich Schweine gehabt?«

»Künstler und ihre Marotten – wahrscheinlich war es das«, erwiderte der Mann, der Kroll hieß. Er hatte eine dicke Brille, hinter der seine Augen riesengroß aussahen, und einen hässlichen dürren Schnauzbart.

Langsam erhob sich Ebersbach. Er war so dick, dass

sich die Jacke über seinem Bauch spannte. Die Haare
standen ihm wie graue Stacheln vom Kopf ab, und seine
Augen wirkten traurig und finster. Kim spürte, wie er
sie anstarrte, während er auf sie zuging. Dann griff er
plötzlich nach der Forke, mit der Haderer immer ihren Pferch saubermachte, und hielt sie mit gestreckten
Armen vor sich.

»Ich kann Schweine nicht ausstehen«, rief Ebersbach
über die Schulter dem anderen Mann zu. »Jedenfalls
nicht, wenn sie lebendig sind.«

Kim erhob sich. Was soll das?, dachte sie. Ich bin
doch nicht schuld, dass Munk tot daliegt. Ein paar Sonnenstrahlen fingen sich auf den Zinken der Forke und
blitzten gefährlich. Kim wusste, wie scharf das Metall
war. Haderer hatte Brunst einmal einen Schlag damit
verpasst.

Ebersbach schnaufte, er bewegte sich ungelenk. Sein
Bauch wackelte über seiner braunen Hose hin und her.

Dann stach er tatsächlich zu, und hätte Kim nicht
einen Satz zur Seite gemacht, hätte er sie in die rechte
Flanke getroffen.

Kroll, der andere Mann, lachte lauthals auf, während
sie voller Angst über die Wiese lief.

»Siehst du«, sagte Che, als Kim hinter ihm Schutz
suchte. »Die Menschen sind alle Verbrecher.«

Sie roch den Schwarzen, bevor sie ihn sah. Wonach roch
er? Nach Erde, tiefer, schwarzer Erde, nach Blättern,
dunklem Dickicht und nach Moder – wunderbar nach

Moder, als hätte er sich irgendwo im Morast gesuhlt. Er konnte das, er war hinter dem Zaun, da, wo der Wald lag und das Feld, auf dem jetzt die braunen Halme standen.

Nachdem Ebersbach sie verjagt hatte, hatte Kim die letzten Kartoffelschalen gefressen, die von den anderen verstreut liegen gelassen worden waren. Die kleine Cecile war quiekend zu ihr gekommen, hatte angefangen, von Munk und dem scharfen Messer zu sprechen. Che habe erzählt, alle Menschen hätten solche Messer, und früher oder später würde jeder von ihnen sie benutzen…

Kim hatte die Kleine nur böse angegrunzt und hatte ihr einen Stoß mit dem Rüssel versetzt, was sie noch nie getan hatte.

Dann war sie über die Wiese zum Haus gelaufen, aber nicht zum Stall, sondern zur Vorderseite, vorbei an den beiden riesigen Fenstern, hinter denen Munk fast jeden Tag gemalt hatte.

Früher hatte das Gatter manchmal offen gestanden, dann hatten sie alle über die Pflastersteine auf dem Hof laufen können. Einmal war Kim sogar auf dieser Seite ins Haus vorgedrungen, durch den Eingang, den die Menschen immer nahmen, bis hin zu Munks Atelier. Er hatte sie nicht bemerkt, und sie hatte sich absolut still verhalten, auch wenn der Geruch ihren Rüssel gepeinigt hatte. Was war das nur – grauenhaft! Da rochen selbst die Autos nicht so schlimm. Robert Munk malte Bilder, die vor allem groß waren – groß und bunt. Auf einem hatte sie Dörthe entdeckt – Kim hatte sie an den langen roten Haaren erkannt. Dörthe war nackt und lag auf einer Bank. Auf einem anderen Bild trug sie ein schwarzes Kleid und hockte zusammengekauert in einer Ecke, als hätte sie Schmerzen. Da hatte Dörthe überhaupt nicht wie sie selbst ausgesehen!

Nun war das Gatter leider geschlossen. Klar, die Menschen wollten nicht, dass Kim und die anderen über den Hof liefen und vielleicht Dreck machten. Eine Menge Autos standen jetzt da, Menschen gingen geschäftig hin und her, manche waren weiß, andere nicht, und dann sah sie einen schwarzen Kastenwagen, in den ein langes Metallding geschoben wurde. Sie konnte selbst auf die Entfernung riechen, dass Munk da drinsteckte.

Sie würde ihn niemals wiedersehen, und plötzlich überkam sie Trauer – Trauer und Wut, und dann fiel ihr ein, dass nun nur Haderer da war, wenn Dörthe nicht wiederkäme. Haderer würde sie umbringen – so viel stand fest. Da hatte Che ausnahmsweise einmal recht.

Plötzlich schob sich Doktor Pik neben sie.

»Er ist wieder da«, sagte er leise.

»Wer ist wieder da?«, fragte Kim, als wüsste sie nicht, wen er meinte.

Doktor Pik verzog seine Schnauze zu einem müden Lächeln. Man konnte sehen, dass seine Zähne ganz abgenutzt waren und ihm auch schon etliche fehlten.

»Lunke«, sagte er. »Er beobachtet dich.«

»Lunke?«, fragte sie, scheinbar ahnungslos.

»Die anderen Schwarzen haben ihn Halunke genannt, weil man ihm nicht trauen kann. Er selbst nennt sich Lunke.«

»Kein Witz?«, fragte Kim und drehte sich ganz zu Doktor Pik um.

»Kein Witz«, erwiderte er völlig ruhig.

»Vielleicht weiß er, was hier gestern Nacht passiert ist?«, fragte Kim.

»Vielleicht«, sagte Doktor Pik und trabte davon.

Auf dem Hof wurde der schwarze Kastenwagen angelassen und rollte langsam in Richtung Straße.

Er wartete hinten am Zaun auf sie, da, wo man sofort ins Dickicht fliehen konnte und von dort in den Wald. Das heißt, er tat schwer beschäftigt und warf mit seinem mächtigen Rüssel Erde auf, als würde er etwas suchen – Käfer und Wurzeln, die er laut schmatzend zerbeißen konnte. Aus der Nähe betrachtet wirkte er noch größer, er hatte riesige Hufe, und an seiner linken Flanke hatte er eine Narbe, einen langen gelblichen Strich, der sich durch sein dichtes dunkles Fell zog. Und dann seine Eckzähne – solche Zähne hatte sie noch nie gesehen. Doktor Pik hatte ihr einmal erzählt, dass es Artgenossen gab, denen zwei lange, spitze Eckzähne aus dem Maul wuchsen, aber sie hatte es nicht geglaubt und als Übertreibung abgetan.

Obwohl ihr die Beine ein wenig weich wurden, machte Kim es genau wie er und schlenderte scheinbar zufällig heran, den Boden absuchend. Dabei spähte sie jedoch verstohlen zu ihm hinüber.

Er fixierte sie durch den Zaun mit seinen braunen Augen. Ihr Herz machte einen Satz, und fast wäre sie davongelaufen. Ja, man konnte Angst vor den wilden Schwarzen bekommen, sie waren so ganz anders, mächtiger, furchterregend, kein Wunder, dass ihnen alle aus dem Weg gingen.

»Was haben wir denn da?«, sagte Lunke, als hätte er sie eben erst entdeckt. »Ein kleines rosiges Hausschwein.«

Beinahe hätte sich Kim umgedreht und wäre wieder gegangen. Einen so dummen Spruch brauchte sie sich nicht anzuhören, allerdings …

Sie bedachte ihn mit einem strengen Blick. Bei Brunst und Che gelang es ihr manchmal, sie damit einzuschüchtern, aber Lunke zuckte mit keiner Borste.

»Was seid ihr nur für ein komischer Haufen«, grunzte er. »Und ist euch nicht langweilig – den ganzen Tag eingesperrt auf diesem winzigen öden Flecken?«

»Kann schon sein!«, sagte sie vage. Auch wenn sie sich ärgerte, wollte sie nicht allzu unfreundlich sein.

Er kam ein Stück näher heran, so dass seine Eckzähne schon beinahe den Zaun berührten. Vorsicht, wollte sie rufen, da musst du vorsichtig sein, sonst stichst du dich.

»Und was ist mit den Jungs?«, fuhr er fort und kniff die Augen zusammen. »Die bringen's wohl nicht mehr, was? Der eine ist zu alt, und den beiden anderen fehlt offenbar das Wichtigste. Stimmt's, oder hab ich recht?« Er gab ein Geräusch von sich, das im ersten Moment bedrohlich klang, dann begriff sie, dass er lachte.

Sie drehte sich zu Brunst und Che um, die sie misstrauisch beäugten, sich aber nicht trauten, näher zu kommen. Gegen Lunke wirkte Brunst fett und hässlich

316

und Che mit seinem hellen Fleck auf dem Rücken nackt und wie eine halbe Portion.

Kim entschloss sich, den letzten Schritt zum Zaun zu tun. »Ich heiße Kim«, sagte sie, »und ich habe ein Problem.«

»Lunke«, knurrte Lunke – das war seine Art, sich vorzustellen. »Was denn für ein Problem? Dass du gefangen bist und den ganzen Tag über so eine winzige Wiese hoppeln musst? Da könnte ich Abhilfe schaffen – wäre mir ein Vergnügen.« Seine braunen Augen strichen am Zaun entlang und glitten dann zu ihr zurück.

»Nein«, sagte sie, als er sie wieder ansah. »Das ist es nicht.« Plötzlich aber drängte sich ein anderer Gedanke vor: Wie schön wäre es, einmal an Lunkes Seite durch den Wald und über das Feld zu laufen und etwas anderes zu fressen als altes Brot, welken Salat und Kartoffelschalen! Bestimmt kannte er auch ein richtig schönes Wasserloch, in dem man sich suhlen konnte.

»Was ist es dann?« Lunke wurde ein wenig ungeduldig.

»Es geht um einen Menschen«, sagte sie und erzählte von Munk, dem Maler, dass er mit einem Messer im Rücken in ihren Pferch gefallen war und dass er sie angesehen und ein Wort zu ihr gesagt hatte, bevor er gestorben war.

»Ich kenne ihn«, sagte Lunke, nachdem sie mit einem mulmigen Gefühl im Bauch geendet hatte, weil sie alles noch einmal hatte durchleben müssen. »Er hat mich neulich nachts vom Hof verjagt, als ich mich ein wenig umgesehen habe. Hat widerwärtig gerochen und war nicht sehr freundlich, der Mann.«

Einen Moment lang trat Schweigen ein. Lunke blickte an ihr vorbei, überhaupt nicht beeindruckt von ihrer Schilderung, und sie hatte das Gefühl, dass er schon überlegte, wieder in den Wald abzuziehen, um zu fressen oder sonst was zu tun.

Kim schluckte einmal, dann sagte sie hastig: »Ich möchte, dass du mir hilfst.« Zu ihrem Missfallen stellte sie fest, dass ihre Stimme fürchterlich zitterte und viel schriller klang als sonst. »Ich will wissen, ob es Kaltmann war, der Schlächter.«